POISON POUR UNE PLANÈTE

DANS LA MÊME SÉRIE

1. *Opération Astrée*
2. *La Terre a peur*
3. *La Milice des mutants*
4. *Bases sur Vénus*
5. *Les vainqueurs de Véga*
6. *La forteresse des Six Lunes*
7. *La quête cosmique*
8. *Les glaces de Gol*
9. *Le traître de Tuglan*
10. *Le Maître des mutants*
11. *Le piège à pirates*
12. *L'empereur de New York*
13. *L'étoile en exil*
14. *Mutants en mission*
15. *L'offensive d'oubli*
16. *A l'assaut d'Arkonis*
17. *La menace des Moofs*
18. *La planète piégée*
19. *Les méduses de Moofar*
20. *Les grottes de Gom*
21. *La bataille de Bételgeuse*
22. *L'amiral d'Arkonis*
23. *Le sérum de survie*
24. *Le spectre du surmutant*
25. *Les exilés d'Elgir*
26. *L'invasion des Invisibles*
27. *Le poids du passé*
28. *La citadelle cachée*
29. *Les traquenards du temps*
30. *Délos a disparu*
31. *L'agonie d'Atlantis*
32. *La moisson de Myrtha VII*
33. *Les soleils de Siamed*
34. *L'errant de l'éternité*
35. *La revanche du Régent*
36. *Recrues pour le Régent*
37. *Le prix du pouvoir*
38. *La déroute des Droufs*
39. *Rhodan renie Rhodan*
40. *L'immortel et les Invisibles*
41. *Les Métamorphes de Moluk*
42. *L'arche des aïeux*
43. *Alerte aux Antis*
44. *Le caboteur cosmique*
45. *La flotte fantôme*
46. *Le barrage bleu*
47. *Le désert des décharnés*
48. *Opération « Okal »*
49. *L'homme aux deux visages*
50. *Les dieux oubliés*
51. *L'aventure akonide*
52. *Mannes éphémères*
53. *Complots arkonides*
54. *Opération dernière chance*
55. *Rencontres extragalactiques*
56. *La mort de Mécanica*
57. *Le captif du futur*
58. *La bataille de Panotol*
59. *Les astres noirs*
60. *Médiation protoplasmique*
61. *Opération surprise*
62. *Prisonnier du plasma*

80. *Guérilla sur Greendoor*
81. *Pas de retour pour Rhodan*
82. *Les soldats stellaires*
83. *Mulots en mission*
84. *La fin de la fuite*
85. *Péril sur Plophos*
86. *Le déclin du dictateur*
87. *Arkonis assassiné*
88. *A l'assaut d'Andromède*
89. *Planète de pénitence*
90. *Les gardiens des galaxies*
91. *La guerre du gel*
92. *Héros de l'Horreur*
93. *Microcosme et Macrocosme*
94. *Les pyramides pourpres*
95. *Le triscaphe titanesque*
96. *Le péril surgi du passé*
97. *Téléporteurs dans les ténèbres*
98. *Les condamnés du Centre*
99. *La cinquième colonne*
100. *Les Coureurs d'ondes de Chrystal*
101. *Invasion interdite*
102. *L'armada akonide*
103. *Les astéroïdes d'Androbêta*
104. *Le satellite secret*
105. *La débâcle des Deux-Nez*
106. *Les sœurs stellaires*
107. *La ville vitrifiée*
108. *Le Monde des Marais*
109. *La sphère spatio-temporelle*
110. *La station de Saar Lun*
111. *Le messager des Maîtres*
112. *L'Ingénieur intergalactique*
113. *La revanche des Régénérés*
114. *L'être d'Emeraude*
115. *Tempête sur Téfrod*
116. *Les mercenaires des Maîtres*
117. *Le robot qui rit*
118. *La machine de Multika*
119. *Le transmetteur temporel*
120. *Les temples de Tarak*
121. *L'agent atemporel*
122. *L'Emir et l'éternité*
123. *Les transmuteurs de Tanos*
124. *Le seigneur de Sadlor*
125. *Le sarcophage stellaire*
126. *La piste parapsychique*
127. *La facture des faussaires*
128. *Iago l'Innocente*
129. *Miras le Maléfique*
130. *Naufrage dans le néant*
131. *Le pacte de paix*
132. *L'escapade de l'Emir*
133. *Illusions interstellaires*
134. *La faillite de Faktor IV*
135. *Multidon la maudite*
136. *Terreur sur Tamanium*
137. *Le sacrifice suprême*
138. *Au cœur de la démesure*
139. *L'énigme de Old Man*
140. *Sur la piste des hypno-cristaux*
141. *Cristal-catastrophe*
142. *Sur le fil du rasoir*
143. *Remous dans les Nuages de Magellan*
144. *Des Perlians aux hommes-lions*
145 *Les partisans du Grand Nuage*
146 *Assaut sur Danger-I*
147 *Dans les grottes des Gurrads*
148 *Missions magellaniques*
149 *Le réveil d'un Titan*
150 *Transgressions temporelles*
151 *Dérive intergalactique*
152 *Poison pour une planète*

K.-H. SCHEER
et CLARK DARLTON

POISON POUR UNE PLANÈTE

PERRY RHODAN — 152

FLEUVE NOIR

Titres originaux :
DIE FLÖTTE DER GLÄSERNEN SÄRGE de William Voltz
EIN PLANET LÄUFT AMOK de H.G. Ewers

*Traduit et adapté de l'allemand
par Jeanne-Marie Gaillard-Paquet*

ISBN : 2-265-06635-4

Malgré les rapides succès qu'ils ont enregistrés lors de leurs opérations dans le Grand Nuage de Magellan, les Terraniens n'ont guère eu le loisir de savourer leur triomphe. Un nouvel adversaire qui dispose d'inquiétants moyens, aussi puissants que dangereux, a fait son entrée en scène : Tro Khan, le Bi-Conditionné dont le vaisseau spatial est un curieux organisme pseudo-vivant, un Dolan.

La mission du Gardien Fréquentiel est clairement définie : arrêter les chronoclastes originaires de la Voie Lactée, établir leur responsabilité et les punir. Mais, dès le premier affrontement, le policier du temps doit reconnaître que les Terraniens sont plus forts qu'il ne l'avait escompté.

Le 4 janvier 2436, il reprend le combat, non pas contre la flotte commandée par Perry Rhodan, mais en vue de s'emparer du robot géant Old Man, *preuve matérielle de la transgression temporelle dont sont coupables les Terraniens. Sa réussite fait naître chez ceux-ci des craintes bien légitimes : Tro Khan ne va pas hésister à retourner contre les humains l'écrasanste machine de guerre que représente l'énorme station spatiale dotée de quinze mille ultracroiseurs.*

Quelques jours plus tard, le 12 janvier, cinq autres Bi-Conditionnés rejoignent leur confrère, puis Old Man *met le cap sur la Voie Lactée. La flotte terranienne passe à l'offensive, guidée par le* Krest IV *auquel s'est ancré le navire spéhrique des Halutiens Icho Tolot et Fancan Teik. Hélas, les armes paratroniques dont disposent les Gardiens Fréquentiels provoquent l'irrémédiable : la nef amirale de Perry Rhodan et sa « compagne » sombrent corps et biens dans une brèche qui s'ouvre sur l'hyperespace... Elles resurgiront à trente millions d'années-lumière de là, près du cœur d'une galaxie sphérique géante que le titanesque jet hyperénergétique bleuté qui émane de son noyau permet d'identifier rapidement comme étant M 87.*

Encore faut-il en tout premier lieu résoudre le problème des quatre disparus, Atlan, Roi Danton, Melbar Kasom et Oro Masut, dont on découvrira qu'ils ont été victimes d'un incroyable accident de transmetteur, puis élucider l'énigme de ces milliers de sphéroïdes bleus qui dansent soudain autour des deux navires. A bord du Krest IV, *hélas, nul ne soupçonne encore quel infernal processus va surgir pour transformer la nef amirale terranienne en véritable* POISON POUR UNE PLANETE...

PREMIÈRE PARTIE

LE VILAIN PETIT GNOME

Imaginez un Univers – infini ou pas, à votre guise – peuplé de milliards de milliards de milliards de soleils. Imaginez un minable tas de ferraille qui tourne en rond autour de l'un de ces astres, à une vitesse démentielle.

Et imaginez que, dressé sur ce tas de ferraille, vous fonciez avec lui à travers l'espace et le temps vers une destination inconnue !

Fredric Brown

CHAPITRE PREMIER

Parfois forte et provocatrice, la musique semblait ensuite défaillir comme si les sons étaient emportés par un vent violent. Mais la nature n'avait rien à voir avec ce phénomène. Les variations de volume étaient causées tout simplement par la porte battante du petit salon de l'équipage que poussait et repoussait sans cesse quelqu'un qui n'arrivait pas à décider s'il devait entrer ou rester dans la coursive. Voilà pourquoi celle-ci baignait dans une résonance nostalgique, que l'écho renvoyait de niches en couloirs latéraux.

Le lieutenant Mark Berliter se demandait qui avait bien pu lancer la lecture de cet enregistrement. Il accéléra le pas afin d'atteindre au plus vite le mess du pont B-23. Pour la énième fois, il jeta un regard sur son chronographe comme s'il ne parvenait pas à croire que quelqu'un puisse s'attarder dans le mess à une heure pareille pour écouter de la musique.

Devant la porte, Berliter découvrit l'aspirant Roscoe Poindexter. Le jeune homme efflanqué salua avec empressement l'officier dès qu'il le vit apparaître sous ses yeux.

— Qu'est-ce que vous foutez ici ? demanda Berliter d'une voix rude. Est-ce vous qui êtes responsable de ce vacarme absurde ?

Le jeune astronaute avait le teint pâle et l'air épuisé ; mais le lieutenant ne s'attarda pas à un détail aussi futile. Il y était habitué. Durant ces trois derniers jours, il n'avait pas rencontré un seul visage souriant à bord du vaisseau amiral. Les hommes passaient leurs heures de repos dans leurs cabines, allongés sur leurs couchettes, et se creusaient la tête pour essayer de deviner ce que leur réservait le destin.

— Non… Non, Monsieur ! répondit Poindexter entre ses dents. Au contraire, c'est cette musique qui m'a attiré ici. Je voulais savoir ce qu'il se passait dans le mess.

Berliter regarda une fois de plus son chronographe.

— Pourtant, vous êtes bien de repos, si je ne m'abuse ?

— Oui, Monsieur !

Poindexter faillit s'étrangler en avalant sa salive.

— Pourquoi ne vous détendez-vous pas comme tout le monde dans votre cabine ou dans la salle commune ?

— Il y a eu des disputes dans la salle commune, Monsieur, expliqua l'aspirant. Et c'est en revenant vers ma cabine, où je voulais me retirer pour être au calme, que j'ai entendu la musique.

Berliter donna un coup de pied dans la porte battante. Un homme était assis à une table au centre de la pièce, la tête appuyée sur ses bras croisés, prostré dans la contemplation d'une bouteille vide. Le lieutenant n'arriva pas à l'identifer du premier coup d'œil car il ne voyait pas son visage.

— Qui est-ce ? demanda-t-il à Poindexter.

— Le sergent armurier DeJohanny, Monsieur ! répondit l'aspirant.

— Il est ivre ?

— C'est… Apparemment oui, Monsieur.

Berliter sentit le sang lui monter à la tête. Bien qu'en son for intérieur, il s'attendît à de tels débordements, il éprouva un grand choc en constatant que le premier cas d'ivrognerie parmi les membres de l'équipage se présentait justement dans sa section. En fait, se dit-il pour se remonter le moral, il était tout à fait possible que les autres officiers soient confrontés à des difficultés identiques, mais que pour des raisons psychologiques évidentes, ils se gardent bien d'en parler.

En voyant le regard de l'aspirant fixé sur lui, le lieutenant se redressa machinalement.

Il pénétra dans le mess à pas rapides. DeJohanny ne releva même pas la tête. Lorsqu'il sentit qu'on lui saisissait à pleine main une touffe de cheveux, il se contenta de grogner quelques borborygmes incompréhensibles. Berliter lui cogna trois fois la tête sur la table, coup sur coup, puis il la tira brutalement en arrière. DeJohanny n'eut aucune réaction. Il se borna à rouler les yeux d'un air totalement absent.

— Levez-vous ! lui intima l'officier d'une voix tranchante.

Le sergent donna enfin l'impression de reconnaître l'homme qui se tenait devant lui. Son visage passa à l'écarlate, et il éructa sans aucune retenue.

Berliter lui flanqua une gifle retentissante qui faillit jeter le mutin potentiel à bas de son siège.

— Je ne supporterai pas de telles atteintes à la discipline dans mon équipe ! s'écria-t-il sur un ton rageur.

Sans transition, DeJohanny essaya de grimacer un sourire, mais les effets de l'alcool l'empêchèrent de contrôler parfaitement les muscles de son visage.

— Que voulez-vous, lieutenant ? demanda le sergent. Nous… nous sommes tous fichus. Trente millions d'années-lumière… si ce n'est plus ?

— Arrangez-vous pour que cet homme regagne sa cabine, monsieur Poindexter, répliqua Berliter en faisant un réel effort pour dominer sa fureur. Je m'occuperai de lui plus tard.

DeJohanny se balançait sur son siège.

— Je compte sur vous pour que vous vous acquittiez de cette mission dans la plus grande discrétion, ajouta le lieutenant. Inutile qu'on le voie dans cet état.

Poindexter se rappela alors le spectacle auquel il avait assisté quelques minutes auparavant dans le salon. Des hommes qui vociféraient en s'engueulant les uns les autres. Il aurait suffi d'une pichenette pour qu'ils en viennent aux mains.

Il saisit un des bras du sergent et le passa sur son épaule.

Aussitôt, les mouvements incontrôlés de DeJohanny cessèrent. Il se serra avec une sorte de tendresse contre cette espèce de bouée de sauvetage qui pliait les genoux en gémissant.

— Alors ? questionna Berliter sans maîtriser cette fois son impatience. Vous n'y arrivez pas ?

— Si, Monsieur ! répondit l'aspirant en haletant. Mais avant de l'emporter, il faut que je le maintienne solidement.

— Grouillez-vous ! insista le lieutenant. A moins que vous ne teniez à attendre l'arrivée de quelques hommes curieux ravis de nous surprendre ici dans cette situation fâcheuse ?

Poindexter ne souhaitait pas plus que son chef voir débarquer des spectateurs mais, à l'opposé du lieutenant, il était handicapé par une charge de cent kilos qui développait une force d'inertie étonnante.

— Alors, qu'est-ce qu'on fout ici ?

Poindexter n'avait aucune envie non plus d'entrer en discussion avec un homme qu'une consommation exorbitante d'alcool avait rendu presque inconscient. Il traîna DeJohanny jusqu'à la sortie. D'un signe, Berliter lui fit comprendre de patienter un instant. Il voulait commencer par s'assurer que la coursive était vide de tout promeneur intempestif. Aussi ouvrit-il la porte pour jeter un coup d'œil prudent à l'extérieur.

⁂

La tension qui régnait dans l'immense poste central était quasiment perceptible. Elle semblait flotter au-dessus des têtes des hommes, tel un nuage sombre. Et comme ces derniers étaient devenus de plus en plus silencieux au fil des derniers jours, toutes les autres rumeurs paraissaient avoir gagné en intensité. Le bourdonnement des systèmes de contrôle résonnait, fébrile pour ne pas dire provocateur.

Le major Drave Hegmar, l'officier en second du *Krest*

IV, observait l'homme qui était assis en face de la fente d'éjection de la positronique. C'était l'un des nombreux spécialistes qui se trouvaient à bord du vaisseau amiral. Une force de la nature. Ses sourcils, qui ressemblaient à d'épaisses chenilles, se rejoignaient sans cesse tellement il était nerveux. Depuis toujours, Hegmar éprouvait une antipathie instinctive à l'égard de tous les spécialistes mais, face aux tragiques événements actuels, ce sentiment s'était émoussé au fil des jours. Devant le danger accablant qui les menaçait tous, ils devaient rester unis et se respecter mutuellement.

— Analyse en cours ! s'écria l'homme de faction devant la positronique.

Hegmar jeta un regard hésitant sur l'écran panoramique. Bien que le *Krest IV* soit éloigné de vingt mille années-lumière du centre proprement dit de la galaxie étrangère, la densité stellaire était aussi forte à cet endroit qu'au cœur de la Voie Lactée. Hegmar croyait connaître la peur, mais tout ce qu'il avait vécu jusqu'alors n'était rien en comparaison de cette oppression écrasante provoquée par la distance inimaginable qui le séparait de sa propre galaxie. Ici, tout s'en mêlait ; la peur des soleils étrangers, d'une mutinerie, de dangers inconnus, et surtout la peur de soi-même, car il craignait lui aussi de finir par craquer sous cet énorme fardeau.

Le *Krest IV* se trouvait-il effectivement dans la galaxie sphérique M 87, qui était une des composantes de l'amas de nébuleuses situé dans la constellation de la Vierge ? se demandait le major. Nombreux étaient les signes qui militaient en faveur de cette hypothèse, mais les connaissances des astronomes de bord étaient tout simplement trop restreintes dans le domaine concernant cette partie de l'Univers pour fournir une réponse définitive à cette question.

Beaucoup plus encore que par cette distance spatiale, Hegmar était oppressé par la pensée d'un décalage temporel. Certes, personne n'en touchait mot à bord du vaisseau amiral, mais tous les membres de l'équipage sans exception avaient déjà ruminé en pensée, avec un effroi croissant, la possibilité d'une dérive temporelle.

L'homme chargé de la positronique prit un feuillet de plasto-papier qui était apparu dans la fente et se leva, ce qui eut pour effet d'interrompre le cours des cogitations du major. Les yeux rivés sur le texte, le spécialiste remuait les lèvres en murmurant des mots incompréhensibles. Puis il s'approcha de la console de commandes pour remettre à Perry Rhodan les résultats des calculs effectués par la positronique.

Presque tous les officiers et les mutants s'étaient rassemblés dans le poste central. Les premiers n'avaient pas souvent l'occasion de dormir. Les seconds étaient mieux partagés puisque leurs activateurs cellulaires leur permettaient de se passer facilement de repos.

Rhodan étudia les feuillets.

— La probabilité d'une mutinerie est montée de sept pour cent, déclara-t-il au bout d'un certain temps. Cela signifie que, pour le moment, nous n'avons à craindre que quelques infractions disciplinaires isolées tout au plus. Néanmoins, il ne faut pas oublier que le climat parmi l'équipage se dégrade d'heure en heure, jusqu'à approcher du point zéro.

— Tout dépend de ce que nous réserve le proche avenir, remarqua Roi Danton.

Hegmar n'en revenait pas du changement qui s'était opéré dans les relations entre le Stellarque et le roi des Libres-Marchands. Perry Rhodan avait brusquement cessé de le traiter avec la dureté et l'intransigeance dont il avait fait preuve jusqu'alors. Au contraire. Tout portait à croire que les deux hommes avaient signé à présent un accord tacite.

— Oui, approuva Rhodan. N'importe quel incident, aussi futile soit-il, peut conduire à une explosion. C'est pourquoi il nous faut être très prudents. Il est absolument indispensable que les officiers et leurs suppléants nous tiennent sans cesse au courant des moindres difficultés qui surgissent dans leurs sections, même si elles leur semblent insignifiantes.

Après cette déclaration, quelques-unes des personnes concernées avaient paru particulièrement embarrassées, ce qui n'avait pas échappé à l'œil observateur de Hegmar – et il n'en ignorait pas la raison. Ces hommes n'avaient aucune envie d'aller trouver Rhodan, Atlan ou le colonel Akran pour leur dévoiler la moindre péripétie affectant leurs groupes. Ils se considéraient comme capables de venir à bout tout seuls de toutes les difficultés qui surgiraient dans leurs secteurs. D'ailleurs, se dit encore Hegmar, ils l'avaient déjà prouvé à de nombreuses reprises.

Mais il fallait reconnaître que la situation était différente cette fois-ci. Jamais encore un vaisseau terranien ne s'était perdu à une distance aussi phénoménale de la Voie Lactée. Jamais auparavant les hommes n'avaient autant douté de l'utilité du travail à bord que maintenant. Hegmar savait quelles idées leur tourbillonnaient dans la tête, et qu'au lieu de s'atténuer avec le temps, elles ne feraient que gagner de plus en plus d'adeptes.

Il devinait aussi que Perry Rhodan connaissait exactement la nature des pensées qui agitaient les membres d'équipage de ce vaisseau en perdition. Mais le Stellarque n'en laissait rien paraître. Il faisait confiance à ses officiers, et manifestement aussi à sa propre faculté d'exalter les troupes quelle que soit la perspective envisagée. Au moment décisif, il saisirait le microphone de l'intercom pour prononcer un discours qui aurait sans doute le pouvoir de secouer les hommes et de les sortir de leur état dépressif en leur rendant l'espoir, même dans une situation désespérée.

Dans le poste central, les discussions allaient bon train, mais c'est à peine si Drave Hegmar les écoutait.

Les plans esquissés dans des conditions aussi dramatiques ne possédaient qu'une valeur plus ou moins théorique. Les astronomes qui prétendaient que le *Krest IV* avait échoué dans la galaxie M 87, alléguaient, en guise d'argument principal, la zone de décharge énergétique bleuâtre qui la caractérisait. Les adversaires de cette hypothèse avançaient qu'entourés de plusieurs millions d'univers-îles, ils ne pouvaient pas exclure que d'autres amas stellaires présentent eux aussi la même spécificité.

L'absence d'Atlan ne laissait pas d'étonner Hegmar. Il supposait que l'Arkonide s'était rendu à bord de la nef des Halutiens. Le vaisseau de bataille d'Icho Tolot avait été magnétiquement ancré au pôle supérieur de la coupole du *Krest IV*. De cette manière on était certain que les deux navires ne se perdraient pas de vue dans cette nébuleuse. En effet, il s'était avéré que les instruments de détection et de transmission fonctionnaient d'une façon défectueuse parce qu'ils étaient fortement perturbés par les puissants courants énergétiques qui émanaient de cette galaxie.

Malgré tout, Hegmar ne pouvait s'empêcher d'être étonné que les Halutiens aient accepté avec autant de complaisance de voir leur nef réduite à n'être qu'une simple chaloupe du *Krest IV*. Généralement, ces êtres-là préféraient travailler dans l'indépendance totale. Donc, à ses yeux, Tolot devait avoir des raisons bien précises de lier le sort de son vaisseau à celui de l'ultracroiseur terranien.

*
* *

Lorsqu'il pénétra dans la centrale du navire halutien, Atlan trouva Icho Tolot tassé dans un des sièges de commandement, tandis que Fancan Teik faisait les cent pas le long du pupitre de contrôle. Atlan se demanda pourquoi Tolot l'avait prié d'une manière aussi mystérieuse de venir le rejoindre à bord de sa nef. Le Halutien lui avait adressé un message en précisant bien que ni Rhodan ni l'un quelconque des officiers terraniens ne devait être mis au courant de cette visite.

— Je suis heureux que vous ayez répondu aussi rapidement à notre appel ! aboya Teik de sa voix sonore.

C'était la première fois qu'il saluait l'Arkonide avec autant de spontanéité. Jusqu'alors, il avait toujours manifesté une attitude réservée à son égard. Atlan avait veillé à respecter les raisons sentimentales du Halutien, et il ne s'était jamais imposé à lui.

— Regardez Tolot ! dit le géant au nouveau venu.

— Qu'est-ce qu'il vous arrive, Icho Tolot ? s'enquit Atlan. Vous êtes malade ?

Le Halutien releva la tête. Les yeux lui sortaient des orbites lorsqu'il les fixa sur son visiteur.

— Il parle très peu, remarqua Teik. Mais quand il ouvre la bouche, il se gargarise de reproches amers.

Tolot se redressa. Ses regards allaient de l'un à l'autre. Atlan avait l'impression qu'il faisait preuve à l'égard de Fancan Teik, notablement plus jeune que lui, de l'indulgence propre au vétéran. Là pouvait être d'ailleurs la raison pour laquelle il ne réagit pas aux paroles de son compatriote.

— Je n'ai pas de peine à imaginer que le moral à bord du vaisseau terranien n'est pas au beau fixe, déclara Icho Tolot tout de go.

Atlan se contenta d'approuver avec insistance.

— Il est même franchement mauvais, confirma-t-il. Les hommes sont à cran. Quelques-uns se sont mis à boire. Il y a déjà eu des bagarres.

— Ce n'est qu'un commencement, et les choses ne feront qu'empirer, déclara Icho Tolot en guise de commentaire. Quand l'équipage du *Krest IV* aura vraiment compris dans quelle situation désespérée nous nous trouvons, il faudra s'attendre très vite à des mutineries.

— C'est bien ce que nous prévoyons ! répliqua Atlan d'une voix bougonne. Et je suis certain que nous nous y sommes suffisamment préparés.

— Vous le croyez vraiment ? demanda le géant, sceptique. Vous et moi, nous ne sommes pas des Terraniens, mais nous connaissons bien la mentalité de ces hommes. Le Terranien a besoin d'un but. Et s'il n'en a pas, il finit par perdre son âme.

— Rhodan trouvera bien un but à leur offrir, assura Atlan.

— A ces hommes isolés de tout ?

Tolot se mit à faire à son tour les cent pas à côté de son ami Fancan Teik. Les corps énormes des deux Halutiens jetaient des ombres grotesques sur le sol. Les diverses consoles de contrôle se mirent à vibrer comme si elles étaient soudain animées d'une vie irréelle.

— Vous entendez ? fit Tolot d'une voix triomphante. Qu'est-ce que je vous disais ? Nos vaisseaux sont cernés par des nuées entières de ces sphères lumineuses à phosphorescence bleuâtre. Ces boules sont de puissantes radiosources. Elles se déplacent à des vitesses variées vers le centre de la galaxie, lequel émet une radiance bleue. Etrange, n'est-ce pas ?

Atlan se passa la langue sur les lèvres. A voir la manière dont les deux Halutiens allaient et venaient dans la centrale de leur vaisseau, on sentait qu'ils incarnaient une puissance naturelle colossale. Il était difficilement imaginable qu'il existât quelque chose qui pût leur faire peur.

— Nous avons mesuré la vitesse de ces sphères, poursuivit Tolot. Elle varie entre cinq et dix pour cent de celle de la lumière. Pas une d'entre elles ne s'écarte de cette plage. Autrement dit, elles obéissent à une certaine loi qui n'est pas le fait du hasard… Qu'est-ce que Rhodan envisage à présent ?

La manière brutale dont Tolot passa du coq à l'âne pour exprimer le fond de ses préoccupations troubla l'Arkonide.

— Quitter ce secteur le plus rapidement possible, répondit-il au bout de quelques secondes. En tout état de cause, Rhodan voudrait tourner le dos à cette galaxie inconnue. Dans le Grand Désert intergalactique, nous pourrons déterminer plus facilement notre position.

Tolot jeta un coup d'œil furtif sur les contrôles.

— Pour l'instant, le *Krest IV* a mis en panne dans l'espace, n'est-ce pas ?

— Oui, répondit simplement Atlan.

Le Halutien poussa un grognement. Pendant un moment, il discuta avec Fancan Teik dans une langue inconnue. En général, les natifs de leur planète étaient trop courtois pour agir de la sorte. S'ils s'y résignaient, c'est qu'ils avaient une idée bien précise derrière la tête.

— Je n'ai pas de peine à imaginer que Perry Rhodan compte sur notre aide, finit par déclarer Icho Tolot dans un langage compréhensible – et civilisé.

— En effet, acquiesça Atlan. L'atmosphère à bord du vaisseau amiral serait encore plus désespérée si nous ne savions pas que nous pouvons appeler à l'aide à tout instant deux Halutiens avec leur navire. La présence de votre nef magique est un facteur psychologique essentiel dans notre situation.

Tolot éclata d'un bon rire tonitruant qui fit frémir Atlan de la tête aux pieds.

— Vous avez entendu ça, Teiktos ? s'exclama-t-il en se tournant vers son compatriote.

— Oui, Tolotos. Tout se passe comme nous l'avions prévu.

— Je vais être franc avec vous, reprit Tolot en s'adressant de nouveau à l'Arkonide. Notre vaisseau ne vous sera d'aucun secours.

— Quoi ? ne put s'empêcher de clamer Atlan. Vous… vous avez l'intention de nous lâcher ?

— Non, bien entendu, murmura Tolot. *Nous ne pouvons plus l'utiliser*. Nos blocs-propulsion transdimensionnels ultra-sensibles ont été endommagés par les terribles chocs énergétiques. N'oubliez pas qu'ils sont notablement plus fragiles que les propulseurs linéaires des vaisseaux terraniens.

— Voilà qui est fort regrettable, grommela Atlan.

Tout en prononçant ces quelques mots, il laissa ses pensées tourbillonner dans son esprit. Il avait du mal à prendre réellement la mesure exacte de cette catastrophe. Sans ce vaisseau de combat, ils étaient perdus à tout jamais. Personne à bord du *Krest IV*, exception faite de Perry Rhodan, ne devait connaître les avatars dont avait été victime le navire de Tolot. Si l'équipage du vaisseau amiral venait à apprendre que la petite nef sur laquelle il fondait tous ses espoirs était devenue incapable de voler, son moral risquait de baisser encore de plusieurs crans.

— J'ai conduit mes enfants à leur perte, gémit Tolot. Je n'aurais jamais dû attaquer *Old Man*, car je connaissais les effets de plusieurs transmetteurs dimensionnels fonctionnant en simultané.

Atlan savait que Tolot désignait souvent les Terraniens comme « ses enfants ». Ainsi, le Halutien se sentait responsable de cette catastrophe.

— Personne ne vous fait le moindre reproche, affirma d'une voix douce l'Arkonide qui ne pouvait se rappeler avoir jamais vu un Halutien dans un état de désespoir aussi profond.

Fancan Teik esquissa un geste de résignation.

— Tolot s'en fait pourtant beaucoup. Je crains qu'il ne soit pas près de s'en consoler.

Atlan se sentait mal à l'aise. Il cherchait un prétexte pour pouvoir quitter le plus rapidement possible la nef halutienne. Plus tard, lorsque Tolot aurait surmonté sa crise morale, il pourrait revenir à bord de son navire.

Fancan Teik donnait l'impression de deviner les pensées qui agitaient présentement son visiteur.

— Maintenant que vous savez tout, retournez à bord du *Krest IV.* A vous de décider vous-même ce que vous allez révéler à Rhodan et aux membres de l'équipage.

Atlan se força à grimacer un sourire.

— Il n'y aura pas grand-chose à dire.

— En effet, l'approuva Teik d'une voix placide. Il n'y a pas grand-chose à dire.

*
* *

En pénétrant dans la centrale du *Krest IV*, Atlan trouva Perry Rhodan entouré de ses officiers. La voix du Stellarque avait conservé son timbre placide. L'Arkonide savait qu'elle exerçait toujours une influence durable sur le moral de ces hommes déconcertés.

Au moment d'entrer, il entendit son ami terranien prononcer quelques mots avec le calme olympien qui le caractérisait.

— Il faut que nous sortions au plus vite de ce secteur dangereux. Ici, nous sommes constamment menacés d'incidents provoqués par ces sphères d'énergie que monsieur Danton a désignées sous le nom d'Irradiants.

En effet, c'était ainsi que Roi Danton avait baptisé ces étranges boules après avoir entendu les astrophysiciens de bord affirmer qu'elles n'étaient rien d'autre que de l'énergie focalisée émise depuis des temps immémoriaux par les milliards de soleils qui occupaient le centre de la galaxie. Ainsi, sous l'effet d'un phénomène physique que les scientifiques s'étaient efforcés en vain jusqu'à présent de déchiffrer, des quantités d'énergie se concentraient et se transformaient en globes lumineux couleur azur qui, comme par magie, étaient attirés par le noyau galactique, apparemment de même nature énergétique.

— Nous ne suivons pas une trajectoire fixe, reprit Rhodan. Cependant, comme nous ne connaissons aucune des étoiles qui évoluent dans le secteur périphérique de cette galaxie, la direction dans laquelle nous nous déplaçons n'a aucune importance. La seule chose qui soit essentielle pour l'instant, c'est que nous nous échappions le plus vite possible de cette cohue.

Atlan s'approcha du pupitre de contrôle près duquel il s'arrêta sans dire un mot. Ses yeux rencontrèrent ceux du major Hegmar, dans lesquels il lut le même doute qui l'assaillait lui aussi, et qui l'inquiétait fort.

— Nous devons nous attendre à ce que ces nuées de sphères d'énergie commencent à s'agiter dès que nous lancerons les blocs-propulsion du *Krest*, expliqua encore Perry Rhodan. Il faut que nous plongions dans l'hyperespace avant que les Irradiants ne viennent frôler la coque de notre vaisseau. Dès que nous aurons atteint la vitesse minimale nécessaire, nous mettrons en œuvre toutes les forces compensatrices dont nous disposons pour plonger dans l'espace linéaire.

La vitesse minimale nécessaire, autrement dit dix mille kilomètres/seconde.

Atlan vit Rhodan se redresser et son regard se perdre par-dessus les têtes des hommes. Se demandait-il où Atlan avait passé les deux heures précédentes ? Rien ne permettait de le deviner, sa physionomie demeurait impassible. En quelques mots, il expliqua ses plans à l'Arkonide.

Lequel savait bien qu'ils n'avaient pas d'autre choix que de quitter cette zone empoisonnée.

Puis le Stellarque tendit quelques notes écrites à son ami.

— Ce sont les rapports des derniers incidents qui ont éclaté à bord, lui dit-il en guise de commentaire. La probabilité d'une mutinerie n'est pas très élevée, mais il nous faut compter avec des impondérables.

Atlan prit les feuillets. Il n'avait pas besoin de les lire car il devinait sans peine les réactions de certains des membres de l'équipage dans la situation actuelle.

— Une idée commence à se répandre parmi les hommes, déclara encore Rhodan. Certains croient que la meilleure solution serait de trouver une planète aux conditions analogues à celles de la Terre et d'y fonder une nouvelle civilisation. (Le Stellarque ne put s'empêcher de se redresser.) Jamais je ne donnerai mon aval à de telles suggestions. Tant que ce navire est capable de voler et que son équipage est en bonne santé, je tenterai l'impossible pour regagner la Voie Lactée.

La pensée de sa Galaxie d'origine fit naître une ombre

sur la physionomie de Perry Rhodan. Personne ne savait ce qu'il se passait actuellement dans le Système Solaire. L'attaque de la police temporelle était imminente et, dans ce contexte, la disparition de Rhodan aurait sûrement des conséquences cataclysmiques.

Son ami haussa les épaules. Quelle idée absurde de vouloir s'occuper l'esprit avec les problèmes de l'Empire Solaire ! Comme si les sujets d'inquiétude ne leur suffisaient pas pour l'instant ! Sans compter qu'ils n'avaient aucun moyen d'intervenir dans les événements qui secouaient la Voie Lactée.

— Commencez à accélérer dans cinq minutes, colonel, dit Rhodan à Merlin Akran. Prévenez l'équipage du vol qui se prépare, par le circuit intercom général, mais sans donner de détails. Qu'il plane une sorte de mystère autour de cette décision afin que les hommes aient ainsi quelques sujets de réflexion. Cela les distraira.

Atlan grommela en signe d'approbation.

— Quant à moi, je vais leur promettre le paradis, si ça peut les apaiser.

CHAPITRE 2

Lorsque les blocs-propulsion du *Krest IV* s'activèrent, les Irradiants qui planaient dans l'espace commencèrent à s'agiter. Au début, ils se contentèrent de modifier leur vitesse, puis ils mirent ostensiblement le cap sur l'ultracroiseur. Ils oscillaient dans l'espace comme s'ils étaient ivres, ou sautillaient telles des balles de tennis. Une nuée particulièrement dense s'approcha du pôle supérieur de la coupole du vaisseau amiral, là où était ancrée la nef halutienne.

— On croirait voir des bulles de savon, commenta Bert Hefrich, les yeux rivés sur les écrans de visualisation.

— Ils sont dangereux, murmura Rhodan. Je ne serai rassuré que lorsque le premier convertisseur kalupéen se sera mis en marche.

Le *Krest IV* atteignit en un temps record l'accélération nécessaire à la plongée dans la zone de libration. Le kalup numéro 1 s'activa.

Presque simultanément, l'espace entourant l'ultracroiseur fut secoué par deux mille puissants chocs de transition. Ses détecteurs de structure grimpèrent jusqu'au niveau maximal.

— Stoppez la manœuvre linéaire ! s'écria Rhodan. Désactivez les blocs-propulsion conventionnels !

Le colonel Akran réagit aussitôt. Le géant de deux mille cinq cents mètres de diamètre, qui venait un instant plus tôt de se préparer à quitter le continuum einsteinien, se remit à naviguer tranquillement dans le cosmos.

Mais à présent, il ne volait plus en solitaire.

Deux mille réceptacles transparents l'accompagnaient. Chacun de ces objets volants avait la forme d'un prisme hexagonal de trois mètres de longueur dont l'une des extrémités était plane, tandis que l'autre était occupée par une sphère de trois mètres de diamètre environ.

— Sapristi, qu'est-ce que c'est encore que ça ? ne put s'empêcher de s'exclamer le lieutenant-colonel Ische Moghu. Ils ressemblent à des cercueils volants.

Atlan qui, pendant tout ce temps, s'était déjà demandé ce qu'évoquait dans son esprit ces objets incongrus, reconnut la justesse de cette comparaison.

Ils venaient de rencontrer les premiers exemplaires de vie intelligente dans cette galaxie étrangère.

— Quels sont les ordres, Monsieur ? entendit-on soudain au milieu du silence contraint.

C'était la voix mesurée de Merlin Akran.

Rhodan se tenait debout derrière l'Epsalien, les yeux fixés sur les écrans d'observation. Il lui était impossible de deviner les intentions de ces nouveaux venus.

Le premier officier de tir s'annonça dans l'intercom.

— Toutes les batteries ont été parées, Monsieur.

— Merci, Waydenbrak, répondit Rhodan. Nous n'en avons pas besoin pour l'instant. (La phrase suivante s'adressait au chef de la centrale des transmissions, le major Waï Tong.) Envoyez un message hypercom, major. Nous parviendrons peut-être à établir un contact.

Atlan n'arrivait pas à croire que les cercueils volants aient émergé de l'hyperespace et se soient rapprochés du *Krest IV* par hasard. De deux choses l'une : ou bien ils avaient été attirés par quelque chose, ou bien quelqu'un les y avait envoyés. Les deux mille barres hexagonales encerclaient l'ultracroiseur sans avoir adopté de formation précise.

— Nous avons répété le message à plusieurs reprises, Monsieur, annonça le major Waï Tong un peu plus tard. Mais je doute que nous recevions une réponse.

— C'est bien mon avis, confirma Rhodan.

— N'est-il pas curieux que ces étranges objets volants aient émergé de l'hyperespace au moment même où notre premier kalup s'est activé ? demanda l'ingénieur en chef, Bert Hefrich. J'ai bien l'impression qu'ils ont dû être attirés par le flux énergétique du convertisseur kalupéen.

— Je propose que nous les ignorions purement et simplement, intervint Roi Danton. Je crains qu'ils ne nous amènent que des difficultés. Pourquoi devrions-nous nous charger volontairement de problèmes supplémentaires en nous occupant d'eux ? Nous en avons déjà bien assez comme ça !

Rhodan regarda fixement le jeune Libre-Marchand avant de répondre.

— Vous oubliez que, pour assurer l'équilibre psychologique de l'équipage du *Krest*, il serait bon de lui offrir un ennemi commun auquel il pourrait se confronter. Cela permettrait aux hommes d'oublier leurs petites querelles intestines et renforcerait leur solidarité.

— Ce n'est pas impossible, admit Danton. Mais n'oubliez pas non plus le risque qui est lié à un examen plus approfondi de ces artefacts volants.

Dans le poste central, chacun approuva les suggestions du Libre-Marchand. Le *Krest IV* évoluait dans cette galaxie étrangère depuis déjà trois jours, à plus de trente millions d'années-lumière sans doute de la Voie Lactée. La précarité de sa situation lui faisait courir un risque constant et, dans ces conditions, il n'était pas prudent de la part de ses passagers de s'intéresser de trop près aux premières traces d'une civilisation inconnue. Néanmoins, à la place de Perry Rhodan, chacun des officiers aurait probablement donné les mêmes ordres.

— Pourquoi n'enverrions-nous pas quelques coups de semonce en guise d'avertissement pour voir comment réagiront ces inconnus ? proposa le major Hegmar.

— Nous ne savons pas encore si ces mini-nefs sont habitées, répondit Rhodan. Je voudrais éviter toute action belliqueuse tant que nous ne sommes pas directement menacés.

Le major Hegmar observait attentivement sur les écrans

quelques-uns de ces fûts hexagonaux. Non seulement il lui semblait qu'ils évoluaient très près de la coque de l'ultracroiseur, mais encore il avait l'impression qu'ils étaient transparents. Malgré cela, l'officier en second ne put identifier leur contenu. Il devait s'agir de mini-nefs spatiales à pilotage automatique, se dit-il. Mais pour quelle raison étaient-ils apparus en si grand nombre à proximité du *Krest IV* ? A cette question, Hegmar ne trouvait pas non plus de réponse.

*
* *

Le petit homme se détacha si brusquement de la niche de la coursive que Roscoe Poindexter sursauta.

— Caporal Chanter ! s'exclama l'aspirant. Qu'est-ce que vous faites là ?

Chanter se passa une main nerveuse dans les cheveux et se lécha les lèvres.

— Les autres ne veulent pas que vous soyez au courant, déclara-t-il d'une voix haletante. Mais je leur ai dit que vous étiez un jeune homme intelligent, et que vous vous joindriez à nous si vous saviez ce que nous envisageons.

Poindexter cligna des yeux.

— Pourriez-vous m'expliquer ce dont il s'agit ?

Chanter grimaça un sourire crispé. Il fit un signe à Poindexter avant de disparaître dans un couloir latéral. L'aspirant hésita. Il ne savait pas s'il devait suivre le caporal ou non. Jusqu'alors, Chanter n'avait jamais manifesté une sympathie particulière à son égard, et il lui était difficile de trouver une explication à ce revirement d'attitude inattendu. Une vague intuition susurra au jeune astronaute que quelque chose clochait dans cette histoire. Dans ces conditions, il valait mieux qu'il accompagne le sous-officier.

Après s'être immobilisé au détour d'une coursive secondaire, Chanter jeta derrière lui un coup d'œil brillant d'impatience. Lorsqu'il vit l'aspirant lui emboîter le pas, il approuva d'un signe de tête satisfait. Puis il attendit derrière le panneau d'accès à un petit local de réserve que le jeune homme le rejoigne.

— Ne vous faites pas de soucis, dit-il sur un ton apaisant. Nous n'avons pas l'intention de nous révolter contre les officiers. Mais il est temps que l'on nous dise la vérité. C'est pourquoi je voudrais que vous soyez parmi nous lorsque nous rédigerons la résolution.

Le cœur de Poindexter se mit soudain à palpiter. Il évita de répondre directement au regard du caporal. De quelle résolution était-il question ici ?

Chanter frappa quatre coups sur le panneau du magasin, qui s'ouvrit aussitôt de l'intérieur. Un visage sombre balaya la coursive des yeux. Une sorte de décharge électrique secoua Roscoe Poindexter.

C'était le sergent armurier DeJohanny !

Poindexter aurait juré qu'il était couché dans sa cabine pour se remettre de sa cuite carabinée. Or, l'ivrogne était là, et il toisa le nouveau venu d'un œil brillant de mépris, tandis que le timbre de sa voix n'avait rien perdu de sa méchanceté habituelle lorsqu'il apostropha le caporal.

— Vous êtes tout de même allé le chercher ?

— Oui, répondit Chanter d'un air buté. Il remettra notre papier à l'un des officiers. Je crois qu'on peut lui faire confiance.

DeJohanny lança un juron destiné sans doute à exprimer la profondeur de son dédain, puis il ouvrit tout grand le vantail. L'intérieur du local n'était éclairé que par une veilleuse. Il fallut quelques minutes à l'aspirant pour s'habituer à la pénombre, et il finit par distinguer progressivement quinze silhouettes recroquevillées sur le plancher, dont tous les regards étaient dirigés vers lui. DeJohanny referma brutalement le panneau, sans se soucier du vacarme.

— Nous en avons pratiquement terminé, dit-il. Ce que nous exigeons, c'est que Perry Rhodan mette l'équipage au courant de la position actuelle du *Krest IV*. En outre, nous voudrions savoir si nous avons une chance de rentrer chez nous, dans la Voie Lactée. Sinon, il nous faut absolument chercher et trouver une planète analogue à la Terre sur laquelle nous pourrons vivre. Aucun d'entre nous n'a envie de terminer son existence à bord de ce navire sur lequel nous sommes condamnés à bouffer de la viande séchée et des aliments concentrés.

— Je crois que vous vous méprenez sur la situation, se hasarda à déclarer Poindexter d'une voix mal assurée. Rhodan a déjà expliqué à l'équipage la position approximative du navire, d'après les calculs des astrophysiciens.

— Oui ! A l'intérieur de l'amas nébuleux de la Vierge ! lança un des hommes accroupis sur le sol.

Ils gardaient tous la tête baissée, de sorte que leurs visages restaient anonymes. Poindexter se demandait si c'était voulu ou simplement fortuit.

— L'amas nébuleux de la Vierge a un diamètre de quatre millions de parsecs, expliqua Poindexter. Nous connaissons douze cents groupements stellaires qui en font partie. La galaxie sphérique baptisée M 87 n'est que l'un d'entre eux. Réfléchissez au fait que celle-ci possède environ mille amas globulaires dans ses zones périphériques et vous pourrez vous faire une idée de la difficulté qu'il y a à nous localiser de façon précise.

— Autrement dit, Rhodan n'en sait pas plus que ce qu'il nous a révélé jusqu'à présent ? insista l'un des hommes.

— En effet, approuva Poindexter sans la moindre hésitation.

— Donc, conclut une voix grave, il n'y a aucun espoir de retour.

Poindexter avait le sentiment que son devoir était de protester contre cette conclusion péremptoire, mais sa langue lui refusa soudain tout service. Elle était comme paralysée dans sa bouche. Il sentait le poids de cette distance monstrueuse peser sur ses épaules et comprenait le désespoir profond de ces hommes.

— Il y a environ vingt minutes, ajouta DeJohanny, une flotte d'unités ennemies a été détectée. Pouvez-vous nous donner une explication à ce sujet, monsieur Poindexter ?

— Il ne s'agit pas d'une flotte, corrigea l'aspirant. Chacun de ces objets volants ne mesure que trois mètres de longueur. Dans le poste central, on s'efforce de découvrir l'origine de ces mystérieux réceptacles prismatiques.

Quelqu'un eut un rire moqueur.

— Est-ce que vous seriez prêt à remettre notre résolution entre les mains de Perry Rhodan ? s'enquit DeJohanny.

— Certainement pas ! lança Poindexter du tac au tac.

Le sergent ne parut même pas surpris de cette réaction.

— Pourquoi ? demanda-t-il sèchement.

— Parce que je suis d'avis qu'au point où nous en sommes, l'équipage doit garder son calme et son sang-froid. Rhodan et les officiers de la centrale ont suffisamment de soucis. Nous devrions veiller à ce qu'ils puissent se consacrer entièrement au sauvetage du vaisseau. La moindre agitation parmi les hommes ne ferait que les distraire de leur tâche essentielle.

DeJohanny s'approcha de l'aspirant. Il répandait autour de lui de désagréables effluves de tord-boyaux.

— Peut-être le Stellarque serait-il malgré tout reconnaissant qu'on lui fasse quelques suggestions ? déclara-t-il en traînant sur les mots.

— Sans aucun doute, mais ce ne sont pas des suggestions que vous avez à présenter, riposta Poindexter, tout étonné lui-même de la fermeté avec laquelle il parlait soudain. Vous voulez vous rebeller contre l'ordre établi, voilà tout.

DeJohanny recula d'un pas. Il cligna des yeux dans différentes directions comme s'il voulait se convaincre que toutes les personnes présentes avaient compris l'énormité de cette accusation.

— Autrement dit, vous nous traitez de mutins ?

— Votre attitude ressemble en effet à un début de mutinerie, acquiesça Poindexter. Et le pas suivant sera la rébellion déclarée. Mais je voudrais tous vous mettre en garde contre cette solution. Le nombre des membres de l'équipage qui sont raisonnables et gardent leur sang-froid restera toujours supérieur à celui des fauteurs de troubles. Vous êtes suffisamment intelligents pour vous rendre compte que vous n'avez guère de chances de réussir.

DeJohanny se retrouva en quelques pas auprès du panneau d'accès, et il l'ouvrit brutalement.

— Allez, ouste ! Foutez le camp d'ici ! s'écria-t-il d'une voix haineuse.

A ce moment précis, une musique étrange jaillit des haut-parleurs de l'intercom. Elle ressemblait à un concert donné par des milliers d'orgues qui attaqueraient simultanément la même partition.

Poindexter frissonna. La silhouette sombre de DeJohanny, qui se dessinait à contre-jour dans la lumière brillante de la coursive donna l'impression de se ratatiner.

— Qu'est-ce que c'est que ça ? aboya le caporal Chanter, bouleversé.

*
* *

Le hasard voulait que les récepteurs du *Krest IV* aient été branchés de telle manière que le concert donné par les engins hexagonaux soit diffusé dans tout le navire.

Le major Drave Hegmar ne se rappelait pas avoir jamais entendu auparavant des hymnes d'une telle intensité et d'une telle profondeur. Cette musique supra-terrestre jaillissait dans tous les haut-parleurs et semblait se répercuter partout en écho. Elle évoquait dans l'esprit de Hegmar le grondement lointain de plusieurs cascades déchaînées.

Pendant quelques secondes, cette mélodie inattendue paralysa la détermination des hommes. Puis le centralcom procéda à quelques réglages de volume de sorte qu'elle se réduisit à un bruit de fond.

— Voilà que nous bénéficions d'un concert gratuit !

déclara Roi Danton en espérant que sa tentative de plaisanterie plutôt naïve détendrait l'atmosphère, mais le timbre de sa voix avait perdu son assurance habituelle.

Même maintenant que son intensité avait considérablement baissé, cette musique venue d'ailleurs continuait à posséder un peu de la violence d'un ouragan. Elle semblait être le symbole de toutes les puissances de la nature.

Hegmar sentait qu'il lui suffirait de fermer les yeux et de se concentrer entièrement sur ces harmonies pour être emporté par elles. Les alternances de puissance sonore déclenchaient en lui des émotions étranges. Elles le rendaient mélancolique et l'emplissaient en même temps d'une certaine euphorie au plus profond de lui-même. « Voilà une musique capable d'entraîner un homme jusqu'au bout du monde », songea-t-il. « Elle pourrait lui servir d'idéal qui conditionnerait tous ses actes. »

Il finit par se secouer et s'arracher à cette emprise pour concentrer son attention sur Perry Rhodan.

Le Stellarque tenait les yeux braqués sur les écrans d'observation. La position de ces curieux engins volants s'était modifiée d'une façon à peine perceptible.

— Il faudrait s'enfuir d'ici tant qu'il en est encore temps, proposa Atlan. Peut-être cette musique a-t-elle pour objectif d'avoir un effet hypnotique sur les hommes.

— Rien ne nous empêche de débrancher les récepteurs à notre gré, riposta Rhodan, révélant ainsi qu'il n'avait pas l'intention de céder aux avertissements de l'Arkonide. A aucun prix nous ne devons laisser passer la chance de prendre contact avec des intelligences qui maîtrisent comme nous la navigation spatiale. Ces êtres peuvent peut-être nous aider à déterminer exactement notre position actuelle.

Dans son for intérieur, Hegmar soupçonnait Rhodan d'avoir déjà pris une décision.

— Etant donné que l'on entend cette étrange musique dans tous les coins et recoins du vaisseau, Monsieur, lui rappela le lieutenant-colonel Ische Moghu, je conseillerais de donner une explication à l'équipage.

— D'accord, approuva Rhodan. Je vous laisse carte blanche.

Tandis que le commandant en second tenait un petit discours par intercom, d'autres résultats fournis par les détecteurs furent analysés. Cependant, les nouvelles données ne firent qu'augmenter la confusion dans le poste central.

— Peut-être devrions-nous éjecter une corvette, Monsieur, proposa le chef de la Première Flottille, le major Hole Hohle.

Le Stellarque rejeta cette suggestion.

— Nous n'allons rien faire qui pourrait ressembler à un acte offensif, déclara-t-il. Mais il nous faut absolument essayer de résoudre l'énigme de ces sarcophages volants.

— Ils ont un comportement plutôt passif, commenta Melbar Kasom. Avec un peu de malchance, nous risquons d'attendre des heures, pour ne pas dire des journées entières, avant qu'il se passe quelque chose.

Rhodan se tourna vers John Marshall.

— Percevez-vous des impulsions ?

D'un mouvement de la tête, le mutant répondit par la négative. De même, L'Emir affirma qu'il n'était pas en mesure de capter des influx mentaux.

Hegmar ne s'attendait pas à ce que des êtres vivants puissent naviguer à bord de ces deux mille mini-engins spatiaux. Au contraire, il était convaincu qu'il s'agissait de vaisseaux-robots qui avaient une mission précise à remplir.

Il se demanda encore si cette musique nostalgique s'était déclenchée après que les prismes hexagonaux eurent détecté le *Krest IV*. Si cette hypothèse correspondait à la réalité, la puissance des mélodies diffusées par les haut-parleurs du vaisseau amiral avait sans doute été réglée par des êtres qui en attendaient des réactions déterminées d'avance.

L'officier fronça les sourcils. Toute son attention était concentrée sur cette musique, et il finit par se rendre compte qu'il ne s'agissait pas d'orgues, même si le résultat pouvait le laisser croire, mais plutôt de voix dénaturées jusqu'à les rendre méconnaissables, tout en restant mélodieuses et émouvantes.

— Nous allons transporter un de ces sarcophages à bord !

Hegmar ne put s'empêcher de sursauter lorsqu'il entendit Perry Rhodan lancer cette décision inattendue.

— Et aussitôt après, poursuivit le Stellarque, nous filerons et plongerons dans l'espace linéaire. Nous aurons alors tout loisir de nous pencher sur ce mystère.

Il s'approcha du microphone de l'intercom.

— Mettez-moi en liaison avec le responsable de l'éjection et de l'appontage des corvettes, dit-il.

A peine quelques secondes plus tard, le visage sec et ensommeillé de Swendar Rietzel apparut sur l'un des écrans. Il grimaçait un sourire, découvrant par la même occasion deux rangées de fausses dents impeccables. Le fait d'être interpellé par Rhodan en personne ne paraissait guère l'impressionner.

— Nous allons prendre à bord une de ces mystérieuses boîtes volantes, annonça le Stellarque à l'officier technicien. Je voudrais que vous surveilliez la manœuvre de rentrée dans le sas. Prenez toutes les dispositions de sécurité nécessaires.

— Oui, Monsieur, répondit Rietzel, imperturbable.

La liaison en resta là.

— Même s'il était question d'apponter la grand-mère du diable, Rietzel ne manifesterait pas la moindre émotion, remarqua Merlin Akran d'une voix tonitruante.

*
**

En revanche, s'il y avait quelque chose qui pouvait mettre Swendar Rietzel en ébullition, c'étaient les hommes qui se lançaient avec un zèle exagéré dans un travail important, quel qu'il fût. Lorsque à travers la vitre de la cabine de contrôle isobare, il vit les deux techniciens du hangar courir à toute allure vers le sas, il se pencha d'un air furieux sur le microphone à l'aide duquel il pouvait communiquer avec eux.

— Calmez donc un peu vos ardeurs ! beugla-t-il. Vous avez encore une minute devant vous avant que ce truc ne débarque chez nous ! Occupez-vous plutôt à activer vos écrans protecteurs individuels.

Sans attendre que les deux astronautes aient réagi à ses injonctions, il se tourna aussitôt vers les écrans d'observation. Sur l'un d'eux, il aperçut l'engin saisi par un mince rayon tracteur. Il pianota sur les touches de réglage jusqu'à ce qu'il obtienne une image en gros plan du cercueil volant, mais cela ne l'aida guère à distinguer des détails frappants.

Machinalement, il émit un grognement et saisit le microphone de l'intercom.

— Un des objets volants inconnus s'approche du sas, Monsieur, annonça-t-il aux occupants du poste central. Le rayon tracteur fonctionne à merveille. Selon toute apparence, cet enlèvement laisse les autres totalement indifférents. Ils ne réagissent pas le moins du monde.

— Avez-vous dit à vos hommes que le *Krest* allait accélérer dès que l'engin serait entré dans le sas ? se renseigna Rhodan.

— Bien sûr, Monsieur, assura Rietzel. Tout marche ici comme sur des roulettes.

— Vous entendez la musique ?

L'officier technicien fit une grimace.

— Parfaitement, Monsieur. Ces miaulements me portent sur les nerfs, mais il m'en faut davantage pour que je songe à débrancher le récepteur !

— Bon. Donnez aussitôt l'alarme si un incident imprévu se présente. Dès que nous aurons plongé dans l'espace linéaire, je descendrai vous rejoindre.

Le rayon tracteur jaillissait du hangar dans lequel Swendar Rietzel attendait l'arrivée du mystérieux engin. Le responsable de l'éjection et de l'appontage des corvettes avait machinalement jeté son dévolu sur l'un des sarcophages les plus proches de l'ultracroiseur, lequel d'ailleurs n'avait pas fait la moindre manœuvre pour essayer d'échapper à son emprise.

— Ça y est, Monsieur, il est déjà dans notre champ de visibilité ! s'exclama l'un des deux hommes de faction dans le hangar.

— Magnifique ! s'exclama Rietzel sur un ton sarcastique. Faites bien attention qu'il ne vous emboutisse pas au passage, au moment où il rentrera dans le sas !

D'un violent coup de pied, il fit rouler son siège jusqu'à la cloison opposée de la cabine de contrôle d'où il avait une vue d'ensemble sur toute la partie arrière de la soute. Un homme recroquevillé sur le sol attendait derrière un petit canon radiant. Rietzel contempla cette scène avec une satisfaction évidente. Le soldat avait reçu l'ordre de tirer immédiatement sur le cercueil au cas où le moindre danger menacerait. En outre, les deux techniciens qui surveillaient l'opération de rentrée dans le sas portaient de lourds désintégrateurs. Mais le responsable de la manœuvre ne s'était pas contenté de ces mesures de sécurité. Tous les panneaux d'accès au hangar étaient dûment verrouillés et gardés par des hommes armés jusqu'aux dents.

— Le voilà, Monsieur !

Pour un peu, Rietzel avait failli manquer la rentrée du sarcophage et, à cette pensée, il ne put s'empêcher de grogner une fois de plus. Son siège roula à travers la cabine. Il le freina du talon, sauta sur ses pieds et arriva juste à temps pour voir l'engin sortir du sas à quelques centimètres au-dessus du sol et pénétrer dans le hangar. Il était flanqué des deux techniciens qui tenaient leurs armes pointées sur lui.

A l'aide d'une commande à distance, l'officier manœuvra une plaque antigrav sous la mini-nef avant de désactiver le rayon tracteur. L'objet se posa avec la légèreté d'une feuille sur le plancher de la soute. Les deux hommes agitaient les bras, en proie à une surexcitation spectaculaire. Quant à Rietzel, s'il était lui aussi poussé par la curiosité, il n'en laissa rien paraître et continua son chemin avec son flegme habituel. Il ferma le panneau du sas et rétablit les conditions normales de pression. Ses yeux se dirigèrent vers le pupitre de contrôle.

— Ne quittez pas votre canon, Minamack ! ordonna-t-il.

D'un geste décidé, il ouvrit le panneau de la cabine et pénétra à son tour dans le hangar. Les deux techniciens étaient en train d'ôter leurs casques.

— Venez ici, Monsieur ! cria l'un d'eux. Venez voir l'étonnant poisson que nous venons de pêcher !

CHAPITRE 3

Un cercueil de verre !

Telle fut la première pensée qui vint à l'esprit de Drave Hegmar lorsqu'il contempla l'objet de trois mètres de longueur qui reposait sur un support devant lui. Bien que ce cercueil soit transparent, le matériau dont étaient faites ses parois ne pouvait cependant pas être comparé à du verre. L'intérieur contenait une foule d'appareils divers, mais ce n'était pas sur eux que se concentrait l'intérêt de l'officier en second.

Hegmar ne pouvait détacher ses yeux de l'unique occupant de cet engin hexagonal : une créature humanoïde !

Un nain qui mesurait approximativement quatre-vingt-dix centimètres. Il était couché au centre du cercueil, niché au milieu des appareils, et tout laissait à penser qu'il avait cessé de vivre. Ses yeux étaient fermés. Tout ce que l'on pouvait en dire, c'est qu'ils devaient être très grands, d'après la taille des paupières. Le cadavre portait des vêtements aux couleurs lumineuses. Sa bouche minuscule aux lèvres serrées donnait l'impression qu'une profonde amertume avait présidé à sa mort. Son crâne chauve de forme sphérique était couvert, comme tout le reste de son corps, d'un épiderme ridé et de couleur brunâtre.

On entendait une musique douce en provenance de l'intérieur du cercueil.

Par le plus grand des hasards sans doute, Ische Moghu avait tapé dans le mille en baptisant ces boîtes hexagonales de « cercueils volants ». Le grand nombre d'objets de cette sorte qui planaient dans l'espace environnant formaient le premier cimetière cosmique qu'il eût été donné à l'équipage du *Krest IV* de rencontrer. Hegmar se demanda quel était le peuple qui inhumait ainsi ses morts. Etait-ce pour des raisons purement religieuses que ces nains avaient choisi des dernières demeures d'une nature aussi inhabituelle ?

— Cette chose est morte, annonça John Marshall. Je ne perçois pas le moindre influx mental.

Rhodan, Atlan, Roi Danton, le télépathe et Drave Hegmar étaient arrivés dans le hangar pour voir le sarcophage que l'on venait de pêcher dans le cosmos. Détail supplémentaire qui ne manquait pas d'être étrange lui aussi, il avait jusqu'alors résisté à tous les efforts faits par les astronautes pour l'ouvrir.

— Nous pouvons forcer le couvercle à l'aide d'un radiant à impulsions, Monsieur, proposa Swendar Rietzel.

— Non, décida Rhodan sur un ton péremptoire. Je ne tiens pas à ce que le contenu de ce cercueil soit endommagé. Nous finirons bien par trouver la manière dont fonctionne le mécanisme d'ouverture.

Entre-temps, l'ultracroiseur avait plongé dans l'espace linéaire, à des centaines d'années-lumière des deux mille sarcophages transparents. Le mugissement de la musique d'orgue s'était tu, exception faite de la mélodie qui emplissait le hangar en provenance de l'intérieur du cercueil capturé par le rayon tracteur des Terraniens.

— Je crains fort que nous ne trouvions aucun mécanisme d'ouverture du couvercle, Grand Seigneur, remarqua Roi Danton, tandis que ses deux mains glissaient sur la surface lisse de la boîte. On ne distingue nulle part un endroit qui présente quelque ressemblance avec un quelconque système de fermeture. Nous allons vraisemblablement être obligés de le forcer à plus ou moins longue échéance.

— Peut-être ne s'ouvre-t-il que de l'intérieur ? suggéra Atlan.

Rhodan sourit.

— Dans ce cas, ce serait une erreur de construction, car comment un mort pourrait-il actionner le mécanisme ?

Atlan s'approcha tout près du cercueil. Il indiqua du doigt les instruments parfaitement visibles à présent.

— On pourrait supposer que la sphère qui se trouve à l'extrémité de la caisse abrite un générateur. A quoi donc serviraient tous ces appareils ? On ne voit nulle part des touches ou des leviers d'activation qui permettraient de déduire que le nain devrait les manœuvrer. Toute cette installation paraît entièrement automatique. Elle a une tâche précise à remplir qui n'a sans doute rien à voir avec le générateur. (Il fit une brève pause pour laisser aux autres le temps de réfléchir à ce qu'il venait de dire. Puis il poursuivit :) Le cadavre est étendu au milieu de tous ces instruments. Bien qu'aucun câble de raccordement rejoignant l'intérieur du corps ne soit visible, on peut supposer que ces appareils ont un certain rapport avec lui.

— Tu es bien méfiant, constata Rhodan.

— En effet, approuva Atlan. L'histoire de la chute de Troie m'est restée très présente à la mémoire. J'espère de tout cœur que nous n'avons pas amené un nouveau « Cheval » dans le *Krest IV*.

— Allons donc ! Le nain est bien mort ! intervint Marshall.

Atlan haussa les épaules.

— Peut-être est-il tout simplement destiné à nous distraire du véritable danger, riposta-t-il.

Pendant cette discussion, Drave Hegmar avait fait le tour complet du cercueil. De l'autre côté de la caisse se tenait Swendar Rietzel. Le responsable de l'éjection et de l'appontage des corvettes avait les bras croisés sur sa poitrine et regardait l'objet d'un air pensif. Lorsque Hegmar s'arrêta près de lui, il releva les yeux. Les voix des autres hommes parvinrent jusqu'à eux.

— Alors, major ? fit Rietzel d'une voix rauque. Qu'en pensez-vous ?

— Tout cela paraît bien inoffensif, allégua Hegmar.

Néanmoins, je serais très soulagé si le patron pouvait se décider à rejeter cet objet dans le cosmos, sans tenter d'en forcer l'ouverture.

— Les instincts primitifs des humains, murmura Rietzel. Ils sont toujours en éveil.

— Vous ne croyez pas aux pressentiments ?

— Pas le moins du monde ! s'exclama Rietzel dans un sourire grimaçant, à sa manière habituelle. En tant qu'officier technicien, je ne peux pas me le permettre. Il m'arrive parfois d'avoir la prémonition que telle ou telle corvette ne pénétrera pas dans le hangar comme elle le devrait. Mais dans ce cas, il ne me reste pas d'autre solution que d'effectuer correctement la manœuvre.

— Vous êtes encore très jeune, remarqua Hegmar. Quand j'avais votre âge, moi aussi j'ignorais systématiquement ce qu'on appelle les « voix intérieures ».

Puis il poursuivit son exploration. A l'autre extrémité du cercueil, on en était encore à discuter pour savoir s'il fallait forcer le couvercle.

— Inutile d'aller chercher la machine, dit Roi Danton. Je suis prêt à parier que ce matériau est suffisamment résistant pour tenir tête à n'importe quel foret.

— Il existe un autre moyen, déclara alors Atlan. Nous faisons sauter la sphère dans laquelle, selon toute vraisemblance, dort le générateur. Et de là, nous n'aurons aucune difficulté à atteindre l'intérieur de la boîte.

— Comme il existe certainement un moyen de l'ouvrir sans faire usage de la force, nous allons le trouver, objecta Rhodan, suivant toujours sa pensée. Je répète que je ne tiens pas à voir le cercueil ou la sphère endommagé. Laissons aux scientifiques le soin d'opérer. Je vais envoyer le docteur Jean Beriot et son équipe dans le hangar.

— Il ne me manquait plus que ça, murmura Swendar Rietzel d'une voix à peine perceptible. Si ces gars-là se mettent à courir en rond par ici, je me sentirai comme un étranger dans mon propre domaine.

Hegmar fut le seul à entendre cette manifestation de

mécontentement, mais elle ne provoqua aucune réaction de sa part car il connaissait bien son homme.

— Avant que vous ne convoquiez le chef de l'équipe des scientifiques, dit John Marshall, je voudrais encore faire une expérience.

— En quoi consiste-t-elle, John ? voulut savoir le Stellarque.

Marshall posa les paumes de ses mains à plat sur le couvercle de la caisse.

— Peut-être daignera-t-il se soulever sous l'effet d'impulsions parapsychiques ? répondit-il.

Machinalement, Hegmar recula de quelques pas. Sa raison lui soufflait qu'il ne pouvait rien se passer si le couvercle s'ouvrait. Et pourtant, il se sentait envahi soudain par le sentiment d'un malheur imminent.

— Bon, d'accord, John ! (Rhodan acquiesça d'un signe de tête à l'adresse du mutant.) Essayez donc !

Comme Hegmar ne pouvait voir que le dos de Marshall, la manière dont celui-ci se concentrait lui échappa. Au bout de quelques secondes, les hommes entendirent un craquement métallique.

— Ça vient de l'intérieur du cercueil ! s'écria Roi Danton au comble de l'agitation.

Le bruit était assez fort pour couvrir la musique.

Ils s'approchèrent tous de la caisse transparente. Hegmar d'un côté, Rhodan de l'autre, ils saisirent le couvercle. A la grande stupeur du major, celui-ci se détacha sans résistance. Il paraissait extrêmement léger. La musique se tut instantanément.

— Tenez-vous prêt à tirer, par mesure de précaution, ordonna Rhodan.

Hegmar eut brusquement hâte d'ôter le couvercle. Les derniers mots prononcés par Rhodan lui laissaient entendre que le Stellarque lui-même s'attendait à un incident.

L'officier en second du *Krest IV* se redressa et jeta un coup d'œil prudent à l'intérieur du cercueil. Rien n'avait changé. Mis à part la musique qui s'était tue.

— Formidable, John ! s'exclama Rhodan. Ça a bien fonctionné, en effet.

Marshall ne fit aucun commentaire. Il tendit les bras devant lui comme s'il voulait toucher quelque chose. Son visage sembla prendre plusieurs dizaines d'années d'un seul coup. Le télépathe remuait les lèvres comme un vieillard.

— Tuez-le ! s'écria-t-il soudain.

La voix du mutant frappa Hegmar comme un coup de cravache.

Il sursauta. Lorsqu'il regarda de nouveau le cercueil, il vit s'ouvrir les yeux du nain. Ils n'étaient pas aussi grands qu'on aurait pu le croire, vu la dimension des paupières, mais légèrement globuleux. Et ils brillaient d'une lueur mauvaise.

Drave Hegmar saisit son radiant d'une main preste.

Au moment même où Rhodan et Roi Danton levaient leurs armes, le nain disparut dans une nuée ardente.

CHAPITRE 4

Il paraissait impensable qu'une seule créature, et en plus un nain désarmé, puisse représenter une menace pour un vaisseau amiral de l'Astromarine Solaire, un géant mesurant deux mille cinq cents mètres de diamètre.

Et pourtant, après la disparition du petit inconnu, les hommes restèrent comme pétrifiés. John Marshall avait porté ses mains à ses tempes, apparemment en proie à une souffrance inexprimable.

Perry Rhodan reprit rapidement contenance. En quelques pas, il s'approcha du poste intercom le plus proche.

— Attention ! Perry Rhodan vous parle : à partir de cette minute, le vaisseau tout entier est placé en alerte rouge. Nous avons un étranger à bord. Un homoncule, de quatre-vingt-dix centimètres environ. Il semblerait qu'il soit doté de la faculté de téléportation. Dès qu'il apparaîtra, où que ce soit, il faudra le maîtriser. Il n'y a aucune raison de se faire du souci. Toutes les mesures de sécurité qui s'imposent vont être prises immédiatement.

Il n'avait pas encore terminé son message que L'Emir et Ras Tschubaï se rematérialisaient dans le hangar. En quelques phrases brèves, Atlan leur expliqua ce qu'il s'était passé. Le mulot-castor et le téléporteur s'évanouirent de nouveau.

La chasse au nain commençait.

Lorsque Rhodan revint après avoir lancé son message, Marshall avait repris possession de lui-même.

— J'ai remarqué trop tard que le petit monstre se réveillait, dit le mutant. L'avertissement m'est parvenu avec une fraction de seconde de décalage.

— Avez-vous pu capter ses pensées ? demanda Rhodan.

— Juste après son réveil, le nain croyait qu'il avait atteint le « Feu de la Pureté », et il en était très heureux. Cependant, ses sentiments se sont modifiés dès qu'il s'est rendu compte qu'il avait échoué à bord d'un vaisseau étranger. Il a pris alors des décisions que l'on peut véritablement qualifier de pernicieuses. C'est à ce moment-là que je vous ai crié de le tuer. Il est décidé à anéantir le navire qui l'a capturé.

Marshall expliqua aussi que chacun des cercueils détectés par le *Krest IV* abritait également un nain plongé dans un sommeil cryogénique. Ces créatures avaient fait de grands sacrifices pour obtenir la faveur d'accéder éventuellement au « Feu de la Pureté » au bout de vingt mille ans.

— Il s'agit sans aucun doute de fanatisme religieux, poursuivit Marshall. Je n'ai aucune peine à m'imaginer qu'ils voyagent vers le centre de la galaxie. Les transmetteurs auto-localisateurs des sarcophages volants ont détecté le convertisseur kalupéen du *Krest IV* au moment de son activation. Voilà pourquoi ils se sont immédiatement approchés de l'ultracroiseur. Les décharges hyperénergétiques émises par le kalup doivent être identiques à celles du « Feu de la Pureté ». C'est ainsi que s'est produite la confusion.

Avant que Marshall pût poursuivre son récit, Ras Tschubaï se rematérialisa de nouveau près du cercueil. A voir l'expression de sa physionomie, on sut tout de suite que son expédition de reconnaissance s'était soldée par un échec. Et pendant qu'il rejoignait Perry Rhodan, L'Emir réapparut à son tour.

— Nous n'arriverons jamais à le capturer, s'écria le petit téléporteur d'une voix stridente.

L'Afro-Terranien approuva d'un grand signe de tête.

— Vous avez retrouvé ses traces ? s'enquit Rhodan.

— Oui, répondit Tschubaï. Mais il est capable de se réfugier à volonté dans l'hyperespace. Selon toute apparence, il n'éprouve aucune difficulté à rester en état de dématérialisation pendant des heures avant de revenir dans la réalité. C'est pourquoi il est impossible de contrôler ses sauts téléportés, et encore moins de les prévoir.

— Il est beaucoup plus fort que nous, fut bien obligé d'admettre le pauvre mulot-castor, dépité.

— Peut-être ne se trouve-t-il même plus à bord ? suggéra Rhodan, plein d'espoir.

Les hurlements des sirènes sonnant l'alerte rouge semblèrent lui apporter une réponse qui frisait l'insulte.

***

Le caporal Bigard Yaged repoussa son siège d'un demi-mètre de façon à pouvoir poser confortablement ses pieds sur la table de travail. La probabilité d'être surpris dans cette position par un officier était extrêmement minime. Tous ses supérieurs hiérarchiques participaient vraisemblablement à la chasse au nain mystérieux qui, d'après le message de Rhodan, traînait quelque part à bord du vaisseau amiral.

A cette pensée, il émit un grognement méprisant. Il ne croyait pas à cette histoire abracadabrante. Rhodan avait inventé ce nabot pour distraire les membres de l'équipage et chasser de leur esprit toute autre pensée déprimante. Tout était bon pour que les hommes n'aient pas le temps de réfléchir sans cesse à la distance incommensurable qui les séparait du Système Solaire !

Yaged était un homme de haute taille et de forte corpulence, chargé de gérer une des sept armureries du *Krest IV*. Sa tâche consistait à prendre soin des armes et des munitions déposées dans son secteur, à distribuer des pièces détachées et à remettre en état, dans la mesure du possible, le matériel qui lui revenait après usage. Pour chaque objet qu'il confiait à un membre de l'équipage, il devait porter une mention dans les fichiers positroniques de gestion. De même, il devait enregistrer toutes les munitions que l'on venait chercher chez lui. A bord du *Krest IV*, toutes les armes étaient numérotées et répertoriées de sorte que l'on pouvait très rapidement en déterminer le propriétaire ou l'usager.

Bigard Yaged partageait ses tâches avec un homme du nom de Auld Ayler. Mais à ce moment-là, Ayler était de repos. Il se tenait sans doute quelque part dans un des salons réservés à l'équipage ou dans sa cabine. Il arrivait aussi parfois qu'Ayler vînt rejoindre Yaged au dépôt pendant son temps libre afin de taper le carton avec lui.

Juste à côté des pieds du caporal, sur le bureau, était posé un désintégrateur prêt à entrer en fonction. Même s'il ne croyait pas à cette histoire de nain, il s'était dit qu'après tout, elle pouvait être vraie et que l'intrus était capable de faire son apparition à un moment ou à un autre dans l'armurerie. La probabilité que, sur tous les compartiments, salles, halles et hangars que contenait un vaisseau de deux mille cinq cents mètres de diamètre, une créature qui ne mesurait même pas un mètre puisse débarquer précisément dans le petit bureau d'un dépôt d'armes était pratiquement nulle.

Une rumeur lui parvint du hangar.

Le deuxième bruit fut plus distinct. A l'entendre, il ressemblait au craquement d'une branche sèche qui se cassait sous les bottes d'un homme. Or, il n'y avait ni branches ni tiges quelconque dans l'armurerie voisine, dont la porte donnant sur le bureau était d'ailleurs grande ouverte. Il suffisait que Bigard Yaged se penche légèrement pour apercevoir une partie des rayonnages et des râteliers sur lesquels étaient alignées les armes, ainsi que les caisses de munitions et d'accessoires.

Yaged vit le gnome au moment même où il atteignait le seuil du dépôt.

Il était accroupi entre les étagères du milieu et tripotait quelque chose que le caporal ne voyait pas. L'intrus ne semblait pas avoir remarqué qu'il n'était plus seul. A moins que, peut-être, il n'attachât aucune importance à l'apparition du maître des lieux ?

Bigard Yaged leva son désintégrateur.

Le petit bonhomme tourna la tête et examina l'apparition de ses gros yeux globuleux. « Il a l'air triste », se dit Yaged, tout en percevant la méchanceté et la sournoiserie qui émanaient de cette créature monstrueuse.

Si le caporal Bigard Yaged avait actionné son arme à ce moment-là, il aurait évité bien des désastres. Cependant, il répugnait à l'astronaute de tirer sur un être manifestement désarmé qui, en outre, était minuscule et paraissait inoffensif.

— Allez ! intima-t-il d'une voix dure. Lève-toi !

Sans qu'il lui vînt à l'idée que le gnome ne comprendrait pas son injonction.

Soudain, à l'endroit même où, à la seconde précédente, se trouvait l'étranger surgit un tourbillon igné. La place entre les étagères était vide. Yaged écarquilla les yeux, ahuri et pénétré du sentiment que le sol se dérobait sous ses pieds. Il fit volte-face et courut se réfugier dans son bureau. Il lui fallait prévenir Perry Rhodan à la seconde même.

Le nain arriva derrière lui, en provenance du dépôt d'armes. Il tenait en main une micro-bombe qu'il leva à bout de bras et lança dans la petite pièce où le caporal se préparait à saisir l'intercom.

La bombe explosa.

L'onde de choc catapulta Bigard Yaged contre la cloison. La table de travail vola en éclats et ses débris retombèrent en pluie autour du malheureux qui s'effondrait lentement sur le sol.

Insensible à la fumée qui pénétrait à présent à travers la porte de l'armurerie, le nain attendit encore une dizaine de secondes sans bouger de sa place, comme s'il était plongé dans de profondes réflexions, puis il se dématérialisa.

Quelques minutes s'écoulèrent avant que les premiers renforts et les robots-extincteurs surgissent dans le bureau dévasté. Ils découvrirent le pauvre Yaged recroquevillé sur lui-même dans un coin, les poumons déchirés. Ses yeux grands ouverts et injectés de sang exprimaient une surprise intense, et peut-être aussi de la peur.

L'un des hommes était un sergent. Il fixait le cadavre du caporal comme s'il était frappé de paralysie. Il lui fallut un peu de temps avant de reprendre ses esprits et de sortir de sa léthargie.

— Donnez l'alerte ! cria-t-il d'une voix rauque.

*
* *

— De deux choses l'une, déclara Perry Rhodan. Soit le caporal Yaged a attaqué le nain et a été tué en état de légitime défense, soit ce nabot a décidé de procéder à l'extermination de l'équipage du *Krest*.

Les officiers avaient réintégré le poste cental parce que, de là, Rhodan pouvait mieux coordonner la chasse à l'intrus. Aussitôt après la disparition du gnome, le cercueil avait été détruit sur le conseil d'Atlan. Celui-ci, en effet, craignait que l'occupant en titre n'y retourne pour se procurer une arme quelconque qui s'y trouverait éventuellement.

Une heure auparavant, Drave Hegmar aurait encore souri des paroles de Rhodan, mais à présent, il les prit très au sérieux. La raison pour laquelle L'Emir et Ras Tschubaï ne pouvaient pas attraper le monstre était très simple : ils perdaient le contrôle de leurs corps pendant les sauts téléportés dans l'hyperespace quintidimensionnel, ce qui n'était pas le cas pour l'inconnu – et c'était précisément cette faculté qui faisait la supériorité de ce dernier.

— A en déduire de ses impulsions mentales, ce nabot est d'une nature pernicieuse, affirma John Marshall. Rien ne pourra l'amener à accepter des négociations pacifiques. Au contraire, il semblerait que son seul objectif soit de procéder à des actes de sabotage à répétition afin de rendre notre vaisseau inapte au vol.

Rhodan acquiesça d'un signe de tête pensif.

— Il faut que je parle encore une fois à l'équipage, décida-t-il. Pour convaincre les hommes qu'à partir de maintenant, ils doivent rester sans cesse sur leurs gardes.

En voyant le Stellarque se pencher sur le microphone, Drave Hegmar se dit qu'ils auraient pu s'épargner ces difficultés si Rhodan avait écouté les avertissements d'Atlan et de Danton. Mais à présent il était trop tard pour faire des reproches à qui que ce soit.

— Nous devons nous attendre à ce que ce petit monstre cherche à détruire notre vaisseau, déclara Perry Rhodan sans ambage. Chacun d'entre vous doit faire preuve d'un maximum de circonspection. A partir de maintenant, que personne ne se déplace seul ni ne reste seul dans sa cabine. Chaque membre de l'équipage est tenu de porter à tous moments avec lui une arme prête à entrer en action. Dès que le nain apparaît quelque part, il faut ouvrir le feu sur lui sans sommation préalable, même si cela doit entraîner la destruction d'appareils importants. Je ne tiens pas à ce que, outre le caporal Yaged, d'autres hommes succombent sous les coups de ce nabot.

A ces mesures de précaution, Rhodan ajouta d'autres ordres destinés aux officiers, puis il désactiva l'intercom. Lorsqu'il se tourna de nouveau vers ses collaborateurs présents dans la centrale, sa physionomie était empreinte d'une gravité impressionnante.

— Il faut absolument que nous supprimions ce dangereux ennemi le plus rapidement possible, leur dit-il. Chaque minute qui passe alors que ce monstre court en liberté à notre bord accroît le danger d'une catastrophe imminente.

— Pour pouvoir l'attaquer, il faut savoir où il se trouve, intervint le colonel Akran. Or, comment pourrions-nous le découvrir puisque L'Emir et Ras Tschubaï eux-mêmes ne sont pas en mesure de le suivre par sauts téléportés ?

Atlan se tourna vers John Marshall.

— Pouvez-vous établir un contact télépathique avec lui ?

— Non, répondit le chef de la Milice des Mutants. Ni l'Emir ni moi, nous ne captons les impulsions mentales de cette créature. Peut-être cela changera-t-il si nous nous tenons à proximité immédiate de lui, mais comment y parvenir ?

— A mon avis, le problème essentiel, et aussi le plus urgent, est de détecter à chaque instant le lieu où se trouve notre adversaire, remarqua Roi Danton. Quand nous aurons mis au point une méthode qui nous permettra de maîtriser ses déplacements, nous l'aurons pour ainsi dire déjà capturé.

Aux yeux de Hegmar, cet optimisme paraissait hors de proportion avec la réalité. Il savait qu'il n'y avait aucun moyen présentement de prévoir où l'ennemi frapperait. Ils ne pouvaient qu'espérer que le nain soit exécuté par des astronautes attentifs au cours de sa prochaine offensive.

— Rappelez-vous le caporal Yaged, intervint le lieutenant-colonel Moghu. Il tenait un désintégrateur en main lorsqu'on a retrouvé son cadavre dans le petit bureau. Nous pouvons en déduire qu'il a vu le nain avant de mourir. Autrement dit, pour pouvoir agir, ce nabot de malheur doit quitter son état de dématérialisation totale. Il ne peut pas mettre ses projets de destruction à exécution tant qu'il procède à une transition hyperdimensionnelle.

— Vous avez raison, approuva Rhodan avec un soulagement visible. Cet argument augmente de façon notable nos chances de réussir à l'intercepter. Il nous suffit de poster des hommes partout. Cet intrus doit forcément apparaître à un moment quelconque s'il veut passer à l'action.

Hegmar n'arrivait pas à partager la confiance du Stellarque. Comment pourrait-on placer quelqu'un de faction dans chacun des compartiments de l'ultracroiseur, avec ses deux mille cinq cents mètres de diamètre ? L'équipage se composait de cinq mille hommes. En outre, Rhodan venait de décider qu'aucun d'entre eux ne devait évoluer seul, ce qui rendait totalement impossible une surveillance systématique de tous les coins et recoins. Il fallait se résigner à garder seulement les installations importantes, mais là aussi il y avait des quantités d'endroits plus ou moins cachés dans lesquels le nain pouvait se rematérialiser en toute impunité.

Hegmar sentit son corps s'inonder de transpiration en pensant aux possibilités innombrables et imprévisibles dont disposait l'adversaire. Il pouvait accomplir des actes de sabotage à l'infini sans que quiconque parvienne à voir son visage. Sans compter qu'il redoublerait de prudence quand il découvrirait qu'il était poursuivi sans interruption comme un gibier traqué par une meute.

— Peut-être pourrons-nous déceler une certaine systématique en examinant de près ses offensives, dit alors Oro Masut, optimiste lui aussi. Il faut commencer par surveiller de près les endroits où il apparaît. Lorsqu'il aura frappé à plusieurs reprises, on pourra peut-être arriver à prévoir où se passera l'attaque suivante.

— J'ai déjà pensé à cette éventualité, moi aussi, approuva Rhodan. Mais dans la mesure du possible, je voudrais éviter que nous ayons à subir plusieurs agressions. J'espère que le gnome commettra une faute dès sa prochaine intervention, une faute qui lui coûtera la vie.

Les deux assauts suivants se révélèrent relativement bénins. Bien que, dans les deux cas, le nain soit resté invisible, Perry Rhodan ne doutait pas que les incidents aient été provoqués par lui.

Tout d'abord, la lumière fut coupée sur les dix ponts inférieurs, et il fallut quinze minutes à la troupe des techniciens pour localiser la panne et la réparer. Puis dans un des hangars, un dispositif de catapultage vide se mit à s'agiter comme un fauve enragé. Etant donné que personne n'osait s'approcher de l'appareil déchaîné, le technicien responsable du hangar se vit dans l'obligation de couper le câble d'alimentation énergétique pour arrêter les dégâts.

Lorsque cette information parvint au poste central, il y avait quatre heures et demie que le nain était sorti de son sommeil cryogénique. Le premier incident avait eu lieu une demi-heure exactement après la disparition du gnome. L'extinction des lumières dans les dix ponts inférieurs s'était produite quarante-six minutes plus tard.

Sur le plan chronologique, le saboteur semblait travailler d'instinct, sans aucune cohérence.

— Nous ne savons pas si d'autres actes de malveillance n'ont pas été perpétrés entre-temps, dit l'ingénieur en chef du *Krest IV*. Il est possible que divers dommages ne soient découverts que plus tard par l'équipage.

— Vous ne pensez pas à une bombe à retardement, j'espère ? s'enquit le Stellarque.

Hefrich secoua la tête.

— Une action de ce genre lui prendrait sans doute trop de temps, ce qu'il ne peut pas se permettre. S'il veut espérer réaliser ses plans jusqu'au bout, il faut qu'il nous élimine rapidement. Comme il est assurément intelligent, il sait parfaitement que chacune de ses interventions nous en apprendra davantage sur son compte, et donc que nous finirons par trouver à plus ou moins brève échéance une arme contre lui. C'est pourquoi il est condamné à agir en toute hâte.

— Croyez-vous qu'il se fatiguera à la longue ? demanda Rhodan en s'adressant à John Marshall.

— Je ne sais pas, répondit le mutant. Tout ce que l'on a pu capter de ses pensées, c'était…

Il s'interrompit alors que les bruits de fond se modifiaient brusquement dans le poste central. Le bourdonnement régulier des convertisseurs se transforma en un grondement houleux.

— Les kalups ! s'écria le colonel Akran.

— Interrompez le vol linéaire, colonel ! s'écria Rhodan. Il ne faut prendre aucun risque. Selon toute apparence, notre ami s'est amusé à mettre les doigts dans les convertisseurs kalupéens.

Quelques instants plus tard, l'ultracroiseur réémergea dans l'univers einsteinien. Il continua à évoluer au milieu d'une cohue stellaire ultra-dense et poursuivit son vol à une vitesse réduite.

— Occupez-vous de cela, dit Rhodan au lieutenant-colonel Hefrich. J'espère que vous réussirez à réparer cette panne dans les plus brefs délais. Vous savez que, sans nos propulseurs linéaires, nous sommes perdus.

Hefrich quitta le poste central en hâte. Il était blême. Bien qu'il ne prononçât pas un mot, chacun savait que l'ingénieur en chef et son équipe de techniciens travailleraient avec acharnement pour remettre le navire en état.

C'était la quatrième fois que le nain frappait. Bien que sévèrement gardés, les convertisseurs kalupéens avaient été endommagés. Cet adversaire monstrueux n'avait pas eu besoin de très longtemps pour deviner où se trouvait le talon d'Achille des Terraniens et s'y attaquer.

— Ainsi il était à proximité des kalups il y a quelques minutes seulement, en déduisit Rhodan à haute voix. Où peut-il traîner à présent ? Dans la coupole supérieure ou inférieure… ? Peut-être aussi à bord du vaisseau halutien ? Comment le saurions-nous ? Nous voilà dans une situation extravagante. Notre vie est menacée. Et tout laisse à croire qu'un gnome minuscule va plonger dans des difficultés invraisemblables un ultracroiseur de deux mille cinq cents mètres de diamètre doté d'un équipage de cinq mille hommes.

L'Emir se rematérialisa derrière lui. Il revenait d'une expédition de reconnaissance téléportée. Hegmar vit immédiatement que l'Ilt était plus agité qu'à l'ordinaire.

— Personne ne pourra me forcer à quitter encore le poste central tant que ce satané nain traînera à bord ! pépia le mulot-castor, hors de lui.

— Que s'est-il passé, petit ? demanda Rhodan avec un flegme apaisant.

— Par deux fois, des déments ont tiré sur moi, se

lamenta l'Emir. De toute évidence, ils m'ont confondu avec le dangereux nabot !

Quelques officiers se permirent de rire, mais la physionomie de Rhodan resta grave. Le moral qui régnait dans le poste central était aussi mauvais que l'on pouvait se l'imaginer. Les hommes restaient soumis à une double pression. Non seulement ils étaient éloignés de trente millions d'années-lumière de la Voie Lactée, mais en plus, ils avaient à se colleter à un adversaire aussi effrayant que déconcertant. Qui aurait pu leur en vouloir d'avoir les nerfs à fleur de peau dans de telles conditions ?

— Tu as rencontré des traces de ce petit monstre ? demanda Rhodan au mulot-castor.

— Non, répondit L'Emir. Je me suis heurté partout à des hommes énervés, excités, irrités. Ce vaisseau ressemble à une ruche en émoi. J'ai bien peur que, d'ici peu, ils ne tirent sur tout ce qui mesure moins d'un mètre !

— Bon, eh bien, rien ne t'empêche de rester ici, conclut Rhodan. Je ne tiens pas à t'exposer au danger d'être descendu par un homme qui pèche par excès de zèle ou qui a perdu le contrôle de ses nerfs.

L'intercom se mit à bourdonner. Tous les regards se fixèrent sur Rhodan, dans l'expectative. Hegmar devinait que de mauvaises nouvelles allaient encore leur arriver. Apparemment, il n'existait aucun moyen de venir à bout du nabot.

Rhodan se brancha en mode réception. On entendit la voix agitée d'un homme.

— Ici le major Runete, Monsieur. Nous venons de faire une découverte étrange.

— Mais encore ? demanda le Stellarque.

— Il semblerait que notre adversaire aille visiter toutes les corvettes les unes après les autres, expliqua le major. Nous avons déjà examiné quelques-unes d'entre elles sans pourtant y découvrir les moindres dégâts.

— Renforcez les factions dans les hangars ! ordonna Perry Rhodan.

— Bien, Monsieur.

— Je voudrais être prévenu immédiatement si l'on constate quelque chose d'anormal.

— Cela va de soi, Monsieur, assura le major.

Rhodan se redressa d'un air pensif.

— Les corvettes ! murmura-t-il pour lui-même. Qu'est-ce que ça peut bien signifier encore ?

— Je crois, intervint Merlin Akran d'une voix sourde, que l'on cherche à nous couper toute possibilité de retraite.

*
* *

Goy Kevich et Nistico Lateef patrouillaient entre les deux accès principaux menant au pont C-14. A eux deux, ils avaient à surveiller quatre des huit coursives latérales. Kevich savait tout aussi bien que son compagnon que c'était là une entreprise difficile, car pendant qu'ils surveillaient la première, le nain pouvait apparaître dans la troisième sans qu'ils s'en aperçoivent. Séparément, ils auraient toujours pu épier deux des quatre couloirs à la fois. Mais l'ordre donné par Rhodan était formel : personne ne devait rester seul à bord du vaisseau ; les membres de l'équipage étaient tenus de se déplacer par deux. Les officiers de l'ultracroiseur avaient interprété cet ordre avec leur méticulosité habituelle. Ainsi même quand ils désiraient se rendre aux toilettes, les hommes devaient se faire accompagner. Néanmoins, dans ce cas, l'accompagnateur était autorisé à rester dehors à condition que les deux hommes frappent sans cesse afin de rester en contact. Si le silence s'installait d'un côté, il fallait immédiatement forcer la porte pour voir ce que devenait l'autre.

Goy Kevich se demandait quand on verrait pour la première fois un homme sortir des toilettes, le pantalon baissé et le désintégrateur braqué. Cette image le fit sourire malgré lui.

— Qu'est-ce que tu as à rigoler ainsi ? s'enquit Nistico

Lateef, surpris. J'aimerais bien savoir quelles raisons nous avons de rire !

Kevich fit passer son désintégrateur de la main gauche dans la droite et détendit ses doigts engourdis qui étaient devenus tout blancs à force d'avoir tenu l'arme prête à tirer.

— Ah ! Cela prouve une fois de plus que tu n'as aucun humour, riposta-t-il. Les hommes qui ont de la fantaisie rient deux fois plus que les autres, c'est un fait prouvé par les statistiques.

A cette déclaration pour le moins inattendue, Lateef fixa son compagnon d'un air totalement inexpressif.

— Si tu avais vraiment autant d'imagination que tu le laisses entendre, tu tremblerais plutôt de peur actuellement, assura-t-il. Il te viendrait peut-être à l'idée que ce nain nous attend dans la coursive parallèle à celle-ci pour nous faire le même coup qu'au caporal Bigard Yaged.

Kevich s'arrêta afin d'ouvrir une porte, car ils étaient également chargés de surveiller les salles qui donnaient dans ces couloirs et dans lesquelles étaient stockés des pièces détachées et des objets usagés.

Il jeta un bref coup d'œil à l'intérieur et secoua la tête.

— Rien, dit-il.

Ils poursuivirent leur chemin. Petit de taille et de forte carrure, Kevich se dandinait en marchant. Ses yeux réduits à de simples fentes étaient cernés d'une nuée de ridules. Il était doté d'un menton en pointe et passait pour avoir de l'humour et être querelleur.

Par contre, maigre et de taille moyenne, Lateef était plutôt d'un tempérament réfléchi. Il jouait de sept instruments de musique différents, une aptitude qui lui valait l'estime de tous, certes, mais qui ne lui était d'aucune utilité pour sa carrière de futur officier.

Kevich jeta un coup d'œil sur son chronographe. Il y avait déjà cinq heures qu'ils faisaient les cent pas dans ce secteur limité, et ils ne seraient relevés que trois heures plus tard au minimum.

— Je me demande quand les convertisseurs recommenceront à fonctionner, dit Lateef d'un air pensif. On a l'impression qu'il manque quelque chose quand on n'entend pas leur ronronnement, tu ne trouves pas ?

— Sans doute jamais ! riposta Kevich.

— Comment ça, jamais ?

— Je veux dire… Je ne crois pas que les propulseurs linéaires se remettront à marcher, expliqua Kevich d'un air morose. C'est fini maintenant. F, i, n, i ! Peut-être aurons-nous encore la chance de débarquer sur une quelconque planète minable avant que le nain ne nous liquide tous ?

— Arrête avec tes insanités ! grogna Lateef. On s'en est toujours sortis jusqu'ici, oui ou non ?

Kevich s'abstint de répliquer. Il n'avait aucune envie de discuter ce problème avec son compagnon. D'ailleurs, il n'y avait aucune réponse à toutes les questions brûlantes qui lui occupaient l'esprit. En outre, Nistico Lateef était un homme qui ne se laissait convaincre que par des arguments logiques. Or, Kevich ne tenait pas à se creuser l'esprit pour l'instant.

Un bruit de pas lourds se fit entendre soudain, et les deux hommes s'arrêtèrent. Kevich se cramponna à son arme. Lateef tendit l'oreille.

— Ça vient de là-bas, dit-il. De cette salle. Vite, allons y jeter un coup d'œil !

Il partit en courant, et Kevich, qui aurait préféré aller chercher du renfort, n'eut pas d'autre solution que de le suivre. D'un geste brutal, son compagnon ouvrit la porte du compartiment le plus proche et entra en braquant son arme.

Kevich le suivit. Il embrassa l'intérieur d'un air méfiant.

Il n'y avait aucune créature vivante parmi les piles de fûts de peinture qui s'élevaient presque jusqu'au plafond.

— Rien, conclut Kevich d'une voix hésitante. Nous avons entendu des voix.

Soudain, les bidons se mirent en mouvement avec un

tel vacarme que l'avertissement lancé par Kevich se perdit dans la nature. Les pots plastifiés les plus élevés tombèrent par terre et explosèrent, et leur contenu se répandit partout. Une véritable avalanche de fûts tomba sur Lateef qui se retrouva jeté au sol. Kevich lança un juron sonore et se rapprocha de son ami. Il le prit sous les bras et voulut le relever lorsqu'un pot éclata tout près de lui. Un flot de liquide visqueux, de couleur gris-bleu, l'inonda. Il en avala et en respira tandis que, sous lui, Lateef ramait des deux bras comme un sauvage pour échapper à cette masse gluante qui leur brûlait les yeux, la bouche et les oreilles.

Kevich avait des haut-le-cœur. Il ne pouvait s'empêcher de déglutir et d'avaler cette matière immonde, et avait du mal à reprendre son souffle. De sa main libre, il essaya d'ôter la couleur de ses yeux. Un bidon le frappa aux tibias. Il perdit l'équilibre sur le sol glissant. La peinture ressemblait à de la colle. Elle imbiba sa combinaison et l'alourdit. Néanmoins, il réussit à se redresser, tout d'abord sur les genoux. Puis, lentement et en chancelant, il finit par se retrouver sur ses jambes.

C'est alors qu'il aperçut le gnome !

Nonchalemment installée sur un fût qui était resté en place, la monstrueuse créature contemplait les deux hommes de ses yeux globuleux. Kevich leva son désintégrateur barbouillé de couleur et tira.

D'un regard ahuri, il fixa l'endroit d'où l'ennemi le contemplait la seconde précédente : il n'y avait plus personne ! Le nain s'était évanoui sans laisser de traces. Kevich abaissa son arme d'un geste lent. Puis il se pencha sur Lateef qui, entre-temps, avait perdu connaissance. Quelques membres de l'équipage apparurent sur le seuil de la porte. Ils s'arrêtèrent, apparemment indécis sur la conduite à tenir.

— Aidez-moi, vous autres ! croassa Kevich. Vous ne voyez pas qu'il est blessé ?

Les deux hommes furent transportés à l'hôpital du bord. Lateef mourut au bout de trois heures. Quant à

Kevich, après l'avoir nettoyé, on le renvoya, nanti de quelques médicaments.

*
* *

Durant les deux dernières heures, de nombreuses informations étaient parvenues au poste central. Le nain avait causé des dégâts plus ou moins graves en cinq endroits différents, et on l'avait aperçu dans une vingtaine de salles au moins.

Cela étant, les officiers eurent bien du mal à imposer des mesures de sécurité et de vigilance efficaces. Rhodan avait lancé un nouvel appel pressant à l'équipage tout entier, mais Hegmar doutait que les paroles du Stellarque suffisent à empêcher d'autres incidents.

Le major jeta un coup d'œil sur l'horloge de bord.

Il devinait qu'une partie de ces informations était peu digne de foi. Le gnome était devenu une véritable psychose, de sorte que les hommes présents dans le poste central n'étaient pas surpris qu'on l'ait vu à différents endroits en même temps. L'équipage à bout de nerfs commettait des fautes impardonnables. Un des hommes du pont D-13 avait failli être exécuté par son camarade parce qu'il avait pénétré sans prévenir dans la cabine de celui-ci. De véritables accidents causés par des imprudences ou par le non-respect des mesures de sécurité furent mis sur le compte de l'ennemi.

Quatorze heures déjà s'étaient écoulées depuis que le gnome avait été arraché à son sommeil cryogénique. Il portait la mort de deux hommes à son actif, tandis que le nombre des blessés était monté jusqu'à douze. A cela s'ajoutaient des dégâts matériels considérables. Une demi-heure plus tôt, l'ingénieur en chef et son équipe avaient réussi à réparer les avaries causées aux convertisseurs, mais Rhodan renonça néanmoins à les remettre en service. Il se doutait bien que le nain s'y attaquerait de nouveau s'il constatait que les propulseurs linéaires du *Krest IV* reprenaient leur activité. Tant qu'on n'aurait pas neutralisé ce petit téléporteur diabolique, l'ultracroiseur ne pourrait pas entreprendre de vols linéaires prolongés. Ainsi l'adversaire avait-il réussi à paralyser pratiquement le vaisseau géant. L'équipage était comme frappé de transe hypnotique. Il attendait l'attaque suivante.

Ni L'Emir ni Ras Tschubaï n'avaient pu acculer le nabot et le capturer. Rhodan avait beau les envoyer instantanément aux endroits d'où provenaient les informations alarmantes, les deux téléporteurs arrivaient toujours trop tard.

Jusqu'alors, l'intrus n'avait pas osé franchir le seuil du poste central, mais Perry Rhodan s'attendait à sa visite prochaine. Il avait pris des mesures d'exception pour protéger les consoles et tableaux de contrôle, ainsi que les instruments essentiels au bon fonctionnement du vaisseau, lesquels, en cas d'avarie grave, étaient irremplaçables. Devant chacun d'eux était posté un astronaute armé jusqu'aux dents. Chacune de ces sentinelles avait reçu l'ordre de tirer sans sommation dès l'apparition du gnome. Rhodan les faisait relever toutes les heures pour éviter que la tension ne les fatigue trop et mette leurs nerfs à trop rude épreuve.

Hegmar balaya la centrale d'un regard circulaire. Partout se dressaient des hommes équipés de radiants à impulsions et de désintégrateurs. Ils gardaient les yeux fixés sur les appareils qu'ils étaient chargés de surveiller. Le nain n'avait aucune chance de s'infiltrer à l'intérieur du poste de commandement.

Mais, s'avoua le major Drave Hegmar avec un soupir de résignation, il ne manquait pas d'autres endroits où le monstre pouvait causer d'importants dommages sans que l'équipage puisse intervenir pour l'en empêcher.

Les discussions sur les moyens de neutraliser cet ennemi diabolique se poursuivaient sans relâche.

— Ce qu'il faut, c'est lui tendre un piège, affirma Atlan. Peut-être arriverons-nous à nous emparer de lui si nous l'attirons dans une salle que nous aurons saturée d'un gaz innervant.

— Comment pourrons-nous le contraindre à se rematérialiser précisément à cet endroit ? s'enquit Rhodan.

— Il faudrait y apporter quelques appareils d'une importance capitale, répliqua Atlan. Pour ne pas éveiller sa méfiance, on peut même y mettre un homme de faction en lui recommandant, bien entendu, de faire semblant de relâcher son attention au moment crucial. Cet homme devra être vêtu d'un spatiandre spécial pour ne pas être lui-même victime du gaz.

— On peut toujours essayer, convint Rhodan sans grand enthousiasme.

A voir la manière dont le Stellarque donnait son accord à cette proposition, Drave Hegmar en déduisit qu'il n'avait pas une confiance excessive dans les perspectives de parvenir à un succès rapide.

— La meilleure solution, ce serait qu'un officier se charge de cette tâche, proposa alors Perry Rhodan.

— Je me porte volontaire, Monsieur, déclara aussitôt Hegmar.

— Très bien, major, accepta le Stellarque. Je laisse à votre libre choix de trouver une salle adéquate. Prenez toutes les mesures qui vous permettront de mener à bien cette affaire. Peut-être aurez-vous de la chance.

Hegmar était ravi de pouvoir quitter le poste central. Plus pesante que dans n'importe quel autre endroit à bord du navire, on y sentait la présence hallucinante d'un ennemi presque toujours invisible.

Dehors, dans la coursive, le major se heurta à trois sentinelles en patrouille. Il leur fit aussitôt un signe de reconnaissance pour qu'ils ne tirent pas sur lui, mus par un réflexe de nervosité exacerbée. Il choisit l'un d'eux pour l'accompagner, afin de respecter l'ordre donné par Rhodan de n'évoluer que par paires. Le jeune homme qui suivit Hegmar jusqu'au puits antigrav était l'aspirant Roscoe Poindexter. Sa physionomie reflétait une question muette. Hegmar réprima un sourire. Il n'avait aucune nouvelle positive à raconter, même s'il venait directement du poste de commandement.

— Dans un certain sens, l'apparition du nain est une bonne chose, Monsieur, déclara Poindexter avec empressement tout en marchant à grandes enjambées au côté de l'officier en second.

Hegmar s'arrêta et toisa le jeune astronaute d'un regard pénétrant.

— Que voulez-vous dire ?

Poindexter rougit et se mit à tripoter son ceinturon d'un air embarrassé.

— L'équipage est… Je veux dire, ce nain peut faire l'effet d'une soupape, bredouilla-t-il d'une voix hésitante.

— Pourquoi une soupape ? insista Hegmar.

— Ben… On ne peut pas dire que l'atmosphère ait été particulièrement bonne avant son apparition ! lança l'aspirant d'une seule traite.

— Qu'est-ce que vous en savez ? Sur quel pont travaillez-vous ?

— Sur le pont B-23, Monsieur ! répondit Poindexter.

— Y a-t-il eu des excès chez vous ?

— Oh… pas directement.

Il se maudit de sa maladresse. Qu'avait-il besoin de faire le bavard ? S'il avait su garder sa langue, il se serait évité cet interrogatoire gênant.

— Au poste central, on est averti de presque tout ce qu'il se passe à bord, riposta le major d'une voix plus amène. Ni le sergent armurier DeJohanny ni les hommes qui partagent ses idées ne représentent un sérieux danger.

Bien que Hegmar affichât un air dégagé pour faire cette déclaration, ses paroles manquaient de conviction. Rhodan et les officiers responsables avaient suivi d'un regard soucieux les événements qui secouaient certaines sections. La probabilité d'une mutinerie était encore minime juste avant l'arrivée du nain, mais le simple fait qu'elle existât à l'état latent trahissait la mauvaise ambiance qui régnait à bord. Pour la simple raison qu'aucun argument n'était capable de résister à des chiffres concrets : trente millions d'années-lumière, voilà un nombre qui pesait plus lourd sur les esprits que les exhortations de l'équipe dirigeante du vaisseau.

— Me permettez-vous de vous poser une question personnelle, Monsieur ?

La voix de Roscoe Poindexter vint interrompre brusquement le cours des pensées du major.

— Bien sûr ! répondit celui-ci du tac au tac. Dites donc ce que vous avez sur le cœur, monsieur Poindexter.

— On parle beaucoup dans les coursives, vous savez, et on entend souvent dire que nous devrions chercher une planète sur laquelle nous pourrions vivre. Apparemment, plus personne ne croit encore que nous reverrons un jour notre Terre. Qu'en pensez-vous ?

— Aimeriez-vous passer le restant de votre vie sur un monde étranger ? lui rétorqua le major.

— Non, Monsieur.

Hegmar n'en dit pas plus long. Il n'avait pas de réponse satisfaisante à donner à son interlocuteur.

Deux hommes armés se tenaient devant l'entrée du puits antigrav qu'ils venaient d'atteindre. L'un d'eux salua en reconnaissant l'officier.

— Désirez-vous l'emprunter, Monsieur ? demanda-t-il en montrant le puits de son doigt tendu.

— Bien sûr, répondit Hegmar sur un ton irrité.

Il était furieux d'être retardé sans raison apparente.

Mais il en fallait davantage pour faire sortir l'astronaute de ses gonds.

— Chaque entrée est gardée par des hommes armés, expliqua-t-il. Faites bien attention qu'on ne vous prenne pas pour le nain au moment d'en sortir.

Hegmar étudia la physionomie de l'homme en essayant d'y distinguer quelques signes d'ironie cachée. Mais la sentinelle avait parlé sérieusement. Il en conclut que les membres de l'équipage s'observaient réciproquement avec méfiance parce que chacun craignait que l'autre ne perde le contrôle de ses nerfs.

Hegmar hocha la tête. Tous ces hommes sortaient d'une dure école. On les avait soumis à d'innombrables tests psychologiques avant de les avoir jugés dignes de servir à bord d'un ultracroiseur.

Mais selon toute apparence, les psychologues, aussi experts qu'ils fussent en matière d'exploration spatiale, ne pouvaient pas prévoir tous les incidents. Hegmar doutait cependant qu'une crise soit imminente parmi l'équipage. En fin de compte, on pouvait tout aussi bien faire confiance à ces hommes qu'à lui. Et s'ils veillaient à ce que personne ne perdît le contrôle de ses nerfs, on ne pouvait que s'en féliciter.

Il lança à Poindexter un regard amusé.

— Allons-nous en prendre le risque ? demanda-t-il au bout d'un certain temps.

L'aspirant acquiesça de la tête à plusieurs reprises.

— Je crois que nous pouvons en effet nous y aventurer, Monsieur. Premièrement, nous sommes à deux, et surtout, je ne crois pas que l'on puisse me confondre avec un nain.

Hegmar jeta un coup d'œil sur la silhouette maigre et tout en longueur de l'aspirant.

— Allez, venez ! dit-il simplement, en grimaçant un sourire entendu.

Quelques instants plus tard, ils sortirent du puits sur l'un des ponts inférieurs. L'entrée n'était pas surveillée, mais deux hommes armés vinrent immédiatement à leur rencontre depuis la coursive principale.

— Tout va bien ! leur lança Hegmar pour les rassurer. Nous nous rendons dans la salle de contrôle.

Chaque pont était équipé de plusieurs de ces salles d'où l'on pouvait effectuer un nombre limité de manipulations sur la positronique de bord. Elles possédaient toutes des tableaux lumineux qui signalaient les sources de pannes, de sorte que les équipes de techniciens n'avaient pas besoin de perdre du temps à les localiser sur place.

Comme Hegmar s'y attendait, celle dans laquelle lui et son compagnon pénétrèrent était également gardée par deux astronautes.

— Vous pouvez partir ! leur annonça l'officier. Poindexter et moi, nous allons prendre la relève.

— Nous n'avons pas vu l'ombre d'un gnome, Monsieur, murmura l'un des hommes. Peut-être n'existe-t-il même pas ?

— S'il vient s'installer sur votre dos, vous vous rendrez bien compte que ce n'est pas un fantôme ! riposta Hegmar.

Lorsque les deux sentinelles s'éloignèrent, un bruit sourd d'explosion parvint aux oreilles des deux chargés de mission, en provenance du pont directement supérieur à celui où ils se trouvaient.

Aussitôt les sirènes d'alarme se mirent à hurler.

Le visage de Hegmar s'assombrit.

— Notre ami vient de faire un nouveau coup à sa manière, murmura-t-il. Nous ne pouvons pas nous en occuper pour l'instant. Allez donc me chercher un spatiandre de combat !

Poindexter ne fit pas un mouvement.

— Qu'est-ce que vous attendez ? s'enquit le major sur un ton impatient.

— Je me disais que je pourrais peut-être en rapporter deux, répondit Poindexter sans avoir l'air d'y toucher.

— Ecoutez-moi bien, jeune homme. Si nous restons tous les deux de faction dans la salle, le nain n'y pointera probablement jamais le nez. Ce serait trop dangereux pour lui. En revanche, si je suis seul et que je m'amuse à manquer de prudence, nous aurons peut-être une chance. Donc, vous attendrez dehors, dans la coursive.

— Bien, Monsieur.

Et Poindexter se hâta d'obéir.

Hegmar rabattit toutes les vannes de fermeture des conduits d'aération pour que le gaz ne se répande pas dans d'autres salles lorsqu'il jaillirait des bonbonnes. Puis il se rendit dans une armurerie pour y prendre quelques réservoirs. Les arsenaux étaient tout aussi sévèrement gardés que le poste central, et le major eut l'impression que les regards méfiants des sentinelles le suivirent jusqu'à ce qu'il ait refermé le panneau d'accès derrière lui.

Lorsqu'il revint dans la salle de contrôle, Poindexter l'attendait, les bras chargés d'un spatiandre de protection qu'il lui tendit.

— Ecoutez-moi bien ! dit-il à l'aspirant. Je me retire maintenant dans la salle. Vous, vous resterez dehors et vous ne laisserez entrer personne. Compris ?

— Oui, Monsieur.

Drave Hegmar referma le panneau derrière lui. Il enfila son spatiandre et ouvrit les bonbonnes de gaz. Leur effet se prolongeait pendant cinq heures environ. Il espérait fermement que ce laps de temps suffirait au nain pour avoir la bonne idée de venir lui rendre visite. Peut-être serait-il judicieux d'équiper aussi quelques autres salles de la même manière. Mais le risque était trop grand. Les expériences basées sur l'utilisation des gaz innervants étaient toujours dangereuses.

Hegmar approcha son siège d'une caisse et s'installa confortablement.

Le temps s'écoula lentement. Au fur et à mesure que passaient les minutes, il perdait progressivement l'espoir que le nain ferait son apparition.

Au bout d'une demi-heure environ, il entendit un bruit sourd derrière la porte.

Aussitôt, il bondit de son siège. Mais s'il ouvrait le panneau d'accès, le gaz s'engouffrerait dans la coursive et neutraliserait une douzaine d'hommes pour quelques heures. Alors, que pouvait-il faire d'autre ? Il était pourtant de son devoir de venir au secours de Poindexter qui, manifestement, n'était plus en état de répondre aux appels convenus. L'aspirant n'avait aucune raison de quitter sa place sans en avertir au préalable son compagnon.

Une crainte sournoise s'empara du major. Il s'était passé quelque chose d'imprévu. Mais quoi ?

Il jeta de loin un coup d'œil sur les tableaux de contrôle. Pas un voyant rouge ne clignotait. Tout paraissait en ordre.

Par tous les diables ! Il fallait absolument qu'il aille voir dehors ce qu'il s'était passé. S'il se hâtait, il y aurait sans doute un peu de gaz qui s'échapperait dans la coursive, mais il prendrait le temps de prévenir les gars.

Hegmar entrouvrit le panneau d'accès, juste ce qu'il fallait pour pouvoir se glisser en un éclair dans l'interstice.

Une fois dehors, il faillit buter contre le corps inanimé de Roscoe Poindexter. Le major sentit le sang lui monter à la tête. L'aspirant avait perdu connaissance. Un bref coup d'œil aux alentours lui révéla que deux autres hommes gisaient également sur le sol, inconscients eux aussi, à vingt mètres environ de là.

Un soupçon s'empara de lui. Il retourna dans la salle de contrôle afin d'examiner les vannes fermant les conduits d'aération.

… et lâcha un juron sonore.

Une fois de plus, le nain s'était révélé le plus malin de tous. En relevant purement et simplement les manettes, non seulement il avait déjoué le piège, mais encore neutralisé quelques-uns de ses adversaires pour plusieurs heures.

Hegmar ferma les yeux pendant trois secondes. Comment arriveraient-ils jamais à maîtriser cette créature plus rusée que le pire des diables ?

*
* *

Lorsque le major revint au poste central, rien ne lui parut changé. Tout au moins, il ne découvrit aucun signe visible d'évolution. Peut-être, se dit-il, se sentait-il soudain hésitant et peu sûr de lui parce qu'il revenait en vaincu, en homme qui s'était laissé flouer ?

— Nous sommes déjà au courant de votre mésaventure, major, lui déclara Atlan en guise de discours d'accueil. Inutile de vous faire des reproches. Le nain a frappé trois fois pendant votre absence. Il a réussi, entre autres, à interrompre l'alimentation en énergie des deux ponts supérieurs à l'aide de trois micro-bombes.

— En effet, j'ai entendu les explosions, répondit le commandant en second en guise de commentaire.

— Ce gnome a de plus en plus de culot ! grogna Merlin Akran d'une voix furibonde. Il se rend certainement compte que nous sommes impuissants devant ses facultés sataniques.

— Nous avons peut-être commis une erreur en détruisant son sarcophage, intervint soudain Rhodan. Tout me porte à croire qu'il y serait retourné de son plein gré s'il en avait eu la possibilité.

— Ce n'était pas en tout cas ce qui occupait ses pensées aussitôt après son réveil, intervint John Marshall, le télépathe. Il était uniquement polarisé sur le mal qu'il pouvait nous faire. Il nous a dès l'abord considérés comme ses ennemis mortels et, ma foi, son comportement l'a bien prouvé.

— Il n'empêche... Nous devrions essayer de négocier avec cette créature, émit Rhodan d'une voix songeuse.

— Il ne se laissera jamais embarquer dans quelque arrangement que ce soit ! déclara Roi Danton en prophète du pessimisme. Au contraire, si nous cessons de le pourchasser, il ne fera que renforcer son action terroriste.

Le bourdonnement de l'intercom interrompit la discussion.

— Ici le major Waydenbrack, Monsieur ! se présenta le premier officier artilleur. Le nain vient juste de faire un tour dans la centrale de tir.

— Vous l'avez capturé ? demanda Rhodan sans y croire.

— Malheureusement non, Monsieur. Il a été trop

rapide. En outre, il est apparu à un endroit où personne n'aurait songé à l'attendre !

— Major ! Vous aviez pourtant reçu l'ordre formel de poster un homme armé devant chaque appareil. La centrale de tir est trop importante pour que nous puissions prendre le risque d'un acte de sabotage !

Ce reproche sembla provoquer l'ire de Waydenbrak. Sa voix avait un accent plus violent lorsqu'il répondit :

— Exploitant sa petite taille, ce nabot est passé par l'unité mémorielle de programmation, expliqua-t-il. Lorsque nous avons remarqué cet incident, il s'était déjà retiré.

Rhodan fronça les sourcils.

— Et qu'en est-il de la mémoire de programmation ?

— Il a dû rester quatre minutes à l'intérieur, déclara l'officier de tir. Vous n'aurez pas de peine à imaginer ce que cela signifie, Monsieur.

Rhodan acquiesça d'un signe de tête. Il serrait les lèvres.

— Cela veut dire, finit-il par ajouter, que si le *Krest IV* doit s'engager dans un combat imminent, il en sera réduit à se fier uniquement aux yeux et aux mains des canonniers, n'est-ce pas ? Il n'y a plus d'acquisition automatique de cible ultra-rapide ?

— C'est à peu près cela, Monsieur.

— Vous avez déjà affecté une équipe de réparation ?

— Oui, répondit Waydenbrak d'une voix haletante. Il nous faudra au moins huit heures pour remettre toute l'installation en état de marche.

— Huit heures ! s'exclama Ische Moghu avec l'accent du désespoir.

— Comment voulez-vous empêcher le gnome de réapparaître une fois les réparations terminées ? demanda Rhodan.

En réponse à cette question brûlante, un silence pesant s'installa dans la centrale. Ainsi, manifestement, Rhodan acceptait d'emblée l'idée que le nain courrait toujours en liberté au bout de huit heures, et cette révélation fit frémir Waydenbrak.

— Nous allons ôter le revêtement de l'unité mémorielle, annonça-t-il enfin. Cela nous permettra de voir ce kobold de malheur si jamais il montre à nouveau le bout de son nez.

— Il ne suffit pas que vous le voyiez, corrigea Rhodan. Il faut aussi que vous le maîtrisiez et le capturiez.

— Bien entendu, Monsieur.

La communication s'en tint là. Rhodan se tourna vers les officiers présents dans le poste de commandement.

— Encore une nouvelle désastreuse de plus, Messieurs ! (Il s'accouda sur la table des cartes, face aux contrôles.) Il ne nous reste qu'à assister les doigts croisés à la transformation progressive de notre ultracroiseur en une épave par l'action d'un mini-monstre diabolique. Ce dernier épisode prouve que l'adversaire connaît parfaitement le vaisseau et choisit de mieux en mieux ses points les plus vulnérables.

Hegmar admira la pondération et le flegme avec lesquels Rhodan admettait qu'une mini-créature était capable de métamorphoser en épave le bâtiment le plus prodigieux de l'Astromarine Solaire.

Mais il était préférable de prendre son parti d'une réalité plutôt que de se bercer d'espoirs absurdes. Le major se força à esquisser un léger sourire. Lorsqu'il avait attendu le nain dans la salle de contrôle de la positronique, il était encore plein d'illusions. A présent, c'en était fini de cet état d'euphorie béate. Il voyait les choses sous leur vrai jour. Et c'était très bien ainsi.

— Je voudrais faire une expérience, Monsieur, entendit-il prononcer derrière lui.

Machinalement, il tourna la tête vers cette voix téméraire.

C'était celle de Ralf Marten, le mutant doté du talent de psychoprojection.

Marten était un homme mince et de haute taille. Ses

yeux bleu clair formaient un contraste saisissant avec ses cheveux d'ébène. Il était exceptionnellement bien de sa personne. Hegmar savait que ce porteur d'activateur cellulaire était le fils d'un Allemand et d'une Japonaise.

En tant que doué de psychoprojection, Ralf Marten était capable de désactiver provisoirement son propre moi, pour voir et entendre par l'intermédiaire des yeux et des oreilles d'une autre créature, sans que cette dernière s'en aperçoive.

— Qu'est-ce que vous mijotez, Ralf ?

— Je pourrais essayer de voir par l'intermédiaire des yeux du nain, proposa le mutant. Nous saurions alors au moins dans quelles salles il se produit.

Le scepticisme se lisait sur la physionomie du Stellarque.

— L'Emir, Ras Tschubaï et John Marshall ont déjà échoué, rappela-t-il.

— Ce ne serait qu'une tentative, Monsieur, insista Marten. Or, depuis que ce maudit nabot nous nargue à bord, nous en avons déjà fait de plus absurdes.

Il avait prononcé cette phrase à la manière réservée et réaliste qui lui était propre, sans la moindre pointe de reproche. C'était une constatation pure et simple.

— Allez-y, Ralf, approuva Rhodan.

Marten s'assit sur un siège.

— Tant que je serai en contact, vous me verrez comme pétrifié, comme paralysé sur ma chaise, expliqua-t-il. Ne faites pas attention à mon attitude. Il est important que vous envoyiez quelques hommes partout où je vois apparaître notre adversaire.

CHAPITRE 5

Les dix robots sortirent en file indienne de la salle des machines et longèrent la coursive. A l'autre extrémité, le lieutenant Terminov et l'officier technicien Menese montaient la garde.

Menese fut le premier à distinguer les nouveaux venus.

— Regardez un peu ce qui nous arrive, s'écria-t-il avec effroi.

George Terminov suivit des yeux la direction du bras de son compagnon et ne put s'empêcher de pousser un cri. Il n'en croyait pas ses yeux. Apparemment il n'y avait aucune raison pour que les robots quittent la salle des machines. Ils devaient rester postés à proximité des appareils pour en assurer la maintenance en cas de besoin. C'était pour accomplir cette tâche qu'ils étaient programmés.

— Allons-nous déclencher l'alarme ? murmura Menese.

Terminov baissa la tête pour regarder l'officier technicien, notablement plus petit que lui.

— Attendons encore, répondit-il. Je voudrais d'abord me rendre compte de ce qu'il se passe là. Il faut bien que quelqu'un ait pris la peine de les déprogrammer.

— Mais les seuls à se trouver dans la salle des machines sont Duvivier et Zeitlin ! protesta Menese. Ils montent la garde. Pourquoi auraient-ils déprogrammé les robots ?

Brusquement, comme sous l'effet d'un commandement secret, toute la troupe s'immobilisa. Puis les machines effectuèrent une rotation à angle droit et se mirent à marteler la cloison du couloir de leurs poings métalliques en faisant un bruit assourdissant, comme si cent marteaux-pilons s'étaient mis au travail simultanément.

Un troupeau d'astronautes armés jusqu'aux dents afflua de tous côtés.

Terminov agita ses bras puissants.

— Retournez à vos places ! hurla-t-il en gesticulant. Sapristi, vous ne voyez pas que cet incident a uniquement pour but de vous attirer ici et de quitter vos factions ?

Les hommes le fixèrent d'un regard ahuri. Menese ne put s'empêcher d'admirer l'allure imposante du lieutenant, avec sa haute taille de près de deux mètres, son crâne chauve, sa barbe noire comme du charbon et entretenue avec beaucoup de minutie qui lui couvrait le menton en courant d'une oreille à l'autre.

La cloison que les robots martelaient avec tant d'insistance se trouva en un instant constellée de creux et de bosses. Les projecteurs vacillaient au plafond. Des câbles pendaient lamentablement sur les murs. Des éclats de laque jonchaient le sol. Quelques minutes suffirent aux ferrailles pour démolir complètement la paroi.

— Venez, Menese, dit Terminov. Nous allons mettre fin à ce carnage.

L'officier technicien continuait à fixer la coursive d'un regard épouvanté.

— Vous voulez les rejoindre, lieutenant ?

Terminov émit un grognement méprisant.

— Vous pensiez que j'allais organiser un match de tir sur ces machines prises de folie ? Après tout, elles peuvent encore servir. Allons-y et coupons-leur la chique. Pour le reste, les cybernéticiens s'en chargeront.

Menese fit une grimace. *Allons-y, mettons fin à ce carnage* ! Comme si les choses étaient aussi simples ! Malgré ses réticences, il n'avait pas le choix. Force lui était de suivre le lieutenant. Ces satanés robots faisaient un vacarme à écorcher les oreilles. Toute la coursive paraissait secouée de vibrations. Terminov avait rejoint le premier de la troupe et se mit à tripoter dans son « crâne », ce qui n'était pas chose aisée, car il lui fallait à chaque instant esquiver les poings métalliques qui ne cessaient de frapper le mur. Quelques secondes s'écoulèrent, puis la machine se figea sur place.

Le lieutenant se releva en arborant un large sourire de satisfaction. Menese, qui avait repris un semblant de courage, désactiva quatre ferrailles, tandis que l'officier se chargeait des autres. Bientôt, une rangée de piliers d'acier immobiles occupa la coursive.

— Et maintenant, allons voir dans quel état se trouve la salle des machines ! ordonna le lieutenant à son compagnon. J'espère que Duvivier et Teitlin auront une explication à nous fournir pour toute cette mise en scène.

Dès leur entrée dans la salle en question, une odeur de matériaux isolants brûlés les prit à la gorge. Une mince traînée de fumée planait au-dessus des générateurs. Duvivier et Zeitlin gisaient sur le sol, au bas de la cloison latérale. Ils avaient tous deux le visage tout noir. Menese baissa la tête.

Apparemment, le bloc principal de coupe-circuit avait sauté au moment même où les deux hommes étaient passés devant lui ; leurs visages avaient pris de plein fouet le jet de flamme et son incandescence torride.

— Espèce de démon de nabot ! grogna Terminov.

Une haine farouche vibrait dans sa voix, ce qui était tout à fait inhabituel chez cet homme flegmatique.

— Il s'est passé des incidents terribles, déclara Rhodan dans le micro de l'intercom. Si je ne peux pas promettre que nous allons maîtriser rapidement notre adversaire, du moins puis-je vous annoncer que nous avons trouvé un moyen sûr de l'observer.

Il s'interrompit. Dans tous les coins du navire, même les plus reculés, les hommes tendaient l'oreille d'un air confiant vers cette voix familière. Dans leurs esprits et dans leurs cœurs, de grands espoirs étaient liés aux paroles du Stellarque.

— Il est très important que nous tous, ici dans le poste central, coopérions encore plus étroitement que jamais avec toutes les sections du *Krest IV*, poursuivit Rhodan. Si nous faisons preuve d'une extrême vélocité, nous pourrons éliminer ce petit monstre dès sa prochaine apparition. Ralf Marten, qui fait partie de la Milice des Mutants, peut entrer en contact avec cet intrus par des voies parapsychiques. Son don de psychoprojection lui permettra de voir avec les yeux du nain les salles dans lesquelles celui-ci se rematérialisera. Toutes les informations qu'il me fera parvenir, je les transmettrai par intercom à l'équipage, de sorte que chacun saura exactement où se tient le saboteur. J'espère que cela fera au moins baisser le nombre des actes de terrorisme. Voilà pour le moment. Je reprendrai le micro dès que Marten sera en liaison avec le nabot.

Puis Rhodan se cala contre le dossier de son siège et jeta un coup d'œil interrogateur à Atlan.

— J'aurais peut-être dû me montrer plus optimiste, dit-il avec une pointe de regret.

L'Arkonide secoua la tête.

— Ils avaient besoin d'être éperonnés, répondit-il. Et cette fois, ils le sont.

L'écran du télécom de bord s'illumina. Le visage du médecin-chef, le docteur Artur, apparut sur la plaque dépolie. Le médecin, bien connu pour sa mauvaise humeur chronique, paraissait encore plus morose que d'habitude.

— On ne peut plus rien faire pour Duvivier et Zeitlin. Quand allez-vous prendre enfin des mesures déterminantes ?

— Peut-être pourriez-vous me montrer l'exemple, Doc ? proposa le Stellarque. Ainsi par exemple, pourquoi n'inonderiez-vous pas de chloroforme la tête du gnome quand il surgira sous vos yeux ? Cela nous rendrait service.

La physionomie d'Artur trahit la stupéfaction. Jamais

encore il n'avait reçu une réponse aussi mordante de la part de Perry Rhodan.

— Que va-t-il arriver aux deux hommes ? demanda-t-il lorsqu'il fut revenu de sa surprise.

— On leur fera des funérailles spatiales en bonne et due forme, Doc. Chargez-vous de cette tâche.

— A vos ordres, Monsieur, grogna Artur, le visage blême et la mine défaite.

Atlan fit un geste pour manifester son indignation.

— Ta réponse lui a causé un choc profond.

Rhodan fit volte-face.

— Faut-il que j'enveloppe chacun des hommes dans du coton parce qu'un gnome fait des siennes à travers le navire ou parce que nous sommes éloignés de trente millions d'années-lumière de notre galaxie ?

Atlan ne quittait pas son ami des yeux.

— Tu es nerveux, constata-t-il simplement.

— Oui, reconnut Rhodan. Et ça ne s'améliorera certainement pas si ce monstre continue à tuer des membres de l'équipage et à transformer l'ultracroiseur en épave.

— La résignation est l'enfant de la nervosité, déclara avec philosophie Atlan en guise de commentaire.

Rhodan se força à sourire.

— Pas pour moi, riposta-t-il d'un air déterminé.

Le nain se rematérialisa au centre d'une petite salle et demeura un instant immobile. Ses paupières battaient et il semblait avoir du mal à respirer. En fait, il était épuisé. Mais comment aurait-il pu s'accorder un instant de repos ? Jusque-là, il avait réussi à tromper l'équipage de cet immense navire. S'il multipliait les actes de sabotage, c'était dans l'unique but de détourner les étrangers de son objectif véritable. Il savait bien que les dégâts qu'il avait commis « ailleurs » étaient beaucoup plus importants que ces géants ne se l'imaginaient. Et à la pensée de leur réaction lorsqu'ils s'en rendraient compte, il grimaça un large sourire.

Le nabot avait eu le temps de faire ample connaissance avec les arcanes de ce vaisseau gigantesque. Tout cet environnement inconnu qui l'avait paniqué au début ne lui faisait plus peur du tout à présent. Il avait découvert depuis longtemps déjà que l'équipage surveillait en premier lieu les installations et les appareils importants. Toutes les salles secondaires restaient inoccupées. Aussi le petit homoncule pouvait-il s'y réfugier de temps à autre pour se reposer. Heureusement pour lui, ces étrangers ne possédaient aucun moyen de le localiser. Ils le pourchassaient, certes, mais le fait qu'ils réagissaient toujours trop tard à chacune de ses rematérialisations lui permettait de conclure qu'ils ne savaient jamais où il allait porter ses coups.

Les occupants de ce maudit vaisseau lui avaient coupé le chemin qui devait le mener au « Feu de la Pureté ». Ils l'avaient réveillé alors qu'il était encore très éloigné de son but. Comment aurait-il pu laisser impuni un forfait de cette importance ?

Le nain savait parfaitement qu'il était trop faible pour détruire entièrement le navire, mais il pouvait éliminer l'équipage. Le nombre des victimes n'allait pas tarder à monter en flèche. Or, ils ne se doutaient de rien. Ils se contentaient de surveiller leurs installations avec une obstination acharnée sans savoir que leur ennemi frappait ailleurs. Le gnome n'était jamais satisfait. Il ne cherchait qu'à se venger de l'outrage qu'il avait subi. Il pensa avec tristesse à tous ses compagnons qui avaient voulu l'accompagner jusqu'au « Feu de la Pureté ». Eux aussi avaient été détournés de leur cap, mais ils n'en atteindraient pas moins leur but. Alors que lui, qui avait tout sacrifié pour participer au grand voyage, il serait à jamais frustré du succès de ses efforts.

Les gros yeux du nain s'humidifièrent. Sa petite bouche

tremblait de rage. Il dut se faire violence pour diriger ses pensées dans une autre direction. Il n'avait pas le droit de se laisser influencer plus longtemps par une nostalgie chimérique.

Sa respiration s'apaisa et sa nervosité diminua. Il commença à réfléchir à la manière dont il pourrait détourner les astronautes de sa véritable activité, avec plus d'efficacité encore que jusqu'alors, mais sans négliger son objectif premier.

Il fallait qu'il...

Le cours de ses pensées fut brusquement interrompu. Son ouïe hypersensible perçut des pas lourds provoqués par des bottes. Il cligna des yeux d'un air méfiant et se recula jusqu'au mur.

Ce qui lui sauva la vie.

Au moment où sa petite main touchait la cloison lisse, la porte de la salle s'ouvrit brutalement. Deux astronautes se précipitèrent à l'intérieur, l'arme braquée devant eux, suivis par beaucoup d'autres.

Les hommes tirèrent sans même viser. Si le nain n'avait pas bougé de place, il n'aurait pas survécu à cette bordée.

Bien que le choc faillît le paralyser, il se dématérialisa à temps. Mais avant de se diluer dans le néant, il lui devint évident que ses ennemis venaient vraisemblablement de trouver un moyen de découvrir l'endroit où il réapparaissait, avec toutes les conséquences que cette situation nouvelle entraînait pour lui. Car il ne pouvait certainement pas mettre sur le compte du hasard cette intrusion brutale et inopinée précisément dans cette petite salle vide et d'aspect inoffensif.

*
* *

Ralf Marten se redressa d'un bond comme s'il avait reçu une décharge électrique, le front inondé de transpiration. En trois pas, Rhodan vint le rejoindre et lui saisit le bras.

— Tout va bien, dit-il pour l'apaiser.

Marten jeta autour de lui un regard où se lisait l'affolement, puis son esprit revint dans la réalité.

— Tout a bien fonctionné, déclara Rhodan, soulagé. Vous nous avez décrit avec beaucoup de précision la salle dans laquelle était apparu le nain. J'y ai envoyé immédiatement un détachement d'hommes armés… mais l'ennemi a réussi encore une fois à nous échapper.

Marten eut un sourire confus.

— Je ne me souviens de rien, déclara-t-il. Mais je crois que j'ai vu par l'intermédiaire des yeux du nain.

— Vous nous avez décrit minutieusement le local de connexion dans lequel il se trouvait, confirma Rhodan. Il n'y avait malheureusement pas un seul homme à proximité immédiate, de sorte que nous n'avons pas pu intervenir tout de suite.

— Le voilà alerté à présent, commenta Atlan. Il va donc redoubler de prudence.

Le mutant se laissa retomber sur son siège. Pendant tout le temps qu'avait duré son contact avec le nain, il était resté assis sans faire un mouvement, les yeux grands ouverts.

— Je ne crois pas qu'il cessera ses actes de sabotage, intervint John Marshall. Dès qu'il se sera remis de sa surprise, il frappera de nouveau.

Les officiers présents dans le poste central fixaient Ralf Marten d'un regard confiant. Pour le moment, il représentait le seul moyen de contact avec ce diable de saboteur. Tous les espoirs des membres de l'équipage reposaient sur ses dons de psychoprojection, bien que, dès la première tentative, il se fût avéré que la découverte du gnome et son élimination étaient deux phénomènes bien distincts.

— Peut-être pouvons-nous l'encercler quelque part, proposa Melbar Kasom. Si Ralf Marten nous donne sans cesse des informations, nous réussirons certainement à circonscrire les salles qu'il choisit pour se rematérialiser.

Vous oubliez que c'est également un téléporteur, dit

à son tour Roi Danton. Il peut donc s'évanouir de la zone dangereuse en moins de temps qu'il ne faut pour le dire. Comme l'a fait remarquer très justement le Lord-Amiral Atlan, cette satanée créature va se tenir maintenant sur ses gardes. Il ne nous sera pas facile de l'acculer quelque part.

— Nous allons…

Mais Rhodan s'interrompit en voyant Ralf Marten sursauter. Le corps du mutant se pétrifia.

— Il a repris contact avec le gnome ! piailla L'Emir tout excité.

— Une longue coursive, murmura Marten. A l'extrémité, un puits antigrav. Deux hommes en gardent l'entrée. Un couloir latéral. Une niche. Le câble principal de liaison entre les ponts C-5 et C-6.

Rhodan se pencha sur l'intercom.

— Attention ! cria-t-il. L'ennemi se trouve à proximité du poste principal de distribution sur le pont C-5 ou C-6.

— Il a ouvert le poste de distribution, annonça le mutant d'une voix sans timbre.

C'est à peine si Rhodan l'écouta. Il imaginait sans peine à quelle allure tous les hommes des ponts C-5 et C-6 couraient jusqu'à l'endroit indiqué. Chaque pont possédait douze postes principaux de distribution, installés dans des niches aménagées dans des coursives latérales.

— Il a ôté les connecteurs ! (La voix de Marten avait un son lugubre. Grâce à ses pouvoirs parapsychiques, il avait pris possession des yeux du nain.) Il est en train de tirer les câbles. Et…

Il s'interrompit. Ses paupières se refermèrent, et aussitôt après, son corps se relâcha. Rhodan serra les lèvres.

— Vous l'avez capturé ? hurla-t-il dans le microphone.

— Non, Monsieur ! leur parvint la voix affolée d'un homme dans le haut-parleur. Ici le sergent Jacquet, du pont C. Il nous a échappé. Lorsque nous sommes arrivés près de la niche, il avait déjà disparu. De toute évidence, il avait eu l'intention de permuter les branchements, ce qui aurait provoqué des courts-circuits lourds de conséquences. Nous allons remettre immédiatement tout cela en place, Monsieur.

— Très bien. (Rhodan se passa la main sur le visage ; il avait l'air extrêmement las.) Ne relâchez surtout pas votre attention, sergent Jacquet !

— Soyez tranquille, Monsieur, répondit son interlocuteur avec empressement.

Marten était retombé dans sa transe psychoprojective. Ses lèvres ne formaient qu'un trait tremblotant dans son visage exsangue.

— Le hangar numéro quatorze, dit-il. Une des corvettes. La onze.

— Hangar quatorze ! (La voix de Merlin Akran faillit se casser lorsqu'il lança l'avertissement à la place de Rhodan.) Il doit se trouver à l'intérieur de la corvette 11 !

La tension avait encore monté dans le poste central. Les hommes écoutaient à en oublier de respirer. Leurs regards faisaient la navette entre Rhodan et Akran, Akran et Marten, puis se fixaient un instant sur le mutant avant de glisser par-dessus la silhouette mince d'Atlan pour finalement rester suspendus au haut-parleur de l'intercom. Car la nouvelle de la victoire définitive, et donc de la délivrance, ne pouvait venir que de là.

— La *KC-11* ! répéta Akran d'une voix tonitruante, qui ressemblait presque à une supplication désespérée. Allez le sortir de là !

Assis sur un siège à proximité du pupitre des contrôles, le major Drave Hegmar suivit en esprit les hommes chargés d'examiner de fond en comble l'intérieur de la chaloupe qui mesurait soixante mètres de diamètre. Mais il savait d'avance que le gnome arriverait une fois de plus à leur filer entre les doigts. Certes, l'aide apportée par Marten était extrêmement précieuse, mais le saboteur ne se laisserait jamais capturer en flagrant délit.

Le mutant revint à lui. Il se passa la main sur son front humide de transpiration.

« Il a l'air complètement épuisé », se dit Hegmar, pénétré de compassion pour lui.

Quelqu'un lui tendit un gobelet de café brûlant.

Marten le prit et le but, mais il le reposa en entendant la voix du major Ronald Keller dans le haut-parleur de l'intercom.

— Il nous a échappé, Monsieur, annonça-t-il. Je ne crois pas qu'il ait pu faire beaucoup de dégâts cette fois-ci.

Rhodan se mordit les lèvres.

— C'est vraiment curieux, déclara-t-il. Il revient sans cesse vers ces chaloupes, mais jusqu'à présent, il ne leur a pas encore causé d'avaries notables. Néanmoins, son comportement semble obéir à une logique précise. Marten, encore deux ou trois heures à ce rythme-là et vous serez tellement exténué que vous ne pourrez plus nous être de quelque utilité que ce soit.

— C'est bien ce que je crains, moi aussi, convint le mutant.

Hegmar jeta un coup d'œil sur son chronographe. Il y avait près de trente heures que ce nabot terrorisait le *Krest IV*. Le major réprima un bâillement. Depuis qu'on avait pris ce nain à bord, il n'avait pas réussi à dormir plus de deux heures.

— Nous perdons chaque fois beaucoup trop de temps, déclara soudain Atlan avec le réalisme qui le caractérisait. Marten établit le contact. Pendant qu'il nous transmet les informations, c'est-à-dire ce qu'il voit par l'intermédiaire des yeux du nain, il s'écoule déjà quelques précieuses secondes. Puis il faut avertir l'équipage par intercom, ce qui prend encore du temps. A cela s'ajoute celui dont les hommes ont besoin pour rejoindre l'endroit où est apparu le gnome.

Le bruit d'une explosion leur parvint soudain, en provenance d'un endroit indéterminé du vaisseau. Hegmar sursauta. Ralf Marten releva la tête, gêné. Il froissa le gobelet en plastique vide et le jeta dans un puits à ordures.

— Il s'est de nouveau passé quelque chose, déplora-t-il. Et moi, je n'ai pas fait attention, Monsieur.

— Vous ne pouvez pas le contrôler sans interruption, le rassura Rhodan.

Un écran s'illumina. Le visage aux pommettes saillantes du major Bob McCisom apparut. La physionomie et surtout le regard de cet homme, si joyeux d'ordinaire, étaient plutôt sombres.

— Un chasseur *Mosquito* a explosé, Monsieur ! annonça le chef de flottille. Heureusement, personne ne se trouvait à proximité immédiate de lui quand c'est arrivé.

— Faites enlever tout de suite les débris, major, ordonna Rhodan.

Il était évident que McCisom hésitait. Manifestement, il avait encore quelque chose à ajouter.

— Qu'y a-t-il donc, major ? s'enquit Perry Rhodan, à qui le comportement de l'officier n'avait pas échappé. Qu'avez-vous encore sur le cœur ?

— C'est à cause des hommes, Monsieur, expliqua péniblement McCisom.

— Mais encore... ?

— Ils... ils refusent de s'approcher du hangar aussitôt après l'explosion, lâcha-il enfin sur un ton rageur. J'en ai fait arrêter deux. Je ne pense pas qu'ils aient été tous complices, mais ces deux rebelles-là sapaient le moral des autres.

— Je ne crois pas qu'il y ait des poltrons parmi l'équipage du *Krest IV*, affirma Rhodan.

— Je ne les qualifierais pas de poltrons, Monsieur, riposta l'officier. L'un des deux protestataires, le cadet Mobley, m'a demandé pour quelle raison il mettrait sa vie en jeu d'une façon inconsidérée alors que, de toute façon, le *Krest IV* n'avait plus pour mission que de nous amener sur la plus proche planète offrant les mêmes conditions que la Terre. Là, disait-il, tous les problèmes se résoudraient d'eux-mêmes.

— Je comprends, répondit Rhodan. Libérez ces deux hommes, major.

— Quoi ? ne put s'empêcher de s'exclamer McCisom.

— Dites-leur que j'attends d'eux qu'ils continuent à accomplir leur devoir. Dites-leur aussi que je suis prêt à comprendre que quelqu'un puisse perdre le contrôle de ses nerfs dans une situation aussi oppressante que celle que nous vivons présentement. Je peux admettre cette faiblesse quand elle survient *une fois*. Dites-le-leur de ma part.

— Bien, Monsieur, murmura le major.

L'écran s'assombrit. Hegmar se demanda si la réaction de Rhodan était correcte. Peut-être que, de cette manière, il attirerait de son côté des hommes comme le cadet Mobley, sous le coup de la honte. Il était tout simplement impossible d'arrêter tous ceux qui perdaient le contrôle de leurs nerfs. L'idée d'un atterrissage sur une planète analogue à la Terre paraissait profondément ancrée dans les cerveaux des membres de l'équipage.

— Ainsi le nain a mis à profit son séjour dans le hangar pour faire sauter un chasseur *Mosquito*, reprit alors Rhodan. Pour ce faire, il a vraisemblablement utilisé de nouveau une des micro-bombes qu'il a volées dans un dépôt d'armes.

— J'espère que ce succès entamera sa prudence, commenta Atlan.

« Ils parlent du nain », se dit Hegmar, et une ride profonde se creusa sur son front. « Ils en parlent comme s'il n'existait pas d'hommes récalcitrants dans les ponts inférieurs, comme si cette idée de trouver une planète de type terrestre n'était qu'une élucubration de quelques-uns, alors qu'elle avait déjà adopté la forme d'une véritable conjuration mentale. »

— Si nous l'attrapons, ce sera pour l'équipage un stimulant psychologique très fort, remarqua Ische Moghu.

Hegmar jeta un coup d'œil vers le commandant en second. Il était assis sur le bord de son siège, prêt à bondir à la première occasion.

A quelques mètres du major, Ralf Marten retomba dans sa transe parapsychique.

— La piscine, dit-il. Je vois le grand bassin.

Pendant que Hegmar se demandait ce que ce monstre venait faire dans la piscine, la voix d'Akran tonna à travers le poste central.

— Attention ! Faites immédiatement le siège de la piscine. Et arrangez-vous pour que cette fois-ci, le gnome ne nous file plus entre les doigts !

*
* *

Deux astronautes surveillaient le secteur de la piscine.

Sur l'un des côtés du grand bassin patrouillait le sergent Fagerquist et, sur l'autre, le technicien spécialement attaché aux convertisseurs, Wode Belleto. Ils avaient harmonisé leurs démarches de façon à se trouver toujours en position symétrique. Non pas qu'ils se soient concertés pour prendre cette mesure de sécurité, mais dès le premier tour, ils s'étaient rendu compte que, de cette manière, ils ne se quittaient jamais des yeux. Ce qui leur paraissait essentiel. Ils se voyaient sans cesse et n'avaient donc pas à craindre que le nain surprenne l'un d'eux par-derrière, car il serait aussitôt découvert par l'autre.

La surface du bassin était parfaitement lisse.

Fagerquist ôta de son dos son radiant lourd qui le gênait et le prit à deux mains. Machinalement, il s'arrêta et jeta un regard concupiscent sur l'eau.

Son compagnon s'était arrêté, lui aussi.

Vu par-dessus toute la largeur de la piscine, Belleto paraissait immense et informe. Même son visage faisait l'effet d'une masse confuse. Il fallait venir tout près du technicien si l'on voulait distinguer sur sa figure bouffie quelques signes caractéristiques.

Fagerquist sentit un frémissement dans son dos.

Un coup d'œil sur son chronographe lui montra qu'ils ne seraient relevés que trois heures plus tard.

— Je meurs d'envie de me jeter à l'eau ! cria-t-il à Wode Belleto, par-dessus la largeur du bassin.

— Ne faites pas l'idiot, sergent, s'écria son collègue. Que ferez-vous si elle se transforme brusquement en glace ?

Fagerquist se contenta de sourire. Rhodan avait déclaré par l'intercom que le *Krest IV* n'accélérerait de nouveau sa vitesse qu'après la capture et l'élimination du nain. En outre, toute manœuvre de vol était annoncée par la centrale. Il n'y avait donc aucun risque à voir l'eau se mettre à geler inopinément.

En effet, une des nombreuses mesures de sécurité prises à bord du vaisseau consistait à geler le contenu de la piscine avant toute manœuvre d'accélération. Malgré les neutralisateurs de choc, la force d'inertie du liquide était si élevée qu'en cas d'accélération maximale, il pouvait déborder. Les installations de givrage intégrées aux parois du bassin empêchaient tout incident de ce genre. Il suffisait d'une simple manipulation de commutateur pour qu'une seconde plus tard, le contenu de la piscine se métamorphose en un énorme bloc de glace.

Fagerquist s'assit sur le bord du bassin. C'était un homme grand et fort, doté d'un visage taillé à coups de serpe et de mains aux articulations noueuses. Il ne brillait pas par son intelligence mais possédait néanmoins une imagination fertile.

— Eh ! lui cria le technicien. Qu'est-ce que vous faites là, sergent ?

— Vous voyez bien ! riposta l'autre en guise de réponse. J'ôte mes bottes. Quand j'aurai fait trempette et que je me serai rhabillé, vous pourrez plonger à votre tour.

Belleto laissa entendre un grognement teinté de scepticisme. Il n'avait pas l'intention d'imiter cet imbécile de sergent. Si un officier apparaissait à l'improviste, Fagerquist en serait quitte pour un blâme.

Quant à ce dernier, il n'éprouvait pas le moindre scrupule. Il ôta ses vêtements et passa sous la douche. Puis il plongea dans l'eau. Il traversa toute la piscine à la nage et se redressa à l'autre extrémité.

Belleto le fixait d'un regard qui ne présageait rien de bon.

Le sergent respira profondément et se laissa retomber dans le bassin.

— Combien de temps allez-vous rester là-dedans ? s'enquit son camarade.

Fagerquist rejeta les deux bras en arrière et bondit hors de l'eau scintillante en décrivant une courbe savante, tel un véritable dauphin.

Mais il ne parvint plus à atteindre l'autre extrémité.

L'eau gela à une allure telle que son compagnon n'aurait même pas eu le temps de s'apercevoir du changement si les mouvements du nageur ne s'étaient pas interrompus brusquement. La tête et l'épaule gauche de Fagerquist émergèrent de la surface figée. Son bras droit se dressait d'un air menaçant hors de la glace. Sa main remuait légèrement.

— Sergent ! hurla le technicien, épouvanté.

Il ne reçut pas de réponse.

Belleto ôta son radiant lourd de son épaule et sauta dans la piscine. Il tomba lourdement sur la glace et se mit à glisser. Puis il se releva prudemment et courut vers le sergent. Lorsqu'il arriva près de lui, il lui saisit la main. Elle était enflée et glacée.

— Sergent ! murmmura-t-il, bouleversé.

Il se pencha vers lui pour voir son visage. Les yeux gris de l'astronaute lui sortaient des orbites. Sa peau avait pris une teinte cireuse.

Un lourd piétinement de bottes réveilla le technicien de sa torpeur et le fit se redresser. Pris de panique, il saisit son arme et jeta autour de lui un regard circulaire. Les bords de la piscine grouillaient de membres de l'équipage, tous radiants braqués. Ils avaient les yeux rivés sur Belleto et sur ce qui restait visible du sergent.

— Où est ce satané nabot ? cria quelqu'un.

— Il faut absolument faire fondre la glace de la piscine, murmura Belleto.

Le capitaine José Alcara sauta dans le bassin pour le rejoindre. C'était un mulâtre aux cheveux d'ébène qui se déplaçait sur la glace avec une assurance étonnante, comme s'il se trouvait sur la terre ferme.

— Pourquoi cet homme est-il là ? demanda-t-il.

— Il voulait nager, répondit Belleto. Et puis…

Foudroyé par l'horrible souvenir, il s'arrêta.

— Encore une fois ce petit monstre, conclut le capitaine Alcara. Il a branché le commutateur d'urgence qui actionne aussi l'appareil de givrage.

— Est-ce que vous l'avez… Est-ce que le nain est mort ? demanda Belleto d'une voix sourde.

Alcara grinça des dents et fit une brusque volte-face, comme s'il ne pouvait pas supporter plus longtemps le spectacle du sergent frigorifié.

— Il nous a encore échappé ! cria-t-il d'une voix de stentor qui couvrit tout le secteur de la piscine. Nous n'arriverons jamais à l'attraper, ce démon !

CHAPITRE 6

Jeter un coup d'œil sur son chronographe était devenu pour le major Hegmar un simple réflexe.

Il y avait trente-sept heures qu'ils se laissaient terroriser par ce maudit nain.

Depuis trente-sept heures, ils luttaient pour leurs vies et pour le *Krest IV*. Et ils n'avaient toujours pas réussi à attraper ce micro-adversaire. Ralf Marten, sur lequel ils avaient placé tous leurs espoirs, était recroquevillé dans son fauteuil, épuisé et amorphe.

La plupart des officiers présents dans le poste central avaient les yeux rouges et le visage défait. Une sorte de résignation commençait à se dessiner sur leurs traits.

« Je ne dois pas avoir une mine plus brillante qu'eux », se dit Hegmar avec un soupçon d'ironie.

On venait de leur annoncer, quatre minutes plus tôt, la nouvelle catastrophe. Le nain semblait de plus en plus effronté.

Il avait volé une charge d'explosifs dans l'armurerie et l'avait déposée contre la coque de la *KC-37*. Ras Tschubaï, le téléporteur, avait réussi à l'éloigner *in extremis*, mais il n'avait pas eu le temps de la désamorcer, de sorte qu'elle avait explosé au centre du hangar et provoqué des dégâts considérables.

Au poste central, on s'était déjà habitué à ces nouvelles désastreuses. On commençait à les accepter comme si elles faisaient partie depuis toujours de la vie courante à bord. Même la chasse au nain était devenue une activité banale en quelque sorte, un travail de Sisyphe qui désormais n'accaparait qu'à peine les sens émoussés des hommes.

Les porteurs d'activateurs cellulaires n'avaient pas à souffrir de cette lassitude générale. Perry Rhodan, Atlan et les mutants continuaient à tenter par tous les moyens de maîtriser l'ennemi.

Une ombre tomba sur le visage de Hegmar et l'arracha à ses pensées. Il releva la tête et aperçut le capitaine Atara Kawinati debout près de son siège. Le grand Japonais souriait avec la courtoisie propre à sa race.

— J'ai une idée, Monsieur, dit-il.

Kawinati était le chef du commando des robots, considéré comme un officier silencieux et efficace.

— Qu'est-ce que vous envisagez ? s'enquit Hegmar en faisant semblant de manifester un certain intérêt pour la révélation qui allait suivre.

— On pourrait programmer une partie des robots pour qu'ils tirent sur le nain dès qu'il apparaîtra à proximité de l'endroit où ils se trouvent, expliqua le capitaine. Pour cela, il serait nécessaire que nous les répartissions dans tout le navire.

— Parlez-en donc au Stellarque, lui conseilla Hegmar.

— Vous êtes l'officier en second, Monsieur, répondit Kawinati. Je suis certain que vous obtiendrez plus facilement gain de cause que moi.

Hegmar ne put s'empêcher de sourire.

— Qu'est-ce qui vous arrive, capitaine ? Vous hésitez ?

L'Asiatique sourit à son tour.

— Alors, vous en parlerez à Rhodan ?

— Oui, affirma Drave Hegmar à contrecœur.

Il ne fondait pas de grands espoirs sur la suggestion de Kawinati. Il y avait déjà eu un incident avec les robots. Si on les armait tous et qu'on les répartissait dans tout le navire, on risquait plutôt de faire l'affaire du saboteur.

Kawinati remarqua, à l'expression du major, que celui-ci n'accordait pas grand crédit à son plan. A en croire le regard de Hegmar, il était peu probable que les robots puissent avoir plus de succès que les hommes. En outre, le risque était trop énorme.

— Sans compter qu'un peu de repos ne nous ferait pas de mal, à nous ! insista Kawinati, avant de s'éloigner sans bruit.

Hegmar approuva d'un signe de tête, puis jeta un coup d'œil sur Rhodan qu'il voyait de dos. Le Stellarque occupait le siège réservé au commandant Merlin Akran dont il avait pris la relève. Atlan avait rejoint le groupe des mutants et bavardait avec Ivan Goratchine. Le géant bicéphale n'avait pas plus de chances de venir à bout du nabot que L'Emir et John Marshall.

Le commandant en second du *Krest IV*, le lieutenant-colonel Ische Moghu, était parti faire une tournée d'inspection à travers le navire en compagnie de l'ingénieur en chef, Bert Hefrich. Celui-ci voulait examiner personnellement les dégâts occasionnés par les actes de sabotage répétés, tandis qu'Ische Moghu allait essayer de relever le moral des troupes.

Hegmar devinait que Moghu s'était lancé dans une mission impossible. Le nain qui, au début, avait arraché les hommes à leur déprime et à leur désespoir commençait, lui aussi, à empoisonner les esprits. On savait depuis une heure que deux techniciens de hangar avaient essayé de s'éjecter du *Krest IV* avec un chasseur *Mosquito*. Heureusement, ils avaient été rattrapés au dernier moment. Il était facile d'imaginer qu'ils n'étaient pas les seuls parmi les membres de l'équipage à avoir caressé l'idée de s'enfuir.

« Au fait », se dit soudain le major non sans étonnement, « pourquoi le nain n'est-il pas encore venu faire un tour au poste central ? » A croire qu'il devinait qu'une telle initiative lui serait fatale.

Au cours des dernières heures, les rematérialisations du gnome s'étaient faites de moins en moins fréquentes. Hegmar en déduisit tout naturellement qu'il était fatigué, ou qu'il allait bientôt atteindre son but.

Kawinati revint avec un gobelet fumant dans chaque main. Il en tendit un au major qui sourit en sentant la chaleur du liquide à travers la paroi plastifiée.

— C'est mon troisième café en une heure, avoua le Japonais.

— Vous pouvez vous faire remplacer à tout moment, lui proposa Hegmar.

— Bien sûr, approuva Kawinati. Mais curieusement, je n'arrive pas à dormir, bien que je me sente très fatigué. Peut-être parce que j'ai peur d'être surpris en plein sommeil par le petit monstre ? A moins que ce soit seulement la pensée que je pourrais manquer la phase finale qui me tienne éveillé ?

— Vous croyez donc que nous allons bientôt arriver à la phase finale ?

— Il le faut bien, Monsieur, répondit le responsable des robots. Ça ne peut plus durer ainsi très longtemps. A la longue, tous les hommes finiront par craquer.

*
* *

Les vagues nauséeuses affluaient à travers le corps de Roscoe Poindexter, et il vomit. Pendant un instant, il eut du mal à reprendre son souffle, puis la crampe gastrique alla en s'atténuant. Il réussit à se renverser en arrière. Le médi-robot qui était de fonction à son chevet lui essuya la bouche avec un linge stérile.

L'aspirant aurait donné cher pour pouvoir enfin se lever. Bien que trois des soldats paralysés par le gaz eussent déjà repris leur service, on l'avait forcé, lui, à prolonger son séjour à l'hôpital de bord du *Krest IV*. Sans doute parce qu'il en avait absorbé une dose plus importante que les autres.

Un deuxième lit était placé contre le mur opposé de la petite chambre, mais Poindexter ne pouvait pas bavarder avec le patient qui l'occupait. L'homme s'appelait Prudy et était l'un des officiers techniciens qui travaillaient sur le pont supérieur. Trois heures auparavant, le nain avait branché des fils électriques sur une échelle métallique, et

Prudy avait été le premier à mettre la main sur l'un des échelons. Sa survie tenait du miracle.

Un désintégrateur était posé sur le lit voisin de celui de Poindexter. On le lui avait confié tout de suite après son réveil, car il valait mieux qu'il soit armé au cas où par hasard le nain se rematérialiserait à l'hôpital. Poindexter esquissa un sourire, qui d'ailleurs ressemblait davantage à une grimace. Il entendait le jeune médecin, l'un des assistants du docteur Artur, qui allait et venait dans la chambre voisine, sans lui accorder la moindre attention.

Poindexter essaya de se tourner sur le côté, et aussitôt la nausée le reprit. Il déglutit trois ou quatre fois de suite. Le robot essuya son front inondé de transpiration.

— Ça va comme ça, murmura le malade.

Le robot ne répondit pas. Il se contenta de replier soigneusement le linge humide avant de le jeter dans le puits à ordures.

De l'autre côté de la cloison, les bruits se turent un instant, puis des pas rapides résonnèrent. Le jeune médecin entra en trombe dans la chambre pour s'occuper de Prudy. Il se contenta de lancer un bref regard chargé de mépris sur l'aspirant, comme s'il ne comprenait pas pour quelle raison il occupait encore ce lit. Le médecin était doté d'une large bouche aux lèvres minces, seul détail caractéristique, d'ailleurs, de cette physionomie plutôt banale.

Il se pencha sur l'électrocuté qui gémissait tout bas, sans pourtant avoir repris connaissance. Poindexter se fit violence pour essayer de se redresser malgré la nausée imminente.

C'est alors qu'il entendit un cliquetis dans la chambre voisine.

Il vit le médecin relever le buste et se pétrifier littéralement au chevet de Prudy.

L'aspirant tendit la main vers le désintégrateur. Il effleura le métal froid, puis saisit l'arme et la ramena vers lui. Comme il n'avait pas la force de la porter normalement, elle traça un sillon sur la couverture.

— Il y a quelqu'un à côté, croassa-t-il péniblement.

— Je n'ai pas d'arme ici, dit le médecin. Je l'ai laissée dans la chambre voisine. Passez-moi la vôtre.

— Non, répondit l'interpellé d'une voix pitoyable.

Il avait l'impression que sa langue était enflée et fibreuse, et qu'un énorme marteau lui tapait sur le crâne. Une nouvelle nausée provoqua un flot de transpiration. La chambre se mit à tourner devant ses yeux. Son sang grondait dans ses veines.

Néanmoins, il réussit à repousser la couverture.

Le jeune médecin se tenait toujours au chevet de Prudy. Il portait quelque chose d'imprécis dans la main et ses regards affolés erraient dans la chambre comme s'il cherchait désespérément une cachette adéquate.

— Merde ! jura Poindexter lorsque la couverture s'enroula autour de sa jambe.

L'envie de vomir l'étouffait presque, mais il parvint tout de même à sortir ses jambes du lit. Pendant un instant, il se dit qu'il ne pourrait pas supporter plus longtemps le poids qui lui pesait sur l'estomac. Finalement, il parvint à se relever malgré tout. Puis il resta debout au pied de son lit, chancelant et à peine conscient de la présence du médecin.

Des crépitements se firent entendre en provenance de la chambre contiguë.

— Le feu ! s'écria le docteur.

Poindexter se mit à avancer en vacillant sur ses jambes. Il tenait son désintégrateur à deux mains comme un gourdin et le balançait comme s'il n'avait pas la force de le porter. Il aurait sans doute été dans l'incapacité de le lever et de le braquer sur une cible. Une horrible sensation de faiblesse lui monta à la tête. Il se sentait vidé de sa substance et marchait comme sur des œufs.

Quelle ne fut pas sa surprise de se retrouver brusquement sur le seuil de la porte de la chambre jouxtant la sienne !

Des flammes jaillissaient vers le plafond, dans la partie arrière de la pièce.

Une étrange créature accroupie sur le sol contemplait l'incendie.

Un petit bonhomme qui tourna aussitôt les yeux vers le nouveau venu.

Poindexter se dit in petto que ce devait être le nain et que leur monstrueux ennemi avait dû s'effondrer là dans une crise de faiblesse.

« Quelle ironie ! » pensa le jeune aspirant.

« Voilà que nous nous faisons face, lui et moi, et que chacun de nous est trop faible pour passer à l'action. » Les langues de feu se reflétaient dans les pupilles sombres du gnome. Poindexter leva son désintégrateur d'une main, car de l'autre, il était obligé de se cramponner au chambranle de la porte.

« Du calme, surtout ! » se morigéna-t-il.

Derrière lui, le panneau d'accès de la chambre fut littéralement arraché et quelques hommes armés se précipitèrent à l'intérieur. Poindexter abaissa son arme. Il chancela et serait tombé si deux bras costauds ne l'avaient rattrapé à temps.

Le nain avait disparu.

— Laissez passer les robots-extincteurs ! cria quelqu'un.

On transporta l'aspirant jusqu'à son lit. Les yeux fermés, il attendit que s'apaisât la nouvelle crise nauséeuse.

— Dommage, murmura-t-il. J'aurais pu l'avoir d'un seul tir de désintégrateur si vous n'étiez pas arrivés.

— Il délire, dit une voix rauque. Il croit qu'il a vu le nain.

— Il est à bout de forces, expliqua le malade d'une voix faible. Il ne tiendra plus le coup très longtemps.

— Les hommes commencent à perdre la raison à la longue, commenta le soldat à la voix rauque. S'ils se mettent à voir des fantômes…

— Mais le feu... l'interrompit le médecin. Comment l'incendie a-t-il pu se déclarer ?

Personne ne trouva de réponse à cette question.

Poindexter revit en esprit l'image du gnome juste devant lui. Il était au bord de l'épuisement et pour un peu il se serait écroulé. Le combat incessant qu'il menait depuis tant d'heures contre l'équipage du *Krest IV* ne pouvait pas ne pas laisser de traces sur son organisme.

Il fallait que les officiers sachent dans quel état se trouvait leur adversaire. Si l'on continuait à le pourchasser sans pitié, il ne tarderait pas à s'effondrer pour de bon.

*
* *

— Un malade ! s'exclama le docteur Ralf Artur d'un air méprisant. Allons donc, que vaut la théorie d'un malade ? Pourquoi avez-vous attendu si longtemps pour m'en parler ? J'aurais pu vous répondre immédiatement que Poindexter avait dû se tromper. Non pas que je conteste le fait qu'il a vu le nain ! Mais tout le reste...

Et il fit un grand geste du bras qui trahissait un profond dédain.

— Depuis qu'il a allumé le feu dans l'infirmerie, ce sacré nabot s'est encore manifesté trois fois, dit Rhodan. Nous avons tout mis en œuvre pour le pouchasser sans merci afin qu'il finisse par s'effondrer, vaincu par la fatigue, mais nos espoirs ont été déçus. Et pour comble, nous avons même été victimes d'un incident dans nos propres rangs.

Il montra du doigt le corps de Ralf Marten affalé dans son fauteuil. Terrassé par l'épuisement, il avait perdu connaissance. On avait appelé en toute hâte le médecin au poste central pour qu'il l'examine à fond. Il lui avait fait une piqûre qui avait plongé le mutant dans un sommeil réparateur.

— Laissez-le dormir pendant au moins deux heures, ordonna le docteur Artur. Et quand il s'éveillera, il ne faudra surtout pas qu'il recommence immédiatement ses expériences parapsychiques avec le nain. Laissez-lui le temps de se remettre tout à fait d'aplomb, sinon il risquerait de perdre définitivement ses facultés exceptionnelles.

— Savez-vous que Marten représente actuellement notre seule arme efficace ? lui fit remarquer Atlan.

Artur émit un grognement de mauvaise humeur et quitta la passerelle. Manifestement il lui paraissait superflu de discuter ses prescriptions avec des profanes.

— Si la chance joue en notre faveur, ce brigand fera aussi une petite sieste au cours des deux heures à venir, jeta Roi Danton. A moins que, pris d'un zèle intempestif, il s'amuse à frapper une demi-douzaine de fois pendant ce laps de temps !

Le Libre-Marchand venait de rentrer dans le poste central après avoir dormi pendant quatre heures, sous la surveillance vigilante de son fidèle Oro Masut.

— J'espère que Poindexter ne s'est pas trompé, déclara Atlan. Nous avons constaté que les interventions de ce diable s'espaçaient de plus en plus, ce qui semblerait confirmer les indications de l'aspirant. Néanmoins, nous ne devrions pas attendre que Marten puisse reprendre du service. Il faut absolument trouver un moyen qui nous permette de neutraliser ce démon.

Ras Tschubaï, le téléporteur au visage d'ébène, se leva de son siège.

— Peut-être pourrions-nous essayer de l'attirer hors du vaisseau ? proposa-t-il. Si L'Emir et moi, nous nous téléportions dans le cosmos, peut-être nous suivrait-il ? Dans ce cas, Akran n'aura plus qu'à activer l'écran à surcharge de haute énergie, ce qui lui coupera le chemin du retour.

— Mis à part le fait que je doute fort de l'efficacité de ce plan, riposta Rhodan, je suis bien obligé de vous faire remarquer que le chemin du retour dont vous parlez serait également coupé pour vous et pour L'Emir. Je ne tiens pas à ce que vous vous sacrifiiez l'un et l'autre.

Ras Tschubaï baissa la tête.

— Nous trouverons certainement un moyen de revenir à bord, dit-il simplement.

— A travers l'écran SH ? s'exclama John Marshall en posant une main protectrice sur l'épaule du téléporteur. Vous savez aussi bien que moi que ni L'Emir ni vous n'êtes en mesure de franchir cet écran. Pas plus que le nain.

Il avait élevé la voix en parlant. Et soudain, il se frappa le front du plat de la main.

— *Pas plus que le nain !* répéta-t-il. Bon sang, mais serions-nous tous frappés de cécité ?

Tous les regards se tournèrent vers lui. Ils trahissaient l'incompréhension la plus complète.

— L'écran SH ! s'écria Marshall. Il nous faut partir du principe que le nain est tout aussi incapable que l'Emir et Ras Tschubaï de franchir l'écran SH d'un bond téléporté.

— Vous avez raison, murmura Rhodan comme dans un rêve. Nous aurions vraiment pu y penser plus tôt. Nous nous sommes laissés obnubiler par les facultés extraordinaires de ce nabot... Il faut absolument que je parle sur-le-champ à Hefrich.

Cela dit, il s'approcha de l'intercom.

— Attention, ici Perry Rhodan ! J'appelle le lieutenant-colonel Hefrich !

Quelques secondes s'écoulèrent avant que n'arrivât la réponse.

— Il est probablement plongé dans son travail jusqu'au cou ! suggéra Atlan.

Cette simple phrase déclencha un éclat de rire général dans le poste central, de sorte que l'Arkonide tourna les yeux vers les officiers d'un air supris. Il n'avait pas eu l'intention de lancer une plaisanterie, mais tout simplement de rappeler une réalité connue. Cette crise de fou rire montrait donc à quel point ils espéraient que l'idée émise par Marshall pourrait leur apporter le salut.

— Ici Hefrich ! clama soudain la voix de l'ingénieur en chef dans le haut-parleur. Les dégâts sont beaucoup plus considérables que ce qu'on nous a déclaré, Monsieur ! Si cela continue, ce nain va transformer le navire en un tas de décombres. Je suis justement en train d'établir la liste des répérations à effectuer de toute urgence.

— Un instant ! intervint Rhodan d'une voix posée. Reprenez votre souffle pour que je puisse placer un mot.

— Que voulez-vous, Monsieur ? s'enquit l'ingénieur. Il s'est passé quelque chose au poste central ?

Rhodan esquissa un sourire.

— Non, rassurez-vous, nous restons encore le dernier bastion intact. Mais ce n'est pas de cela que je voulais vous entretenir. Pour l'instant, il faut que vous laissiez de côté cette fameuse liste et tout ce qui vous préoccupe.

— Pourquoi ?

— Ecoutez-moi bien ! De combien de projecteurs portables d'écran SH disposons-nous actuellement ?

— De dix-sept, répondit Hefrich sans hésitation.

— C'est insuffisant, déclara Rhodan sur un ton péremptoire. Il nous en faut au moins le double.

— Impossible, grogna Hefrich sur un ton rageur. Comment pourrai-je amener les techniciens à... (Il s'interrompit brusquement, puis se remit à parler, avec animation cette fois.) Ah, je comprends seulement maintenant la raison pour laquelle vous avez besoin de ces projecteurs, Monsieur. Très bien, dans ces conditions, je vous en fournirai cinquante.

— Combien de temps vous faudra-t-il, Hefrich ? Ralf Marten pourra reprendre son activité dans deux heures environ, et nous pourrons alors commencer notre intervention.

— Deux heures, c'est bien peu, Monsieur, affirma l'ingénieur.

— J'en conviens, reconnut Rhodan. Mais vous pourrez y arriver si vous vous dépêchez. Mobilisez tous les hommes qu'il vous faudra !

— Je vais devoir retirer des sentinelles des points

névralgiques, Monsieur. Vous savez que les techniciens ont été répartis dans tout le navire, eux aussi ?

— Je vous donne les pleins pouvoirs, ajouta encore Rhodan. L'essentiel, c'est que vous nous procuriez le maximum de projecteurs portables dans le minimum de temps.

— Très bien, Monsieur.

La communication fut interrompue. Rhodan savait qu'il pouvait faire confiance à l'ingénieur en chef. Hefrich allait convoquer tous les hommes efficients dans les ateliers de bord. Le but de l'opération était de produire dans un temps record un nombre suffisant de projecteurs portables d'écrans à surcharge de haute énergie.

CHAPITRE 7

Ralf Marten camoufla sa fatigue derrière un large sourire. Il était réveillé depuis une demi-heure déjà et se serait certainement rendormi aussitôt si Rhodan ne l'en avait pas empêché.

— Nous avons encore besoin de vous, Ralf ! Il faut absolument que vous entriez une dernière fois en contact parapsychique avec le gnome.

Assis dans un fauteuil, le mutant attendait que le nabot émerge de l'hyperespace et accomplisse son nouveau forfait quelque part à l'intérieur du vaisseau géant. Les projecteurs portables de petits écrans SH avaient été répartis régulièrement dans tout le navire de façon à ce que toutes les conditions soient réunies pour que ces appareils parviennent le plus rapidement possible en lieu et place.

Marten sentait peser sur lui les regards de tous les hommes rassemblés dans le poste central. On lisait de l'espoir dans tous ces yeux, mais aussi un certain scepticisme : le mutant serait-il encore performant au moment décisif ? Lui-même n'était pas certain de résister à une nouvelle épreuve parapsychique sans perdre de nouveau connaissance. Il était à bout de forces. Pour une raison indéfinissable, le contact psi lui paraissait plus difficile à établir avec cette étrange créature qu'avec des humains ou des animaux. Il avait l'impression que son cerveau dressait une barrière naturelle qui le protégeait contre toute offensive d'énergie psionique.

Il avait du mal à réaliser qu'un peu plus de deux jours déjà s'étaient écoulés depuis que le nain avait émergé de son sommeil cryogénique. D'instinct, il aurait affirmé qu'il était sorti du cercueil à peine quelques minutes auparavant seulement pour déclarer une guerre satanique contre le *Krest IV* et son équipage.

— Comment vous sentez-vous ? demanda Rhodan qui se tenait debout près du siège occupé par Marten.

Celui-ci ébaucha un sourire grimaçant.

— En pleine forme, répondit-il. Cette fois, il ne nous échappera plus, le drôle.

Avant même que Rhodan ait pu ajouter un mot, le mutant sombra de nouveau dans la transe figée d'une liaison parapsychique. Pendant un instant, on aurait cru que son corps allait se cabrer, mais ce n'étaient que les signes préliminaires à son intrusion dans la structure physique de l'ennemi.

— La centrale de tir, murmura-t-il. Les…

Le reste de la phrase fut couvert par la voix tonitruante de Rhodan.

— Il s'est rematérialisé dans la centrale de tir ! Il faut l'encercler immédiatement avec les projecteurs. Attention surtout de ne rien faire qui pourrait lui mettre la puce à l'oreille !

A présent, il ne lui restait plus qu'à prendre patience. Il imaginait sans peine la marche forcée de tous les porteurs de projecteurs en direction de la centrale de tir. Le but de l'opération était de couper au nain toute possibilité de s'enfuir.

Ralf Marten continuait à parler, mais ses paroles se perdaient dans le brouhaha et l'agitation provoqués par les événements dont était le théâtre ce que l'on prenait pour le dernier champ de bataille. Les officiers et les mutants attendaient dans une tension croissante les nouvelles qui n'allaient pas tarder à leur parvenir par les haut-parleurs de l'intercom.

Soudain, le corps de Marten se relâcha. Il ouvrit les yeux et exhiba un sourire grimaçant. Des cernes profonds s'étaient formés sous ses yeux.

— Je crois que j'ai réussi à entrer en contact avec lui, dit-il à mi-voix.

Rhodan acquiesça d'un signe de tête. Il piaffait d'impatience en s'approchant de l'intercom.

— Alors, major Waydenbrak ? Avez-vous réussi à le capturer ? demanda-t-il dans un souffle.

— Non !

La voix de l'officier de tir était si stridente que machinalement Rhodan s'écarta des haut-parleurs. Il sentit que la déception qui montait en lui allait l'étourdir. Cette fois-ci pourtant, toutes les conditions étaient réunies pour aboutir à un succès. Et voilà que…

Il dut se faire violence pour ne pas laisser libre cours à ses sentiments. Tous les regards étaient braqués sur lui. S'il commençait à manifester de la fatigue ou de la résignation, cela ferait très mauvais effet sur les hommes.

— Toutes les conditions étaient réunies pour que nous puissions le coincer, major, dit-il d'une voix assurée. Et malgré cela, nous avons encore échoué. Pourquoi ?

Il crut voir le major Waydenbrak se passer en hâte la langue sur les lèvres, ce qui chez lui trahissait toujours un embarras profond.

— Les hommes sont excités, Monsieur. Oui, je crois que cet échec est à mettre sur le compte de la nervosité générale. Cette fois-ci, nous avons vu le nain tout de suite. Il s'était rematérialisé entre deux tables des cartes. (Waydenbrak toussota.) Nous avons fait semblant de ne pas le remarquer afin de laisser le temps aux soldats d'approcher et de placer les projecteurs autour de la centrale de tir.

— Mais ça n'a rien donné, compléta Rhodan.

— Non ! répliqua l'officier de tir pour ainsi dire du tac au tac. Un des hommes a perdu le contrôle de ses nerfs et saisi son arme. Aussitôt, le gnome s'est dématérialisé. Néanmoins, nous ne pouvons pas faire reproche à cet astronaute d'être la cause de cet échec. L'apparition de l'ennemi juste devant ses yeux lui a paru une occasion favorable. Il n'a pas pu y résister.

— Bien sûr, dit simplement Rhodan d'une voix calme.

Waybenbrak donna l'impression de perdre un peu de son assurance.

— Ça marchera certainement la prochaine fois, conclut-il plein d'espoir.

La prochaine fois ! Rhodan grimaça un sourire. Ils espéraient toujours réussir « la prochaine fois » ! Que pouvaient-ils faire d'autre d'ailleurs ?

— Oui, certainement, affirma-t-il avant de couper la communication avec la centrale de tir.

D'un geste brusque, il tourna le dos à l'intercom. Ses regards glissèrent sur les têtes des hommes présents dans le poste central comme s'il soumettait chacun d'eux à un examen approfondi.

— Vous avez entendu la raison pour laquelle notre plan a échoué, reprit-il ensuite. Or, il est impossible d'écarter le risque qu'un homme trop zélé ou trop fatigué commette une erreur. Malgré cela, le système des projecteurs portables est certainement le plus sûr et nous allons continuer à tenter notre chance avec eux. Il va de soi que pas un d'entre nous n'avait imaginé que l'expérience donnerait des résultats positifs dès le premier essai, n'est-ce pas ?

« Oh si ! » se dit-il en prononçant ces derniers mots. « Au contraire, ils ont tous cru à la réussite de notre plan cette fois-ci. »

Il vit une nouvelle lueur d'espoir s'éveiller dans les regards vides des hommes, et se félicita intérieurement d'avoir eu la force de les convaincre en quelques mots et de raviver leur détermination. Au tréfonds d'eux-mêmes, ils paraissaient même persuadés que le héros qui avait bâti l'Empire Solaire de ses propres mains n'aurait pas de peine à venir à bout de cette distance phénoménale de trente millions d'années-lumière qui les séparait de leur Galaxie d'origine et de les ramener chez eux.

Quant à Perry Rhodan, cette confiance que lui vouaient les autres lui pesait comme un fardeau sur les épaules par l'énormité de sa responsabilité.

Il se tourna vers Ralf Marten.

— Il va falloir que vous établissiez encore une fois le contact psi, lui dit-il. Et ce ne sera probablement pas la dernière…

Bien qu'il fût au bord de l'épuisement, le mutant sourit au Stellarque comme s'il voulait lui redonner courage.

— C'est très bien, répondit-il. Je crois que je suis de nouveau tout à fait en forme.

« Alors que tu serais sans doute tombé de fatigue si tu avais dû te lever maintenant », compléta à part lui Rhodan qui n'était pas dupe.

Il leur fallut attendre encore près d'une heure avant de détecter de nouveau la présence du nain à bord du vaisseau.

— Le voilà à présent dans la serre du pont B-14, annonça soudain Marten d'une voix sans timbre.

Perry Rhodan brancha l'intercom et ordonna aux techniciens d'encercler la serre en question avec tous les projecteurs d'écran SH.

*
* *

La vaste halle qui servait de jardin artificiel au *Krest IV* occupait une surface de plus de cent mètres carrés et était remplie de réservoirs hydroponiques de tailles différentes, séparés par d'étroits passages permettant aux techniciens et aux biologistes de surveiller en permanence les installations. La majeure partie des plantes dépassaient les bords des bacs, de sorte que lorsqu'on pénétrait dans la serre, on avait l'impression de se trouver au milieu d'une jungle impénétrable.

Dans cette halle croissaient toutes sortes de légumes qui couvraient en partie les besoins en vitamines de l'équipage. Les réservoirs hydroponiques servaient également de dispensateurs d'oxygène. Toutes les plantes qui poussaient là avaient été spécialement sélectionnées et cultivées par les biologistes pour s'adapter aux conditions régnant à bord d'un vaisseau spatial. Parmi elles, certaines avaient un aspect curieux, mais elles n'en remplissaient pas moins leur objectif, mieux qu'auraient pu le faire des espèces traditionnelles. Il s'agissait surtout de spécimens à croissance rapide, de sorte que dans cette serre, les récoltes se succédaient pratiquement sans interruption. Avec une ironie teintée de tendresse, l'équipage de l'ultra-croiseur avait qualifié de « culs-terreux » les techniciens et les biologistes responsables des jardins hydroponiques.

Lorsque le nain se rematérialisa parmi les bacs au centre de la serre, il était beaucoup trop épuisé pour accorder une signification particulière à cet environnement inhabituel. Il se sentait au bout du rouleau. Ce dont il avait le plus besoin actuellement, c'était d'un long repos. Comme il avait atteint son but, il pouvait à présent se retirer dans une cachette sûre pour se détendre.

Il balaya du regard la « jungle impénétrable ».

Rien dans cet environnement ne lui rappela qu'il se trouvait à bord d'un vaisseau spatial. Les innombrables plantes qui poussaient dans ces réservoirs éveillèrent une certaine nostalgie en lui. Il aurait donné cher pour avoir la possibilité de rejoindre son monde d'origine.

Curieusement, il ne songeait plus au « Feu de la Pureté ». L'extrême fatigue qui le terrassait avait peut-être émoussé son enthousiasme. Ses anciens compagnons de route avaient vraisemblablement retrouvé leur cap et continuaient à dormir paisiblement en volant vers leur but.

Il se laissa tomber sur le sol. Là, au milieu des grandes feuilles qui pendaient par-dessus les bords des bacs, il était à l'abri des regards indiscrets, et en particulier de celui des jardiniers ou des astronautes qui traîneraient dans les parages. Tout ce qu'il cherchait, c'était à se reposer un instant avant de détruire définitivement toutes ces installations. L'anéantissement de la serre serait son dernier acte de sabotage. Ces étrangers qu'il haïssait n'allaient plus tarder à se rendre compte des dégâts considérables qu'il leur avait réellement causés. Ils étaient tous condamnés à mort, mais l'ignoraient encore.

Le nain ferma les yeux. Il était si faible qu'il tremblait de tout son corps.

Soudain, il tressaillit.

Son ouïe hypersensible avait perçu une rumeur. Est-ce qu'ils revenaient déjà, dans leur fièvre inlassable de le pourchasser ? Non, c'était impossible, ils n'avaient pas pu le découvrir aussi vite dans un endroit comme celui-ci.

Néanmoins, il se redressa.

De nouveau, il entendit un léger crissement. C'était toujours le bruit caractéristique provoqué par le rassemblement et l'approche d'un nombre important d'ennemis.

Le gnome ne put s'empêcher d'exhaler un soupir. Aucun doute, les astronautes avaient localisé sa cachette. Et les voilà qui arrivaient pour le débusquer ou le tuer.

Il lui restait encore un instant de répit car les panneaux d'accès n'avaient pas été démasqués. A propos, pourquoi n'étaient-ils pas encore entrés ? Ce retard l'étonnait. Jusqu'alors ils avaient été plus rapides. Peut-être étaient-ils fatigués, eux aussi, et plus lents dans leurs réactions ?

Le bruit s'amplifia. A l'entendre, il avait l'impression que l'on transportait des appareils dans les coursives. Le nain cligna des yeux. Attention, prudence ! Il ne fallait pas sous-estimer l'ennemi.

Mieux valait se retirer à temps, décida-t-il.

Aussitôt, il se concentra et se téléporta.

Le tourbillon des molécules de sa structure cellulaire dissociée se heurta à un obstacle. Il rebondit comme une balle. Pris d'une peur panique, il poussa un hurlement en se rematérialisant à l'endroit même qu'il venait de quitter.

Ils lui avaient tendu un piège.

Un piège d'où il ne pourrait plus s'échapper.

CHAPITRE 8

Le projecteur d'écran à surcharge de haute énergie reposait sur un châssis qui ressemblait à une énorme araignée métallique. L'appareil cliqueta légèrement lorsque les deux techniciens le poussèrent vers le seuil du jardin. Derrière lui s'agitaient aussi, en plus des deux techniciens, Perry Rhodan, John Marshall, Atlan et le major Drave Hegmar. Ils avaient quitté le poste central pour rejoindre la serre au moment où on leur avait assuré que tout était prêt pour capturer le nain.

Suspendu au centre du châssis, le projecteur oscillait de droite et de gauche comme le balancier d'une horloge. Il mesurait près d'un mètre et demi de longueur et avait une forme conoïde. Quelques câbles dont les extrémités étaient raccordées à des coffrets de couplage pendaient du corps de l'appareil en se balançant doucement.

Les techniciens ralentirent l'avancée du châssis de manière à le faire stopper juste devant le panneau d'accès.

Un lourd silence pesait dans la coursive.

Le major Drave Hegmar avait la bouche complètement desséchée. La lumière aveuglante qui brillait au-dessus de la porte lui faisait mal aux yeux. Le projecteur s'immobilisa.

Rhodan réfléchit pendant un instant.

— Il faut que nous nous approchions de lui, dit-il. John, est-ce que vous percevez ses impulsions mentales à présent ?

— Oui, répondit le mutant. Ses pensées bouillonnent de haine. Il se rend compte que nous l'avons piégé. A quatre reprises, il a essayé de forcer le barrage de l'écran SH que nous avons levé autour de la serre.

— A-t-il l'intention de se défendre ? voulut savoir Atlan.

Le chef de la Milice des Mutants haussa les épaules.

— Il n'a pas encore pris de décision. Il est totalement épuisé. Il faut nous attendre à ce que, poussé par le désespoir, il multiplie les actes de sabotage.

— Ouvrez le panneau ! ordonna Rhodan aux techniciens. Nous allons faire rouler le projecteur dans la serre, cela nous permettra d'acculer l'adversaire.

A présent que le gnome ne pouvait plus leur échapper, Drave Hegmar sentit soudain s'envoler toute sa lassitude. La terreur touchait à sa fin. Lorsque les techniciens poussèrent le châssis à l'intérieur de la halle, il se mit à les suivre machinalement.

L'officier en second balaya les bacs hydroponiques du regard. Pas la moindre trace de l'ennemi. Il s'était probablement retranché dans le coin le plus caché et le plus lointain.

— Halte ! ordonna Rhodan. Ne nous précipitons pas. Il s'agit de bien réfléchir avant d'agir. John, pouvez-vous préciser l'endroit où se dissimule le nain ?

— De l'autre côté de la serre, répondit le mutant. Il s'est recroquevillé dans une niche.

Hegmar se dressa sur la pointe des pieds pour mieux voir le châssis. Mais la végétation touffue l'empêchait de distinguer ce qu'il se passait de l'autre côté de la halle.

L'un des techniciens secoua la tête.

— Les allées sont trop étroites pour notre engin. Nous ne pouvons pas aller plus loin.

— Aucune importance, riposta Rhodan. Notre adversaire sait qu'il ne peut plus nous échapper. Il nous suffit de rester ici jusqu'à ce qu'il se rende.

— Je vais essayer d'établir un contact télépathique avec lui, proposa John Marshall. Peut-être arriverai-je à lui faire comprendre que la meilleure solution pour lui est d'abandonner la lutte.

Il se concentra.

— Il est prêt à se rendre, déclara-t-il au bout d'un certain temps.

— Qu'il vienne jusqu'ici ! ordonna Rhodan. Prévenez-le que nous l'attendons de pied ferme et que nous n'hésiterons pas à faire usage de nos armes s'il entreprend quoi que ce soit qui risquerait de nous mettre en danger ou de menacer la sécurité du vaisseau.

Nouvelle pause, pendant laquelle John Marshall dialoguait par télépathie avec le gnome.

— Il offre une capitulation sans conditions, finit par déclarer le mutant. Il va sortir de sa cachette.

Drave Hegmar observait d'un air tendu les longues rangées de bacs en se demandant d'où allait émerger le petit monstre. Un coup d'œil sur son chronographe lui apprit que cette poursuite tragique durait depuis quarante-huit heures exactement. Quarante-huit heures pendant lesquelles une unique mini-créature avait tenu en haleine cinq mille astronautes ! Hegmar respira profondément, soulagé que ce combat effroyable soit enfin terminé. Pendant un instant, il songea à ce qu'il se serait passé si, au lieu d'un seul cercueil, ils en avaient pris une douzaine à bord. Cela aurait à coup sûr signifié le naufrage du *Krest IV*.

L'apparition soudaine du nain interrompit le cours de ses réflexions.

Il surgit d'entre les bacs hydroponiques et s'immobilisa dès qu'il aperçut les Terraniens.

Malgré sa petite taille, il ne ressemblait pas à un enfant. Au contraire, il donnait plutôt l'impression d'être un vieillard ratatiné sur lui-même, et ses grands yeux noirs reflétaient une souffrance indicible. Hegmar fut surpris de sa propre réaction. Il s'attendait à éprouver une haine violente à son égard. Mais il n'en fut rien. Ce qu'il ressentait au fond du cœur, c'était plutôt de la pitié pour ce misérable homoncule qu'ils avaient combattu pendant près de cinquante heures.

Les lèvres minces du nain tremblaient. Il vacillait légèrement sur ses courtes jambes comme si elles menaçaient de céder sous lui.

— Il est complètement déconcerté, Monsieur, dit John Marshall. Il nous voue une haine farouche parce que nous l'avons forcé à capituler. Mais il se mêle aussi une sorte de résignation dans ses pensées.

— C'est bien, commenta Rhodan. Demandez-lui s'il porte une arme sur lui.

— Non, il est désarmé, répondit Marshall.

— Je ne lui fais pas confiance, remarqua Atlan. Il faut absolument le paralyser.

— Je voudrais avant tout qu'il me révèle quelques détails, insista Rhodan. John, demandez-lui pourquoi il n'a pas essayé de s'expliquer avec nous tout de suite après son réveil.

Marshall acquiesça d'un signe de tête.

Mais il ne reçut pas de réponse. Le nain poussa un cri strident et s'effondra sur le sol. A le voir, on aurait pu le prendre pour une baudruche qui venait d'éclater.

Figés sur place, les hommes tenaient les yeux fixés sur lui. Dire que, de l'ennemi farouche qui les avait tenus si longtemps en échec, il ne restait plus que cette enveloppe froissée traînant par terre à quelques pas d'eux !

Rhodan leva le bras et prononça quelques mots dans son micro-émetteur.

— Désactivez tous les projecteurs. Le nain est mort.

Hegmar se demanda ce qu'il s'était passé. L'adversaire s'était-il suicidé, ou des forces mystérieuses l'avaient-elles exécuté à distance ?

Rhodan s'approcha de la misérable dépouille et la contempla de toute sa hauteur. Les autres hommes le suivirent. Puis il se pencha vers elle.

— C'est vraiment un mystère, murmura-t-il.

De sa main, il effleura prudemment le corps inanimé, et

aussitôt l'enveloppe s'effrita. Puis les fragments tombèrent en poussière, s'envolèrent et s'éparpillèrent sous l'effet d'un léger courant d'air en provenance de l'installation de climatisation.

Perry Rhodan se redressa.

— Voici la fin du dernier acte de cette curieuse rencontre, déclara-t-il. Je crois que nous pouvons annuler l'état d'alerte. L'équipage tout entier a bien mérité de se reposer.

Ce fut seulement à ce moment-là que Drave Hegmar se rendit compte à quel point il était fatigué. Il aurait donné cher pour pouvoir se coucher par terre, sur place, où il se serait sans doute endormi sur-le-champ. Il était tellement obsédé par le besoin d'un long sommeil réparateur que la monstrueuse distance qui les séparait de la Voie Lactée lui parut accessoire.

Lorsqu'il fit volte-face pour quitter la serre, les sirènes d'alarme se mirent à hurler. Ce bruit le frappa comme une décharge électrique. Il stoppa aussitôt, comme paralysé. Puis il sourit. Ce devait être une erreur. A force d'énervement, un des hommes avait sans doute actionné le signal par mégarde.

Voilà l'explication.

Qu'aurait-il bien pu se passer, sinon ?

Mais il se berçait d'illusion. L'alarme avait été bel et bien déclenchée à bon escient, pour un motif sérieux.

Un motif épouvantable. Effrayant.

Car quelques secondes auparavant, sans que rien n'eût pu le laisser présager, vingt-huit membres de l'équipage du *Krest IV* avaient rendu l'âme.

CHAPITRE 9

Le caporal Julian Garity jeta un coup d'œil craintif sur Boris Levinsky. Il ne se sentait jamais à l'aise auprès de cet astronome mélancolique. Et pourtant, Levinsky était beaucoup plus jeune que lui, de vingt ans son cadet, et on aurait pu penser qu'il bénéficiait lui aussi de la gaieté et de l'insouciance propres à sa génération. Or, on le voyait rarement rire. Il paraissait sans cesse plongé dans des réflexions moroses.

Dépité, le caporal murmura un juron. Tout de même, maintenant que le nain avait été capturé dans la grande serre, Levinsky aurait pu manifester sa joie et son soulagement ; c'eût été la moindre des choses.

Il jeta sa lourde carabine radiante sur l'épaule.

— Voilà enfin la chasse au nain terminée, dit-il dans l'espoir de dérider son compagnon. D'ici quelques minutes, le patron va annuler l'alerte. Et on ne sera plus obligé de se déplacer toujours à deux pour se protéger mutuellement.

— Oui, répondit Levinsky d'un air taciturne.

Ils se dirigèrent ensemble à travers l'entrée principale du pont C-12, là où ils avaient passé tout ce temps à attendre l'apparition du nain. Occupation monotone pour laquelle ils avaient été relayés toutes les cinq heures par deux autres membres de l'équipage.

Garity s'immobilisa. Il devait se faire violence pour repousser l'envie quasi insurmontable qui le prenait de fausser purement et simplement compagnie à ce « bonnet de nuit » et de lui tourner le dos. Mais Levinsky attendit patiemment que le caporal se décidât à poursuivre son chemin.

Une niche creusée dans le mur de la coursive abritait un distributeur automatique de boissons, qui ne passa pas inaperçu au regard vigilant de Garity.

— Eh ! Venez donc ici, Levinsky ! cria-t-il. Peut-être que quelques gorgées d'eau fraîche vous délieront la langue ?

— Je n'ai pas soif, reçut-il pour toute réponse.

Garity grogna d'un air méprisant. Etait-ce vraiment un être de chair et de sang qui avait monté la garde avec lui pendant les dernières heures de la chasse à l'homoncule ? Il jeta une fois de plus un coup d'œil discret sur son collègue. L'astronome avait une toison de cheveux ébouriffés et un visage aux traits durs. Il était maigre et de taille moyenne.

« Il paraît pourtant tout à fait normal », se dit Garity. « Si seulement il pouvait aussi se comporter comme tel ! »

Le caporal prit deux gobelets en matière plastique et en posa un sur le petit socle de l'appareil automatique. Aussitôt, comme par enchantement, l'eau se mit à couler, et elle s'arrêta dès que le gobelet fut rempli.

— Allez, prenez donc ! proposa-t-il gentiment. Ça vous rafraîchira, même si vous n'avez pas soif.

— Après tout, pourquoi pas ? admit Boris Levinsky en saisissant le récipient que l'autre lui tendait.

Entre-temps, Garity avait rempli le sien. Il le leva et trinqua avec son compagnon.

— A la santé du nain ! lança-t-il.

Levinsky fronça les sourcils.

— Faut-il vraiment que nous trinquions à la santé de ce monstre ? demanda-t-il.

Garity le fixa d'un regard où se lisait l'incompréhension. Il essaya de distinguer les pensées qui agitaient le jeune homme, mais ensuite, il se dit que c'était parfaitement impossible. Bien qu'ils se tiennent ainsi l'un près de l'autre, vêtus du même uniforme, portant les mêmes armes sur la même épaule droite et le même gobelet en plastique rempli de la même eau, ils étaient à mille lieues l'un de l'autre. Un monde les séparait.

— Je ne sais pas, finit-il par murmurer en hésitant. A quoi voulez-vous trinquer ?

— A rien de particulier, répliqua Levinsky, et il songea à part lui qu'il avait rarement rencontré un lourdaud du type de ce caporal. Il détestait en particulier le ton familier et maladroit que prenait Garity pour s'adresser à lui.

— Après tout, ce n'est que de l'eau, admit le caporal.

Il prit son gobelet et le vida d'un trait avec une volupté visible.

Levinsky, quant à lui, se contenta de tremper délicatement les lèvres dans le liquide glacé.

Cela ne fit aucune différence.

Trois minutes plus tard, ils étaient morts tous les deux.

*
* *

L'officier technicien Prudy recouvra ses esprits. Il avait l'impression que le sang lui bouillait dans les veines. Progressivement, la mémoire lui revint. L'échelle métallique vers laquelle il avait tendu la main... Et sa chute brutale en arrière aussitôt après... Une décharge électrique sans doute... Il n'osait pas regarder son corps. Comme il se réveillait à l'hôpital de bord, il avait dû subir un rude coup.

— Doc ! appela-t-il d'une voix rauque.

Dans sa chambre, le deuxième lit était vide, mais dans un tel désordre qu'il avait sûrement été occupé récemment.

Prudy avait entendu des rumeurs à côté. Un jeune médecin surgit de la pièce voisine. Sa physionomie affichait cette inquiétude quasi professionnelle à laquelle s'attendait le blessé. Aussitôt, son moral tomba d'un cran. Il aurait préféré voir arriver près de lui le docteur Artur ou l'un des spécialistes.

— Ah ! fit le jeune médecin comme s'il le voyait pour la première fois. Alors, comment allons-nous ?

— Je ne sais pas comment vous allez, vous, répondit Prudy en essayant de détendre l'atmosphère par une plaisanterie éculée. Mais moi, je vais plutôt mal.

Le jeune homme rougit, puis il s'assit à son chevet et se mit à l'examiner.

— J'ai soif, dit l'officier.

— Je comprends ça. (Le médecin se leva et revint quelques instants plus tard avec un gobelet rempli d'eau.) Vous pouvez en avoir davantage si vous voulez, précisa-t-il à son patient. Mais buvez lentement.

— Oui, bien sûr, répondit Prudy.

L'eau coula dans son estomac comme un jet de feu liquide. Il poussa un gémissement et tendit le gobelet vide au médecin.

— Encore, dit-il.

Lorsque le jeune docteur revint dans la chambre avec le deuxième gobelet d'eau, l'officier technicien avait cessé de vivre. Consterné, il lui palpa le corps. La dépouille de Prudy était étonnamment dure, comme si son tissu cellulaire s'était figé.

« Curieux », marmonna le médecin.

Cette mort subite et la métamorphose de sa structure cellulaire seraient-elles une conséquence de la décharge électrique ? Il n'avait encore jamais entendu parler de symptômes de ce genre. Le mieux à faire, c'était de prévenir le docteur Artur sans tarder.

Machinalement, son regard tomba sur le gobelet qu'il avait posé sur la table de chevet.

— Est-ce que par hasard… ?

Non, c'était ridicule. De l'eau tout à fait pure et fraîche qu'il venait de tirer du distributeur automatique de cette section de l'hôpital ! Il approcha le gobelet de son visage et en huma le contenu. Puis il en humecta le bout de sa langue. Le liquide n'avait aucun goût particulier. Il s'entendit rire. Et pour se rassurer tout à fait, il vida le gobelet.

Une minute plus tard, il commença à éprouver des crampes d'estomac épouvantables. Il voulut s'approcher de l'intercom pour prévenir le docteur Artur, mais il sentit ses poumons se contracter et dut se faire violence pour respirer. Néanmoins, il réussit à avancer encore de quelques pas.

Il n'atteignit plus le microphone. Les crampes se propagèrent jusqu'aux muscles du cœur. Il était médecin. Il savait ce que cela signifiait. Pris de panique, il se rendit compte qu'il s'était empoisonné. Sans le savoir, il avait apporté à Prudy de l'eau mortelle, qu'il avait bue ensuite.

« Je vais mourir », se dit-il, et un vide terrible se fit en lui.

Avant que la mort ne vînt l'emporter, il se demanda encore si son corps allait durcir comme celui de l'officier technicien.

— Pensez à Fagerquist, dit Dusco Ornette sur le ton de l'avertissement pour le mettre en garde. Vous voulez qu'il vous arrive la même chose ?

Le sergent armurier DeJohanny ricana d'un air insouciant et laissa ses jambes nues se balancer par-dessus le bord de la piscine.

— Le nain est enfermé dans la serre, déclara-t-il en guise d'excuse. Autrement dit, il ne peut plus venir ici pour activer l'installation de givrage.

— Notre rôle est de monter la garde, insista Ornette. Mais après tout, vous devez savoir ce que vous faites.

DeJohanny ôta son ceinturon et son uniforme et les posa sur le sol, à bonne distance du bord du bassin pour qu'ils ne soient pas mouillés quand il plongerait. Il savait qu'il allait bientôt pouvoir se reposer en paix car l'ennemi ne pouvait plus leur échapper. Un bon bain lui rafraîchirait le corps et apaiserait son système nerveux. Il était sûr de dormir beaucoup mieux s'il nageait maintenant pendant quelques minutes.

Il retint son souffle et se laissa glisser dans l'eau. Lorsqu'il réémergea, il expira vigoureusement pour chasser l'air de ses poumons. Machinalement, il pensa à Fagerquist. Une impression de malaise s'empara de lui. Il savait qu'il n'avait pas à craindre de voir se renouveler cet épisode de givrage inopiné, mais la pensée qu'il nageait dans une eau qui s'était gelée brutalement quelques heures auparavant et avait causé la mort d'un homme le remplit d'un sentiment étrange.

Il était tellement plongé dans ses réflexions qu'il commit une faute de respiration et but la tasse. Le sergent était pourtant un excellent nageur qui maîtrisait parfaitement son sport préféré. Il toussa et cracha l'eau.

— Faut-il que je vous lance une bouée de sauvetage ? s'écria Dusco Ornette non sans ironie.

DeJohanny éclata d'un rire strident.

Et soudain, il ne se sentit pas bien. Une nausée lui retourna l'estomac. Cette sensation ne fit que croître en intensité. Son cœur se mit à battre à tout rompre. Il s'empressa de nager vers le bord du bassin.

Mais il n'alla pas jusqu'au bout.

— Sergent ! cria Ornette. Arrêtez donc cette plaisanterie.

Elle est plutôt déplacée !

DeJohanny ne l'entendit plus. Dusco Ornette comprit alors qu'il ne s'agissait nullement d'une plaisanterie. En hâte, il ôta ses bottes, son ceinturon et sa carabine et plongea à son tour.

Il s'approcha du sergent, mais ne réussit pas davantage à ramener le corps inerte jusqu'au bord du bassin.

Lui aussi il avait bu une gorgée d'eau. Et n'y avait pas survécu.

*
* *

On n'arriva jamais à déterminer si le poison contenu dans l'eau des réservoirs du *Krest IV* avait commencé à agir au moment où le nain s'était désagrégé sous les yeux des hommes dans la serre.

L'intervention rapide du docteur Ral Artur permit de limiter le nombre des victimes à vingt-huit. Vingt-huit hommes qui avaient absorbé le liquide meurtrier sans le savoir. Aussitôt après avoir appris la mort de l'officier technicien, le médecin-chef du *Krest IV* avait déclenché l'alerte rouge.

Il se mit en liaison intercom avec le poste central, à la suite de quoi le lieutenant-colonel Ische Moghu lança l'interdiction formelle de boire de l'eau, d'où qu'elle vienne.

Rhodan et son équipe apprirent cette nouvelle catastrophique dans la serre, et ils revinrent aussitôt à la passerelle de commandement.

Certes, ils avaient éliminé le nain, mais tout laissait à penser qu'ils auraient à le payer très cher. De toute évidence, la créature monstrueuse avait empoisonné toutes les réserves d'eau de l'ultracroiseur avec une matière toxique innervante totalement inconnue. Il s'agissait sans doute de ses propres excrétions organiques.

Pendant toute la durée de son escapade à travers le vaisseau, le nain avait bercé d'illusions l'équipage tout entier. Les actes de sabotage qu'il avait accomplis dans les appareils et les machines du *Krest IV* n'avaient été que des manœuvres de diversion. Alors qu'il donnait l'impression de vouloir détruire le navire, le monstre s'était contenté de contaminer les réserves d'eau destinées à la consommation des hommes. Ce faisant, il avait fait beaucoup plus de dégâts que s'il avait continué à s'attaquer aux machines pendant des jours et des jours.

La publication de cette nouvelle terrible plongea soudain le vaisseau géant dans un silence de mort.

Cinq mille astonautes étaient privés d'eau potable.

Et déjà se posait la question de savoir dans quel état on allait trouver les réserves de vivres.

CHAPITRE 10

Atlan tendit un bras et retint Roi Danton du plat de la main.

— Laissez-le, lui dit-il avec douceur. Ne le dérangez pas maintenant.

« Mais je suis son fils ! » protestèrent les yeux du Libre-Marchand. « Cela me donne le droit d'aller le trouver ! »

L'Arkonide comprit la signification de ce regard. Il savait que si Danton ne prononçait pas son message avec des mots, c'était uniquement pour éviter que l'un ou l'autre des officiers n'apprît sa véritable identité.

— Il y a des moments dans la vie où un homme doit être seul, déclara encore Atlan. Il ne faut pas le troubler dans sa méditation.

— Mais il est… il est… désespéré ! murmura Danton.

Atlan l'examina d'un air posé.

— Qui vous a dit cela ?

Michael Rhodan fit volte-face, ulcéré. Peut-être, se dit-il, cet Arkonide connaissait-il mieux Perry que lui, le propre fils du Stellarque ? Néanmoins, il ne pouvait s'empêcher de tourner sans cesse les yeux vers l'homme solitaire, écrasé dans son fauteuil face aux pupitres de contrôle.

Perry Rhodan ne faisait pas un mouvement. On aurait pu croire qu'il s'était endormi. Pourtant, Danton était certain que son père ne dormait pas. Il réfléchissait sans doute intensément.

« Au fond, nous avons peut-être tous besoin d'en faire autant », pensa-t-il encore.

Il observa Atlan. L'Arkonide avait croisé les bras sur sa poitrine et se tenait debout face aux pupitres. Seul un homme qui pouvait se vanter de posséder une expérience de dix mille années était capable de garder son sang-froid dans une telle situation. Roi avait beau essayer de sonder les détours des cogitations d'Atlan, il savait que les sentiments et les spéculations de cet homme lui resteraient toujours étrangers.

Il sentit bientôt sur lui-même l'effet bienfaisant de ce calme presque stoïque qui émanait du Lord-Amiral, et il finit par lui en être reconnaissant. Il se détendit et porta son attention sur les officiers qui se trouvaient dans le poste central.

Ils étaient restés debout, seuls ou par petits groupes, et attendaient.

En silence. Ils acceptaient tous que Rhodan, assis immobile et muet devant eux, soit uniquement occupé à réfléchir.

Soudain, le Stellarque fit pivoter son siège et se leva.

— Nous allons prendre les dispositions que je vais vous transmettre maintenant, dit-il.

Sa voix donnait l'impression d'avoir monté d'un ton, mais c'était sans doute l'effet du silence total qui régnait dans la vaste rotonde.

— Docteur Artur, vous et votre équipe médicale, vous allez tout mettre en œuvre, je dis bien « tout », pour trouver le plus rapidement possible un antidote grâce auquel nous n'aurons plus à déplorer à l'avenir aucun décès parmi l'équipage. En effet, il pourrait arriver que nous soyons *tributaires* de cette eau infectée.

— Je vous demande l'autorisation de procéder à l'autopsie des cadavres, déclara le médecin. Il nous faudra sans doute examiner à fond quelques-uns de ces hommes pour déterminer la manière dont agit le poison.

Rhodan approuva d'un signe de tête.

— Je comprends la nécessité de cette opération, concéda-t-il. Ne manquez pas de faire des expériences en laboratoire avec le liquide mortel. Je veillerai à ce que tous les animeaux nécessaires à ces recherches soient mis à votre disposition.

Artur donna l'impression de battre des paupières.

— Une chose est certaine, ce poison effrayant entraîne la mort, même consommé en quantité minime, affirma-t-il. En outre, nous sommes tous d'accord sur un point, c'est qu'il s'agit bien d'excrétions organiques en provenance du nain lui-même. Vous me connaissez tous suffisamment bien pour savoir que je ne suis ni exagérément optimiste, ni exagérément pessimiste. Je vais dire les choses par leur nom et je n'irai pas par quatre chemins. (Il éleva la voix.) Les perspectives de trouver rapidement un contre-poison sont très limitées. Vraisemblablement... oui, il faut que je vous le dise... Vraisemblablement n'y a-t-il même aucun moyen d'empêcher la mort de survenir après absorption de cette eau contaminée. Voilà, c'est tout ce que je peux vous dire pour le moment. Si vous êtes d'accord, je vais me retirer. Le travail m'attend.

Les yeux des hommes suivirent la maigre silhouette du médecin lorsqu'il quitta le poste central. Si un connaisseur comme le docteur Artur avouait qu'il n'y avait probablement aucun antidote, cette affirmation avait valeur de jugement définitif.

Rhodan se tourna vers l'ingénieur en chef du *Krest IV*.

— Pour vous aussi, il y a quelque chose à faire, colonel Hefrich. Nous savons maintenant pourquoi le nain a également rendu visite aux chaloupes dans les hangars... Pour empoisonner les réserves d'eau des corvettes. Néanmoins, nous allons les inspecter toutes minutieusement. Peut-être notre ennemi a-t-il oublié l'un ou l'autre des réservoirs. De même, il faudra contrôler ceux qui sont répartis dans les compartiments, malgré leur taille minime, ainsi que ceux des spatiandres. Là, on trouvera peut-être encore de l'eau potable. J'attends votre rapport dans quelques heures. C'est lui qui déterminera la méthode à suivre pour organiser le rationnement.

« Vous savez tous aussi que les stocks de vivres sont également menacés, ajouta Rhodan. Sans eau, il nous est impossible de consommer les aliments déshydratés. Mais il nous faut pour cela une eau saine. Les quelques boîtes de conserves dont nous disposons ne suffiront pas à couvrir nos besoins pendant un temps prolongé. En outre, nous ne savons pas encore si elles n'ont pas été infectées, elles aussi. Il va falloir les contrôler également.

— Autrement dit, nous n'allons pas devoir rationner uniquement la boisson, mais aussi la nourriture, conclut le colonel Akran.

— Exactement, confirma le Stellarque. Pour le moment, il va y avoir quelques cas spéciaux, mais j'espère que tout va se régulariser de soi-même dans les prochains jours.

Les oreilles de Roi Danton se mirent à bourdonner. *Dans les prochains jours !* Combien de temps Rhodan pensait-il pouvoir tenir le coup sans eau potable et sans nourriture ? Ils n'avaient plus qu'une solution : découvrir le plus rapidement possible une planète acccueillante sur laquelle on puisse renouveler les réserves d'eau potable, ce qui résoudrait en même temps celui de l'alimentation, car ils pourraient alors utiliser au moins les denrées déshydratées.

Roi Danton devina que l'équipage du *Krest IV* ne tarderait pas à baver d'envie à la pensée de ces rations déshydratées pour lesquelles ils éprouvaient tant de dédain en temps ordinaire. Au sein de l'Astromarine Solaire circulait un nombre infini de plaisanteries relatives à cette forme d'alimentation. Ce n'était pas sans convoitise que les membres de l'Astromarine regardaient ceux de l'équipage des navires de l'O.M.U. En effet, l'organisation dirigée par Atlan n'avait recours aux rations déshydratées que dans des cas très rares et vraiment extrêmes.

Néanmoins, Danton était obligé de reconnaître que cette forme d'alimentation avait un énorme avantage par rapport à la nourriture classique : elle permettait une notable économie de place. Et voilà que, tout d'un coup, cet avantage présentait aussi des inconvénients imprévus. En effet, les stocks de vivres du *Krest IV* se composaient malheureusement pour 99,9 pour cent d'aliments déshydratés.

— Vous savez, reprit la voix tonnante de Rhodan, interrompant ainsi les cogitations de son fils, qu'aussitôt après avoir eu la révélation de l'empoisonnement de notre eau, nous avons plongé avec le *Krest IV* dans l'espace linéaire. Nous allons essayer de localiser le plus rapidement possible un soleil nanti de quelques planètes. Mais nous ne savons pas encore si l'étoile vers laquelle nous fonçons actuellement est entourée de satellites. Et même si nous découvrons des planètes inconnues, il n'est pas certain que nous y trouverons de l'eau potable.

Roi Danton savait que son père taisait encore toute une série de problèmes. La solution de se débarrasser de toute cette eau contaminée ne leur poserait pas de difficultés. Il leur suffirait d'ailleurs de l'envoyer tout simplement dans le cosmos. Mais ensuite, il faudrait procéder au nettoyage des réservoirs, afin que l'eau fraîchement versée à l'intérieur ne soit pas elle aussi infectée en quelques secondes par des résidus de poison !

Autre problème, et non des moindres : l'approvisionnement nécessaire aux deux Etrusiens, Oro Masut et Melbar Kasom. Tous deux, ils engouffraient des quantités d'aliments notablement plus grandes que les autres membres de l'équipage de l'ultracroiseur. Si l'on était obligé d'instaurer un système de rationnement – ce qui était inévitable – il fallait malgré tout prévoir pour Kasom et Masut des portions supérieures à celles des Terraniens. Ce qui, à plus ou moins brève échéance, provoquerait inévitablement des frictions, voire des querelles. Les hommes étaient déjà dans un état de nervosité et d'excitabilité inquiétant, et ils ne manqueraient pas de surveiller d'un œil attentif et méfiant la répartition des rations d'eau et de vivres.

Une petite heure après avoir quitté le poste central, le lieutenant-colonel Hefrich transmit son premier rapport par intercom.

— Vous avez raison, Monsieur, dit-il d'une voix placide qui ne permettait pas de deviner s'il avait trouvé ou non des réserves d'eau saine suffisantes pour combler les besoins de cinq mille personnes pendant un temps indéfini. L'eau est encore potable dans tous les spatiandres.

— Très bien, approuva Rhodan. C'est bien ce à quoi je m'attendais.

Ce n'était pas beaucoup, songea Roi Danton. Mais tout compte fait, c'était mieux que rien.

— Qu'en est-il des chaloupes ? s'enquit le Stellarque.

— Résultat décevant de ce côté-là, répondit Hefrich. Le nain n'a oublié que deux corvettes. Toutes les réserves d'eau des *Gazelles* sont contaminées.

— Deux corvettes, répéta Rhodan d'un air pensif. C'est vraiment peu.

— Croyez-moi, Monsieur, j'aurais préféré vous annoncer que dix ou vingt corvettes sont encore saines. Malheureusement, il n'y en a que deux.

Enfin, pour une fois, l'ingénieur en chef sortait de ses gonds ! Il était facile de le comprendre.

— On aura tôt fait d'épuiser ces maigres réserves, commenta Atlan d'une voix sombre.

— Il faudra bien qu'elles suffisent jusqu'à que nous ayons trouvé à les compléter, rétorqua Perry Rhodan.

Roi Danton pensa aux heures qui allaient suivre. La lutte contre le nain maudit finirait par leur paraître insignifiante lorsque la faim et la soif les tarauderaient.

Dans une vision cauchemardesque, il voyait cinq mille hommes assoiffés, poussés par le désespoir, se jeter sur l'eau infectée pour la boire avec avidité.

Il ne fallait surtout pas en arriver là !

— Tous les distributeurs automatiques d'eau seront bloqués, annonça Perry Rhodan, révélant que ses pensées avaient suivi sensiblement le même cours que celles de son fils. D'autre part, je tiens à ce que tous les réservoirs d'eau soient surveillés en permanence par des hommes de confiance. Il pourrait se faire que quelques gosiers assoiffés poussent leurs propriétaires à se laisser entraîner à des actes stupides.

La soif et la déshydratation poussaient les gens à boire n'importe quoi, se rappela Danton. On n'arriverait pas non plus à les retenir de se jeter sur l'eau empoisonnée.

« Rien qu'une petite gorgée », se diraient-ils, « ça ne peut pas me faire de mal. Une seule gorgée pour humidifier mes lèvres desséchées et pour sentir le contact rafraîchissant de l'eau sur ma langue enflée. »

— Dans la mesure où nous saurons tous rester raisonnables, il n'y aura pas de difficultés, assura Perry Rhodan. Nous en avons vu d'autres, et nous sommes déjà venus à bout de problèmes autrement difficiles à résoudre !

Cet homme, dont la détermination restait inébranlable, arriverait peut-être à en préserver cinq mille autres du désespoir et à les convaincre de survivre avec un minimum d'eau et de nourriture.

On disait des grands hommes qu'ils étaient immortels parce qu'une partie d'eux-mêmes continuait à vivre dans chaque individu.

Roi Danton esquissa un sourire.

Dans le cas de Perry Rhodan, c'était autre chose. Il n'avait pas besoin de mourir pour que les richesses qu'il portait en lui se transmettent aux autres. Il y en avait déjà une partie qui s'était infiltrée dans chacun de ses hommes et leur donnait de la force pour pouvoir surmonter les coups durs dont était pétri cet univers impitoyable.

DEUXIÈME PARTIE

OBJECTIF : CLEARWATER

CHAPITRE PREMIER

Tar Szator lança une brève injonction au robot détecteur. La machine qui avait la forme d'une grenouille roulant sur des chenilles fit volte-face sur place et quitta la bande transporteuse.

L'Auroranien la suivit d'un bond élastique. Déçu, il constata que l'engin, qui ne lui arrivait même pas au-dessus du genou, obliquait dans un couloir latéral sinueux dont l'extrémité restait invisible. Conformément à sa mentalité, Tar Szator bondit sur le dos légèrement bombé de sa monture métallique et se laissa porter par elle. Pour n'importe quel natif de la planète Auroran, parcourir le long chemin à pied eût été terriblement imprudent, et bien entendu, Tar ne faisait pas exception à cette règle.

Accroupi sur la bosse de son véhicule, il ferma les yeux et se plongea dans son rêve préféré, centré sur son monde d'origine, tandis que le robot le transportait en le berçant à travers la coursive. Son visage couleur de bronze paraissait étrangement pincé, sans raison particulière d'ailleurs. Il faut préciser en effet qu'il avait été lisse pendant quelques instants seulement après sa naissance, et ne le redeviendrait qu'au moment de son décès.

Or, la pensée qu'il devait mourir un jour était bien loin de son esprit pour l'instant. Cela aussi appartenait aux spécificités des colons installés sur la planète Auroran. Dans la mesure du possible, ils évitaient de s'attarder à des idées déplaisantes, tout comme de faire des efforts physiques ou mentaux.

Au bout de dix minutes environ, le robot détecteur s'arrêta avec une légère secousse.

Tar piqua du nez et eut du mal à se retenir de ses deux grandes mains.

— Nous venons d'atteindre l'entrée secondaire de l'HYG-5 ! croassa une voix métallique dans les haut-parleurs de la machine.

Tar s'assit et leva les yeux vers le tableau lumineux.

Mise à part l'inscription, rien, ni sur le panneau ni dans ses alentours, n'indiquait que le monde changeait d'une façon abrupte de l'autre côté de la cloison. Il en était cependant ainsi. Et c'est ce qui justifiait la présence de Tar Szator en ce lieu.

En poussant machinalement une sorte de grognement, il descendit de son perchoir et posa la main sur la serrure thermique du panneau d'accès. Epreuve difficile qui faillit d'ailleurs lui provoquer une luxation du poignet, car avec sa taille d'un mètre vingt, Tar avait toujours de la peine à atteindre les systèmes d'ouverture construits pour des Terraniens normaux.

— Le chemin est libre ! brailla la voix du robot.

— Je le vois bien, riposta Tar d'un air renfrogné.

Il se laissa tout simplement tomber sur la machine qui arrivait en roulant et lança un juron lorsque ses jambes heurtèrent l'encadrement du vantail.

Heureusement pour lui, les ventouses dont étaient dotés ses doigts l'empêchèrent de tomber. Ainsi l'Auroranien atteignit-il les jardins hydroponiques du *Krest IV*, dans une attitude à vrai dire peu digne d'un militaire.

Au bout d'un certain temps, une silhouette humaine apparut sur l'allée tracée au cordeau, entre les barrières vertes et humides d'une végétation luxuriante. L'homme sursauta en découvrant cet étrange attelage. Puis il se dressa sur le chemin, jambes écartées, et leva d'un air menaçant ses mains armées d'une sonde à long tuyau.

— Arrête, Snoopy ! cria Tar.

Le robot obéit aussitôt.

Le petit Auroranien agita sa grosse paluche.

— Laissez-moi passer, Monsieur le jardinier en chef !

Toujours aussi menaçant, le gardien des lieux balança sa sonde dans les airs.

— Entrée interdite aux personnes étrangères au service ! hurla-t-il. Qui êtes-vous ? Qu'est-ce qu'il vous prend de pénétrer ainsi dans les halles hydroponiques ? Et d'ailleurs, que venez-vous faire ici ?

Tar se redressa de toute sa hauteur. Les ventouses de ses mains émirent des rumeurs de succion en se détachant du dos métallique de Snoopy.

— Je suis le gentilhomme Tar Szator, espèce de questionnaire ambulant ! s'écria-t-il en rage. Et j'ai été chargé par mon roi en personne de contrôler les installations hydroponiques. Laissez-moi passer !

Le moustachu ricana, mais visiblement il avait déjà perdu un peu de sa superbe.

— Ainsi vous faites partie de la suite de ce Libre-Exploiteur... ! Pourquoi vous trouvez-vous à bord du *Krest* dans ce cas-là ? Je pensais que seul Roi Danton lui-même était encore chez nous... avec son gorille, cela va de soi.

Tar Szator inclina sa tête étroite et toisa le surveillant des jardins hydroponiques de ses yeux vert émeraude, tout en se demandant s'il était sensé de sa part de gaspiller encore tant d'énergie pour des échanges de paroles totalement inutiles. Il en vint à la conclusion qu'en effet, il n'avait pas le droit de se laisser aller à ces extrémités.

— En avant, Snoopy ! grinça-t-il.

Le robot détecteur fit un bond et fonça vers l'homme qui lui faisait obstacle. Force fut donc à ce dernier de se mettre à l'abri en sautant lui aussi sur le côté.

Il tomba sur le couvercle d'un grand conteneur de substances nutritives, entraînant avec lui toute une rangée de concombres grimpants. Tar tourna la tête, et le spectacle lui arracha un sourire ravi. Les cucurbitacées sautillèrent et allèrent rouler sur l'allée.

Le jardinier eut tôt fait de retrouver son équilibre. Il se mit à courir derrière l'intrus, mais d'un mot le gentilhomme fit comprendre à Snoopy qu'il devait accélérer de façon à ce que leur poursuivant perde définitivement toute chance de les rattraper.

Naturellement, Tar aurait pu aussi bien présenter son certificat d'identité, grâce auquel il était autorisé à pénétrer dans n'importe quelle section du navire. Il lui avait été accordé par le Stellarque lui-même après que l'incident du vilain petit gnome eut été clos.

Clos… ? Pour être plus précis, cet incident n'était pas près de l'être malgré la mort du nabot. De par son étrange structure d'être à demi matériel, cet homoncule maudit avait dû, pendant qu'on le pourchassait sans relâche et sans pitié, contaminer toutes les réserves d'eau potable du vaisseau amiral avec des émanations hautement toxiques, car vingt-huit membres de l'équipage avaient succombé à un poison innervant quelques minutes seulement après avoir consommé de cette eau.

Désormais, le *Krest IV* naviguait à travers la galaxie inconnue en quête d'une planète sur laquelle il pourrait renouveler ses provisions de boisson consommable.

Mais il pouvait encore s'écouler des jours et des jours avant que le navire ait trouvé ce qu'il cherchait. C'était la raison pour laquelle Tar Szator s'était vu confier par le Stellarque la mission d'examiner à fond tous les hangars, dépôts et soutes avec l'aide de son robot traqueur, et en particulier de contrôler les jardins hydroponiques, car c'était surtout là que l'on attendait les effets nocifs de ce poison inconnu.

L'Auroranien était cependant beaucoup trop paresseux pour se donner la peine d'expliquer les motifs de son intrusion au gardien et de sortir son badge d'identité de la poche de sa combinaison de bord…

Obéissant à un ordre bref de son maître, Snoopy mit le cap sur la halle qui abritait les énormes bacs contenant les algues chlorella standardisées et les dérivées mutantes en culture forcée. C'était là que la révolution aquatique sévissait avec le maximum d'intensité.

Après avoir passé deux barrages, Tar et son véhicule-robot débouchèrent dans une allée étroite entre deux immenses bassins expérimentaux mesurant chacun cent mètres de longueur et trente de largeur, à l'intérieur desquels poussaient de nouvelles espèces d'algues. Des poissons ordinaires aux larges bouches béantes heurtaient les parois de verre blindé en ouvrant de grands yeux curieux devant leur visiteur.

Tar Szator poussa un grognement de satisfaction.

Il ordonna à Snoopy de stopper. Puis il se laissa rouler avec indolence du dos de son porteur et ouvrit l'entrée de l'écluse.

Il pénétra derrière son véhicule dans le sas étroit qu'un système automatique remplit aussitôt d'eau. Tar s'étira voluptueusement dans le bouillon tiède dont la seule vue aurait donné la nausée à un natif de la Terre. Non seulement une telle mésaventure ne risquait pas d'arriver à un Auroranien, mais en plus celui-ci se sentait littéralement transporté dans les lagunes chaudes et peuplées de varech de sa planète d'origine, où seuls des « adaptés » pouvaient survivre.

Lorsque le sas fut plein, le panneau intérieur s'ouvrit. Tar et Snoopy furent projetés dans le bac et remontèrent lentement à la surface. Le robot se mit immédiatement à son travail de mesures, tandis que, de ses longs doigts coriaces, Tar écrasait les thalles des algues, grosses comme des prunes, et en aspirait avec délices le liquide douceâtre et mucilagineux.

Tout à fait à l'encontre de ses habitudes, il n'attendit pas le résultat des tests effectués par son robot traqueur. Les poissons qui nageaient gaiement autour de lui en essayant sans cesse de lui mordiller les orteils lui fournirent une preuve suffisante que l'eau des installations hydroponiques ne contenait pas de poison innervant.

Au bout d'un quart d'heure environ, Snoopy lui annonça qu'il n'avait pas constaté la présence de la moindre trace toxique. Tar exhiba un sourire épanoui. Entre-temps, il avait réussi à se remplir l'estomac d'un jus sucré, et son abdomen s'était gonflé comme une outre.

D'un geste nonchalant, il écarta un poisson qui venait le narguer insolemment sous son nez.

Brusquement, le gentilhomme Szator se figea.

Le poisson désinvolte s'était légèrement éloigné et nageait à présent à la surface de l'eau, son ventre jaune pâle tourné vers le haut, ses yeux vitreux dirigés vers un brin d'algue.

Une fois le premier effroi passé, Tar essaya de se persuader qu'il pouvait toujours y avoir quelques poissons morts dans un aquarium de cette taille.

En outre, Snoopy n'avait pas détecté la présence de matière toxique…

Malgré ces arguments sérieux, il sentit la peur lui serrer la gorge.

Comment pouvait-il savoir si Snoopy était en mesure de constater la présence de poison innervant dans l'eau ? Jusqu'à présent, personne à bord de l'ultracroiseur n'avait pu analyser cette matière toxique mortelle avec les méthodes usuelles d'investigation.

Il en vint à la conclusion que la situation justifiait un effort physique, et plongea.

Lorsqu'il vit que partout des cadavres de poissons remontaient vers la surface et que les feuilles des algues se coloraient, son estomac entra en révolution.

En quelques mouvements de brasse, il rejoignit le panneau de l'écluse et s'éjecta. Il ne remarqua même pas que le robot traqueur le suivait.

Une fois dehors, il s'assit dans l'allée, s'adossa à la paroi vitrée de l'aquarium et attendit la mort.

Allait-il appeler au secours ? Après avoir réfléchi à la situation, il réprima cette impulsion. En tout état de cause, il devait mourir. Aussi pourquoi gaspillerait-il inutilement des calories ? En outre, il n'avait pas besoin d'avertir qui que ce soit ; les cadavres des poissons étaient à eux seuls suffisamment éloquents.

Tar Szator bâilla, ouvrit un œil et regarda le cadran de son chronographe.

« Une minute encore », murmura-t-il avec indolence.

— Le voilà ! hurla une voix de stentor.

Le moribond se força à ouvrir les deux yeux.

— Silence ! grogna-t-il. Un peu de respect pour les morts !

L'instant suivant, il bondit comme sous le choc d'une secousse électrique. Il écarquilla les yeux et écarta les lèvres pour aspirer une grande bouffée d'air.

Une poigne vigoureuse le saisit au col de sa combinaison trempée et le poussa en avant. L'Auroranien leva le nez et découvrit le regard furieux du gardien qui s'était fait remarquer de façon désagréable sur son chemin vers les bacs.

— Attention ! murmura Tar. Je me suis baigné dans le liquide empoisonné !

Le moustachu recula d'un pas comme s'il avait effleuré un lépreux. Derrière lui, l'officier blêmit. Mais il fut tout de même le premier à reprendre contenance.

— Laissez-le tranquille, Huber ! C'est le gentilhomme Szator. Il possède une autorisation expresse du patron lui-même.

Huber ne cessait de frotter ses mains humides sur son tablier. Les extrémités en pointe de sa moustache tremblaient. Il avala sa salive avec peine et se vit dans l'impossibilité de prononcer le moindre mot.

L'officier examina l'Auroranien d'un air inquisiteur.

— Vous prétendez vraiment que vous... vous êtes baigné... dans ce jus infecté ?

Tar jeta un coup d'œil sur la paroi vitrée de l'aquarium à l'intérieur duquel il venait quelques minutes auparavant de barboter avec délices. Puis il acquiesça d'un signe de tête.

— Non seulement je me suis baigné, mais j'ai mangé des algues, Monsieur. (Il regarda une nouvelle fois son chronographe et secoua la tête.) Je n'y comprends rien. En fait, il y a déjà dix minutes que je devrais être mort. Les poissons…

— Réjouissez-vous d'être encore en vie ! l'interrompit l'officier. Partout dans les serres hydroponiques du vaisseau, les végétaux meurent, ainsi que les animaux expérimentaux qui s'en nourrissaient. Vous n'avez sans doute pas vraiment mangé de ces plantes. A l'état brut, les algues sont pour ainsi dire non comestibles pour les hommes.

— C'est affreux ! murmura péniblement Huber.

— Oui, confirma l'officier. A partir de maintenant, nous sommes obligés de renoncer aussi aux rations de légumes frais, pourtant déjà très restreintes, sans compter que la régénération naturelle de l'air respirable n'est plus possible.

Tar Szator palpa son ventre, toujours rond comme une bonbonne.

Puis il balaya du regard les innombrables poissons morts qui flottaient à la surface des bacs de culture.

— Snoopy ! cria-t-il sur un ton de reproche. Pourquoi ne m'as-tu pas mis en garde ?

— L'examen s'est soldé par un résultat négatif, aboya la voix métallique de la machine. On n'a pu y déceler la présence d'aucune matière toxique.

— A votre place, moi, je ne me serais jamais fié au résultat d'un test effectué par un robot détecteur, déclara l'officier sur un ton de reproche véhément. Quand vous pensez que jusqu'à maintenant, nos laboratoires cherchent encore en vain le poison…

— Snoopy est plus fiable que tous les laboratoires du *Krest* réunis ! le coupa Tar sur un ton rageur.

Puis il secoua de nouveau la tête.

— Mais pas suffisamment tout de même. Si seulement je savais pourquoi je suis encore en vie…

— En tant que natif d'Auroran, vous êtes un « adapté », n'est-ce pas ? s'enquit l'officier. Peut-être que, de par sa nature, votre métabolisme est immunisé contre le poison innervant ?

— On n'a pas dû modifier à ce point nos gènes, murmura Tar d'un air pensif. Au fond, nous sommes restés des êtres humains, mis à part quelques avantages supplémentaires bien entendu, en particulier celui de faire rarement quelque chose d'inutile.

Il referma la bouche comme s'il venait de se rendre compte brusquement qu'il se fatiguait outre mesure. Avec l'indolence qui le caractérisait, il grimpa sur le dos de son robot et ordonna aux deux hommes de le précéder.

— Le Stellarque vous attend dans le laboratoire principal ! lui lança l'officier avant de se mettre à courir, car les chenilles de Snoopy heurtaient sans douceur les talons de ses bottes, et il n'avait pas la place de les esquiver.

Huber suivit à une allure plus mesurée. Il ne cessait de contempler sa main droite, celle qui avait touché l'eau contaminée sur le col de la combinaison de Tar. Mais tout portait à croire qu'il avait encore eu de la chance cette fois-là.

*
* *

Snoopy freina. Avec les griffes préhensiles de ses chenilles, il arracha l'extrémité de la poulaine gauche d'Oro Masut et heurta le pied métallique cylindrique d'une table du laboratoire.

Le garde du corps de Roi Danton contempla d'un air ahuri son gros orteil dénudé, puis il planta ses poings puissants sur les hanches et souffla comme un phoque d'un air furibond.

Tar Szator cligna des yeux, renifla plusieurs fois de suite et fronça le nez.

— Je suis d'avis qu'un bon bain de pieds ne vous ferait pas de mal, Oro, murmura-t-il sur un ton lourd de reproche.

Pour le géant étrusien, cette réflexion désobligeante fut la goutte d'eau qui faisait déborder le vase. Contre sa volonté, il fut acculé à la défensive.

— Avec quoi ? demanda-t-il de mauvaise grâce.

Roi Danton toussota.

— Je vous en prie, Messieurs. Il doit y avoir présentement des problèmes autrement plus urgents et sérieux que ceux-là. Gentilhomme Szator, s'il vous plaît, nous attendons le rapport de vos investigations !

Atlan et Perry Rhodan s'approchèrent en se glissant parmi les tables du laboratoire. Melbar Kasom demeura à l'arrière-plan. Il s'était arrêté auprès d'une jeune assistante de laboratoire aux cheveux d'un roux flamboyant et lui parlait à voix basse, ce qui n'était pas dans ses habitudes. La demoiselle se contentait de laisser entendre de temps à autre ce petit rire étouffé qui était le propre des très jeunes filles.

Tar caressa son ventre rebondi du bout des doigts, secoua la tête comme s'il n'arrivait pas à comprendre qu'il était encore en vie, et se mit à raconter en quelques phrases brèves ce qu'il avait trouvé au cours de son inspection dans les halles hydroponiques.

Le visage blême et défait de Rhodan pâlit encore davantage. Roi Danton lui-même renonça aux plaisanteries douteuses destinées à épater la galerie, dont il était coutumier.

— C'est le commencement de la fin, murmura-t-il, bouleversé.

Perry Rhodan l'approuva d'un signe de tête.

— Plus de légumes frais, plus de fruits, plus d'aliments synthétiques à base d'algues… et plus de régénération naturelle de l'air… !

Il fit signe à un membre du personnel du laboratoire, vêtu d'une blouse blanche, de le rejoindre.

— Professeur Blum, quand espérez-vous en avoir terminé avec l'analyse du poison innervant ?

Le scientifique s'approcha de lui tout en se grattant le nez, un appendice majestueux, crochu et charnu à souhait. Les bajoues écarlates du chef toxicologue du *Krest* tremblaient.

— C'est malheureusement tout à fait impossible à préciser, répondit-il d'une voix hésitante. Nous sommes toujours tributaires des animaux expérimentaux pour déterminer le degré de toxicité d'une substance, Monsieur.

Rhodan montra du doigt l'Auroranien.

— Le gentilhomme Szator s'est révélé immunisé contre ce poison. Y aurait-il un moyen de découvrir le facteur à effet antitoxique contenu dans son métabolisme ?

Blum secoua la tête.

— Je suis vraiment désolé, Monsieur. Je ne pourrai le faire que lorsque je connaîtrai la nature de la toxine.

— Mais il doit bien y avoir une possibilité de lutter avec succès contre ce poison ! s'emporta Atlan. Puisque vous avez à votre disposition les appareils automatiques d'analyse les plus modernes et les systèmes d'évaluation positronique dernier cri !

Le professeur fronça les sourcils.

— Votre reproche est injustifié, Monsieur. Il y a à peine quarante minutes seulement, nous ignorions encore qu'il existait un poison innervant. Dans ce bref laps de temps, même les systèmes les plus perfectionnés seraient incapables de fournir des résultats fiables.

— Je vous présente mes excuses, murmura Atlan plein de confusion. Vous avez raison, bien entendu. Mais il est vraiment très éprouvant de ne pas savoir comment l'on peut combattre un ennemi mortel.

Roi Danton arbora un petit sourire compréhensif. Lui qui connaissait si bien l'Arkonide, il savait que rien n'était pire, pour cet ancien amiral d'une flotte spatiale importante et actuel chef de l'Organisation des Mondes Unis, que de devoir lutter contre des adversaires invisibles.

— Il va de soi que j'ai immédiatement basculé le système de régénération de l'air en mode automatique dès que j'ai reçu la nouvelle fatale de l'état des halles hydroponiques, déclara Perry Rhodan. Il faut pourtant reconnaître qu'un dispositif technique ne peut jamais remplacer le circuit naturel. Il nécessite un afflux constant d'oxygène pur en provenance des bacs de réserve, en quantité minime, je vous l'accorde. Malgré cela, toutes nos réserves seront épuisées au bout de neuf mois.

— D'ici là, il y aura longtemps que nous aurons découvert une planète sur laquelle nous pourrons échanger notre eau contaminée contre de l'eau pure et trouver des cultures d'algues fraîches pour nos jardins hydroponiques, compléta aussitôt Tar Szator.

— Espérons-le ! conclut simplement Rhodan, exprimant ainsi ce qui préoccupait tous les esprits, car dans cette galaxie inconnue, tout paraissait totalement différent de ce à quoi ils étaient habitués dans la Voie Lactée.

***

— Quel spectacle fantastique ! déclara L'Emir d'un air songeur.

Près de lui résonna un grognement sourd et prolongé.

Le mulot-castor releva la tête et remarqua que Melbar Kasom le dévorait littéralement du regard.

Effrayé, L'Emir s'écarta de quelques pas de lui.

— Espèce de monstre ! hurla-t-il d'une voix perçante. Tu crois que je n'ai pas remarqué ton manège ? Tu ne cesses de me scruter d'un air goulu, hein ? Tu devrais avoir honte, espèce de cannibale !

Kasom faillit s'étrangler avec sa salive. Puis il se passa la langue sur les lèvres.

— Cannibale... ? répéta-t-il avec une surprise bien jouée. Et moi qui ai toujours pensé que tu n'étais pas un humain... !

— Bien sûr que je ne suis pas un humain – heureusement pour moi ! criailla encore le mulot-castor. Il suffit de te voir pour se réjouir du fond du cœur de n'en être pas un. Tu donnerais cher pour me bouffer, espèce de monstre de voracité !

L'Etrusien secoua la tête d'un air réprobateur.

— Bouffer ! Quelle horreur ! Manger, avaler, consommer, dit-on, L'Emir ! Ah oui, je te mangerais bien, va ! Doré et croustillant à point, avec un grand plat de boulettes crues et un fût de bière…

Il émit une sorte de gémissement.

— Il faudrait que je demande au patron s'il verrait un inconvénient à ce que l'on autorise les animaux vivant à bord à passer à l'abattoir. Parions qu'il ne penserait même pas à toi et à ton digne fils ? Avant qu'il ne se rende compte de ce que je veux obtenir de lui, tes jolies fesses dodues seraient déjà sur le gril…

Sidéré, il braqua son regard sur la place que le mulot-castor occupait encore la seconde précédente.

— Il ne va tout de même pas croire sérieusement que je veux le…

— Au contraire, je suis absolument certain que vous parliez sérieusement, gros plein de soupe ! zézaya une petite voix venue d'ailleurs.

Kasom fit volte-face et découvrit Tar Szator juché sur son robot-traqueur, qui le dévisageait d'un œil unique.

— La ferme, langue de vipère ! gronda-t-il. A moins que tu ne tiennes à ce que je te considère comme un hors-d'œuvre ?

— Gentilhomme Szator, je vous prie ! s'exclama Tar sur un ton menaçant. Au fait, je serais ravi de m'offrir à vous au titre d'amuse-gueule. Car mon ventre est encore tout plein de bouillie d'algues empoisonnées…

Il ferma l'œil comme s'il prenait soudain conscience que ce long discours dépassait ses capacités d'endurance.

Le visage de Melbar vira au vert.

Pendant un long moment, l'Etrusien donna l'impression d'étouffer, puis il se hâta de quitter le poste central, les lèvres farouchement serrées.

Tar Szator ricana sans prendre la peine de rouvrir les yeux. Et il se replongea sans tarder dans ses chimères. Il rêva des immensités de varech que l'on trouvait dans les océans de la planète Auroran, des excursions que l'on pouvait faire dans les écueils des Grands Bancs de Corail et de la grotte sous-marine dans laquelle il donnait rendez-vous à Gilha…

— Il y a vraiment de quoi l'envier, dit Roi Danton à son fidèle valet.

Il dévisageait d'un air envieux le petit Auroranien qui faisait claquer doucement sa langue, recroquevillé sur le dos de son robot détecteur, parfaitement immobile, les ventouses de ses mains appuyées contre la carosserie métallique.

— Un fainéant notoire ! grommela Ivan Goratchine.

— Ou plutôt un vadrouilleur cosmique, précisa la bouche de sa deuxième tête.

Le roi des Libres-Marchands secoua le chef.

— Pas le moins du monde, monsieur Goratchine.

— A qui vous adressez-vous ? interrogea la tête que l'on appelait habituellement Ivan.

— Sûrement à moi, répondit celle qui portait le nom de Vania.

Danton sourit à la dérobée.

— Il n'a pas changé d'un iota, murmura-t-il pour lui tout seul.

Ivan Ivanovitch Goratchine dressa les oreilles. Ses deux visages couverts d'écailles se tournèrent simultanément vers le Libre-Marchand.

— Que voulez-vous dire par là ? demandèrent les deux bouches en même temps. Est-ce que par hasard nous nous serions déjà rencontrés dans le passé… ?

Roi Danton toussota d'un air embarrassé. Il leva son face-à-main jusqu'à ses yeux et toisa le mutant bicéphale qui mesurait deux mètres et demi, comme s'il le voyait pour la première fois.

— Pas que je sache, Messieurs. Je pensais justement à quelqu'un d'autre.

D'un geste maniéré, il tira sa tabatière et s'accorda une prise.

— Pour en revenir à votre question, Messieurs, je parlais évidemment des deux remarques à la fois. L'Auroranien n'est ni un fainéant notoire ni un vadrouilleur cosmique. Cependant, les conditions de vie qui règnent sur sa planète le forcent à économiser au maximum ses forces physiques et psychiques, pour qu'en cas de sollicitation extrême, il puisse disposer de suffisamment de réserves. Je ne sais pas si vous connaissez Auroran, Messieurs… ?

Goratchine secoua ses deux têtes.

— Malheureusement, non.

— Dans ce cas, je vous prie de ne pas juger le comportement du gentilhomme Szator. Il est le produit de l'environnement auroranien, de même que nous, nous sommes celui de l'environnement terrien.

Le mutant se mit à rire jaune et baissa les yeux vers les deux énormes piliers qui lui servaient de jambes.

— L'environnement terrien… ? Il a fait de moi un monstre, un monstre innommable doté d'un corps couvert d'écailles et de deux têtes !

Roi Danton fronça les sourcils.

— Allons donc, ne soyez pas absurde ! riposta-t-il d'une voix tranchante. De par votre nature, vous êtes un natif de la Terre. L'apparence extérieure n'a aucune importance, Messieurs ! Ne vous plaignez donc pas !

Goratchine paraissait avoir une riposte non moins acerbe sur le bout de la langue. Puis il se ravisa et se contenta de hausser les épaules.

— Oui, vous avez certainement raison. (Il afficha un petit sourire.) Après tout, malgré votre apparence extérieure et votre comportement différent, vous êtes un Terrien vous aussi, de par votre nature.

— Alors, vous voyez bien ! s'écria Danton, soulagé d'avoir réussi à chasser la crise de dépression qui commençait à frapper le mutant.

Le sourire de Goratchine s'élargit.

— Merci beaucoup. Désormais, je sais au moins que vous êtes né sur la Terre. Voilà tombé le premier masque du comédien maquillé.

Il se sauva en courant au moment où le Libre-

Marchand tirait sa rapière et faisait mine de se précipiter sur lui.

— Il nous faut à présent replonger dans l'espace linéaire, intervint soudain la voix sonore d'Atlan, mettant fin au débat. Si nous restons à proximité immédiate du centre galactique, nous ne trouverons jamais de planète qui nous convienne.

Perry Rhodan avait les yeux fixés sur la fenêtre de grossissement optique de l'écran. Etant donné la distance, la concentration stellaire au centre de la galaxie étrangère faisait l'effet d'un rempart de lumière bleuâtre. Une multitude de sphères énergétiques que l'on avait baptisées des « Irradiants » était de nouveau apparue tout près du *Krest IV*. Ils fonçaient vers le centre galactique, mais étaient sans cesse déviés quand ils s'approchaient exagérément de l'ultracroiseur.

— J'en ai parfaitement conscience, répondit Rhodan. J'aimerais seulement savoir si nous sommes effectivement dans l'objet céleste M 87 de l'amas de nébuleuses situé dans la constellation de la Vierge.

— Nous ne pourrons en être certains qu'après avoir plongé dans le Grand Désert intergalactique, Perry.

Rhodan acquiesça d'un signe de tête.

— Malheureusement, il nous faut donner la priorité à la recherche d'un monde où nous trouverons de l'oxygène et de l'eau, sinon nous ne serons plus jamais en mesure de connaître notre position exacte. Quoi qu'il en soit, il est intéressant de pouvoir observer de près le phénomène que représente M 87. D'ailleurs les mesures prises par nos radio-astronomes ont établi qu'il y a effectivement ici un « jet » radiatif long de milliers d'années-lumière et doté de nœuds énergétiques, ce qui est une des caractéristiques de l'objet M 87 de l'amas de nébuleuses de la Vierge.

— Peut-être y a-t-il plusieurs galaxies qui possèdent ce genre de flux énergétiques, répliqua le Lord-Amiral. En fin de compte, nos connaissances sur l'Univers sont très limitées. Et nous n'avons toujours pas eu accès aux autres modèles !

— Exception faite de celui des Droufs, corrigea Perry Rhodan avec un sourire. Mais tu as raison : que savons-nous en réalité du cosmos ? Si au moins j'avais une idée de la manière dont nous pourrions rentrer chez nous… !

Atlan se frottait le menton d'un air pensif.

— Nous nous sommes heurtés là à un phénomène qui nous dépasse, Perry. Là-bas, ils vont nous considérer comme perdus corps et biens. Et nous, ici, nous ne savons même pas si l'humanité existe toujours !

Une ride profonde naquit entre les sourcils de Rhodan.

— Ainsi tu persistes à craindre que nous ayons débouché dans un autre temps ?

— Ce ne serait pas impossible. Après tout, nous nous trouvions dans un continuum étranger, et nous ignorons tout de la structure temporelle qui y règne.

Il exhala un long soupir avant de poursuivre :

— Mais cela, nous ne l'apprendrons jamais.

— Pessimiste, va ! lui lança le Stellarque en essayant de le tourner en dérision.

Il n'y réussit pas tout à fait, et en éprouva une sorte de rage qui lui fit taper du poing sur la table.

— Il faut considérer la réalité des faits, nota l'Arkonide à mi-voix.

Sans transition, Rhodan se mit à sourire.

— Alors je vais t'en rappeler un. Un fait auquel tu as déjà été confronté et dont tu avais réussi à t'accommoder une fois, mais qui apparemment a fini par échapper à ta mémoire éidétique : un Terranien ne cède jamais tant que brille encore en lui une étincelle de vie. Or, je suis encore très vivant, Atlan !

Son ami l'observa d'un air songeur.

— Je commence tout doucement à croire que rien, absolument rien ne peut te faire chanceler.

Le Stellarque balaya cette remarque du revers de la main. Il pencha légèrement la tête vers la gauche pour indiquer que le roi des Libres-Marchands s'approchait d'eux de sa démarche sautillante de petit rat.

— Voilà ce qui pouvait encore m'ébranler il n'y a pas si longtemps ! Mon cher fils nous offre de nouveau son spectacle dont nous sommes pourtant saturés. Il m'apparaît tantôt comme un escroc, tantôt comme un génie.

— Disons plutôt un escroc génial..., ironisa Atlan.

Entre-temps, Roi Danton avait rejoint les deux hommes. Il dansa sur la pointe des pieds autour de Rhodan en agitant son tricorne.

— Puis-je me permettre d'interrompre un instant votre conversation érudite, Messieurs ? s'enquit-il avec une pointe de raillerie à peine perceptible.

— Vous voulez savoir ce que vous pouvez vous permettre... ? lui jeta Rhodan à la figure.

Roi recula de quelques pas et porta sa main gauche à son cœur.

— Inutile de le dire, Grand Seigneur. Je n'ai pas besoin de connaître ce détail pour vous pardonner d'emblée.

Puis il se tourna vers le Lord-Amiral.

— Je regrette beaucoup, Sire, que vous soyez obligé de fréquenter un parvenu mal lêché issu du bas peuple. Et j'admire l'égalité d'humeur avec laquelle vous supportez les mauvaises manières de cet être.

— Foin de ces pitreries ! riposta Atlan d'une voix cinglante. Dites-nous vite ce que vous avez à dire – et retournez danser d'où vous venez !

Le roi des Libres-Marchands en eut le souffle coupé.

— Oh ! gémit-il. Oh ! Quelle vulgarité ! Oro, mes sels !

Il trébucha en arrière – et marcha sur les pieds de L'Emir. Le mulot-castor venait juste de se rematérialiser.

Le malheureux poussa un hurlement de douleur et de fureur. Il se dématérialisa de nouveau et réapparut juste devant les pieds d'Oro qui arrivait en courant à l'appel de son maître. Il y eut un bruit de crissement et de grincement lorsque la large queue du mulot-castor disparut sous une poulaine de pointure 88.

Oro Masut rattrapa de justesse le pauvre L'Emir qui perdait connaissance.

Du coup, Roi Danton oublia que lui-même avait décidé de tomber dans les pommes. Inquiet, il s'agenouilla auprès du blessé et lui palpa doucement la queue.

— Par mesure de précaution, il vaudrait mieux que tu la lui enveloppes avec une bande élastique, Oro, dit-il à son garde du corps. J'espère qu'il n'y a rien de cassé.

— Pour l'amour du ciel ! s'écria Masut indigné. Que vont dire les lecteurs de l'épopée spatiale de L'Emir s'ils doivent attendre en vain le fascicule suivant ?

Le mulot-castor ouvrit les yeux.

— Crétin ! gronda-t-il. Ce n'est pas avec ma queue que j'écris, espèce de Libre-Exploiteur !

Il essaya de remuer l'objet de toutes ces attentions, mais ne put s'empêcher de hurler de souffrance.

— En outre, poursuivit Oro Masut impitoyable, il n'existe pas de courrier rapide entre M 87 et la Voie Lactée…

L'Emir palpa avec précaution ses orteils maltraités par Danton.

Et il finit par lâcher un soupir de soulagement en constatant qu'effectivement il n'y avait rien de cassé.

— Qu'est-ce que tu racontes avec ton « courrier rapide » ? s'écria-t-il à l'adresse de l'Etrusien. Il suffit que je me téléporte, moi !

Il claqua des doigts.

Oro Masut s'éloigna en courant et revint au bout de quelques minutes avec un équipement complet d'infirmerie. Il pansa avec soin la queue du mulot-castor, et, quand tout fut terminé, il se releva pour admirer son œuvre avec une fierté évidente.

— Tu pourrais au moins dire merci, reprocha-t-il à L'Emir, qui réagit avec une agressivité furieuse.

— Pour ton coup de sabot sans doute ? En outre, tu m'as complètement défiguré.

Il se contorsionna pour observer sa queue qui formait un

angle de quarante-cinq degrés et essaya de la remuer avec mille précautions. La malheureuse, raidie par le pansement, oscillait de droite à gauche et de gauche à droite, tel le balancier d'une horloge.

Soudain, L'Emir retrouva le sourire. Son incisive se montra une fois de plus dans toute sa splendeur.

— Il y a un fil qui pend là-bas, Oro, dit-il avec un air réprobateur.

— Où ? demanda l'Etrusien en se penchant.

— Encore un peu plus bas, précisa le coquin.

Et Oro Masut se pencha davantage.

Au même moment, L'Emir lança sa queue raidie de toutes ses forces. Un bruit se fit entendre, comme celui que l'on fait en frappant violemment l'eau avec une rame.

Oro recula en grognant. Son œil gauche se ferma lentement.

Le mulot-castor se mit à ricaner, ravi de sa bonne plaisanterie.

Mais la seconde suivante, il se figea. Son regard se fixa sur le panneau d'entrée de la centrale.

Les autres firent demi-tour.

Un homme avançait en chancelant. Il tenait ses deux mains serrées sur son ventre et gémissait sans pouvoir se retenir.

Soudain, il s'effondra sur le sol en arrivant près de L'Emir et se retourna dans des spasmes terribles.

— Vite ! Un médi-robot ! s'écria Perry Rhodan.

Le Stellarque courut jusqu'au fauteuil-contour le plus proche pour aller chercher le respirateur intégré dans le dossier. Il l'ouvrit d'une main fébrile et revint aussi vite avec le masque à oxygène prêt à fonctionner.

— Trop tard, Monsieur, murmura Roi Danton.

Et il ferma les paupières de l'homme.

*
* *

Atlan brancha le circuit intercom général et essuya ses yeux humides.

— Cinq hommes, dit-il. Ils avaient consommé des conserves sans attendre le résultat des analyses du laboratoire.

Perry Rhodan fixa d'un regard étrangement vide un point situé au-delà de son ami.

Tout d'abord, il se prépara à fulminer, mais il se rendit vite compte que les reproches n'étaient plus de mise et n'apporteraient aucune aide. Les hommes qui n'avaient pas respecté les prescriptions étaient morts.

— A présent, nous en sommes pratiquement réduits à nos provisions de viande fraîche, déclara Roi Danton. Si elles sont également contaminées…

Atlan frappa du poing sur la table.

— Eh bien, nous nous en passerons, voilà tout ! gronda-t-il. Il doit bien être possible de se contenter pendant quelques jours ou même quelques semaines de rations déshydratées et surgelées. Est-ce que nous sommes des enfants qui ont absolument besoin d'un petit pansement psychologique ?

Roi Danton afficha un sourire plein de malice.

— Pour pouvoir utiliser les rations déshydratées, il faut leur ajouter quatre-vingt dix-neuf pour cent d'eau, Sire. Où allez-vous la prendre, cette eau ?

Rhodan acquiesça d'un signe de tête.

— Nous avons besoin d'environ cent mille tonnes d'eau fraîche pour consommer les aliments déshydratés. Or, nous ne pouvons pas utiliser la moindre goutte de nos maigres réserves. Voilà où nous en sommes, Atlan. Bien entendu, il nous reste encore les aliments concentrés et nos fameux comprimés réhydratants. Mais les premiers extraient l'eau du corps parce qu'ils n'en contiennent pas eux-mêmes. Quant aux seconds, s'ils servent uniquement à retenir le liquide déjà présent dans l'organisme pendant un temps limité, ils ne peuvent pas lui apporter d'eau.

Il pressa une touche de l'intercom.

Au bout de quelques secondes, le laboratoire répondit.

— Je voudrais parler au professeur Blum, déclara Perry Rhodan.

— Un instant, Monsieur, je vous prie, dit la voix lointaine. Le professeur est justement en train de procéder à une analyse importante. Pouvez-vous prendre patience pendant le temps que durera l'opération ?

— Très bien, j'attendrai, concéda le Stellarque.

Il aurait préféré couper purement et simplement la communication, mais il devinait le genre d'analyse sur lequel le chef du service de toxicologie était penché, puisque c'était lui-même qui lui avait dicté le programme des investigations.

Le professeur s'annonça dans l'intercom au bout d'une minute.

— Que se passe-t-il avec nos stocks de viande fraîche ? demanda Rhodan.

— Je ne sais pas, Monsieur, rétorqua le professeur. Je ne les ai pas encore fait analyser.

— Je vous avais pourtant dit…, commença Rhodan sur le ton de la colère.

— Bien sûr, Monsieur, l'interrompit le toxicologue. Mais il s'est passé quelque chose de plus important et de plus urgent. Nous avons réussi à isoler l'élément toxique. A présent, nous n'avons donc plus besoin de cobayes pour pouvoir tester les aliments. Vous recevrez les informations concernant les stocks de viande fraîche d'ici quelques minutes, Monsieur.

— Merci, conclut Rhodan sèchement.

Sur son front perlait la transpiration. Il exhala un profond soupir.

— Blum a réussi.

Melbar Kasom avait suivi la communication visiophonique. Il se passa la langue sur les lèvres d'un air gourmand.

— Le professeur n'a effectivement plus besoin d'avoir

recours aux animaux de laboratoire pour procéder à ses analyses, n'est-ce pas… ?

— Tout à fait, confirma Atlan.

— Il faut que j'aille de toute urgence au laboratoire, Monsieur, murmura-t-il en regardant tour à tour Atlan et Rhodan d'un air interrogateur, comme s'il attendait une autorisation.

Le Lord-Amiral le foudroya d'un regard brillant de menace, mais Perry Rhodan posa sa main sur le bras de son ami d'un geste apaisant et dit à Kasom :

— Faites ce que vous avez à faire, colonel, mais faites-le vite !

Kasom claqua les talons ; tout son visage rayonnait d'une joie profonde. Il quitta le poste central à grandes enjambées.

Le Stellarque se tourna vers Atlan.

— Laisse-le donc, mon ami, dit-il avec un sourire. Un Etrusien souffre notablement plus que nous du manque de viande fraîche. Qu'il s'accorde tranquillement un cochon d'Inde rôti. A vrai dire, ce ne sera d'ailleurs pour lui qu'une goutte d'eau dans l'océan.

— Je me demande… murmura L'Emir plein de pressentiments. Pour peu qu'il y prenne goût, je ne suis plus sûr de mon existence.

Il écarquilla les yeux de surprise en entendant Atlan et Rhodan éclater d'un rire homérique.

— Attention ! tonna alors la voix de stentor du commandant epsalien dans les haut-parleurs du circuit intercom général. Nouvelle plongée dans l'espace linéaire d'ici trois minutes !

CHAPITRE 2

La rage faisait trembler les bajoues du professeur Blum.

— Monsieur Kasom, j'irai personnellement me plaindre de vous auprès du Stellarque. Que vous soyez spécialiste de l'O.M.U. ou pas m'est parfaitement indifférent !

Melbar Kasom baissa les yeux vers le toxicologue d'un air embarrassé.

— Mais puisque vous n'avez plus besoin de cobayes ! Vous avez trouvé une méthode chimique pour isoler le poison, avez-vous dit ! Et je me contenterai d'un maigre petit cochon d'Inde, si je ne peux pas faire autrement.

Le professeur approchait de l'attaque d'apoplexie.

— Un maigre petit cochon d'Inde ! répéta-t-il d'une voix stridente. Il n'y a pas de maigre petit cochon d'Inde ici, même s'ils en ont l'apparence ! Ce sont tous des animaux de laboratoire triés sur le volet et hautement qualifiés, espèce d'esprit racorni !

Il donnait l'impression de perdre le souffle et se prit le cou à deux mains.

Résigné, l'Etrusien haussa les épaules et tourna les talons.

Soudain, son regard tomba sur la mignonne assistante à la toison fauve dont il avait fait la connaissance le matin même. Elle l'observait depuis sa table de travail encombrée d'appareils plus compliqués les uns que les autres.

Dans ces conditions, décida Kasom, il était hors de question qu'il se laisse abattre comme un gamin sans réagir.

Il saisit aux hanches le professeur qui n'avait pas cessé de souffler comme un phoque et le jucha sur la table de laboratoire la plus proche. Puis il tira son paralysateur lourd que même deux Terraniens normaux n'auraient pas réussi à soulever ensemble. Intimement convaincu que le toxicologue n'avait aucune idée de ce qu'étaient des armes radiantes, il le braqua en plein sur le ventre rebondi de Blum.

— Vous voyez cet appareil ? dit-il sans prendre la peine de diminuer le volume naturellement sonore de sa voix, de sorte que le personnel du laboratoire ne perdait pas une miette de son discours. Il s'agit d'un analyseur thermique destiné à évaluer le taux d'albumine chez les animaux et qui est effectivement réglé pour n'agir que sur l'albumine corporelle des bêtes, et donc inefficace sur celle des hommes.

Il tapota du bout de l'index sur le gros ventre du professeur.

— A présent, je vais brancher l'analyseur afin de vérifier si vous n'avez vraiment pas été contaminé, Professeur. Il va de soi que vous ne consommez jamais d'animaux de laboratoire, n'est-ce pas ? Aussi n'avez-vous rien à craindre pour votre personne. Je veux uniquement expliquer comment l'on peut prouver en quelques secondes l'absence d'albumine animale dans votre organisme. Dès que le rayon énergétique de l'analyseur pénètre dans le corps, il déclenche un processus de fusion thermonucléaire très lent dans les combinaisons albuminiques animales en présence. Chaque cellule animale devient pratiquement un soleil miniature qui répand une forte chaleur autour de lui. Etant donné que vous ne possédez aucune trace de viande fraîche dans votre estomac ou ailleurs, vous n'avez à craindre ni de fondre ni d'éclater. Ainsi sera prouvée la pureté de votre organisme.

Le professeur Blum laissa entendre un gloussement et fit mine de vouloir se sauver. Mais Melbar Kasom le retint d'une poigne ferme à la cheville.

— Restez tranquille, je vous prie ! ordonna-t-il sans ménagement. Sinon il est possible que le processus soit faussé et que vous soyez obligé de rôtir en toute innocence.

Il recula d'un pas et se mit à tripoter les touches de son paralysateur afin de le régler sur la puissance énergétique minimale.

Après quoi il pressa la détente d'un coup bref.

L'énergie diffusée était si faible que celui qui en était frappé sans le savoir ne ressentait qu'un léger picotement sur la peau.

Cela n'empêcha pas le professeur de jeter un cri déchirant.

— Non, non ! finit-il par gémir d'un air suppliant. Je vous en prie, cher Monsieur, faites-moi grâce de ce test !

— Enfin, voyons ! s'exclama Melbar en riant. Il ne peut rien arriver à un homme d'honneur comme vous !

— Je reconnais tout ! lâcha enfin le malheureux en gémissant comme une poule affolée. Si j'ai consommé de la viande d'animaux de laboratoire, c'était uniquement parce que je supposais que personne à part moi ne pourrait en trouver l'utilisation. Je suis prêt à vous donner un cobaye, Monsieur. Mais je vous en prie, éloignez de moi cet instrument de mort !

Kasom lança son arme en l'air et la rattrapa au vol.

— Combien de kilos de viande fraîche pourriez-vous me céder sans qu'en souffrent les plus essentielles de vos expériences… ? s'enquit-il en dressant l'oreille.

— Au moins douze cents, s'empressa de répondre le professeur Blum. Je suis prêt à vous donner tout ce dont le laboratoire peut se passer sans inconvénient pour son activité.

L'Etrusien faillit s'étrangler avec sa propre salive.

L'idée de pouvoir disposer d'une quantité appréciable de cette nourriture dont la seule pensée lui faisait monter l'eau à la bouche était plus que séduisante pour lui, compte tenu des exigences étonnantes de son métabolisme. Mais il réussit néanmoins à se maîtriser.

— O.K., mon vieux ! Envoyez immédiatement vos

douze cents kilos de viande fraîche à la cuisine de l'hôpital de bord. Je vérifierai l'exactitude du poids ! C'est bien compris ?

Blum écarquilla les yeux.

— A la cuisine…

— Parfaitement ! Ce sont les malades qui ont le plus besoin d'une alimentation judicieuse. Attendez, encore une chose ! Dans une semaine, je viendrai contrôler votre poids à vous et votre tour de taille. Et si vous n'avez pas perdu dix pour cent au moins de l'un et de l'autre, vous aurez affaire à moi !

Terrassé, le toxicologue acquiesça d'un signe de tête.

Melbar Kasom tourna les talons et quitta le laboratoire de sa démarche pesante.

En passant, il dédia un clin d'œil à la jolie assistante rousse, qui le remercia d'une réponse analogue.

Quant au professeur, il s'empressa de descendre de son perchoir, les genoux tremblants.

Perry Rhodan ne put s'empêcher de sursauter en entendant la voix du docteur Ralf Artur dans l'intercom.

— Pour l'amour du ciel ! murmura-t-il. Y a-t-il de nouveaux cas d'empoisonnements ?

— Allons donc ! maugréa le médecin-chef de l'ultracroiseur sur un ton rageur. Je n'ai plus besoin de m'occuper de ces cas-là. Ils se régleront très bien sans mon aide. Non, Monsieur, je vous en prie, descendez et venez jeter un coup d'œil sur ces jeunes poules mouillées. Quand je pense aux astronautes de ma génération et à tout ce qu'ils devaient supporter… ! Sapristi, de nos jours ces jouvenceaux inondent déjà leurs pantalons rien qu'à voir une mouche se promener dans leur assiette !

Le Stellarque arbora un large sourire. Il connaissait le docteur Artur depuis trop longtemps pour prendre encore au sérieux les cris et les accès de mauvaise humeur dont le toubib faisait perpétuellement étalage. Pour lui, une seule chose comptait : Artur était une sommité dans son domaine, comme on n'en rencontrait qu'une fois par siècle.

En outre, il semblait que rien de vraiment grave ne soit survenu, sinon le médecin-chef serait resté dans le domaine du concret.

— J'arrive, Doc, dit-il en coupant la communication.

Il se retourna et observa Roi Danton occupé à déguster avec une volupté évidente un petit verre d'eau représentant une partie de la maigre ration journalière accordée à chaque membre de l'équipage.

— Est-ce que tu sais vraiment ce que tu es en train de boire ? demanda-t-il non sans cynisme, mais à voix basse de façon à ce que personne dans le poste central ne puisse l'entendre, exception faite d'Oro Masut.

Le roi des Libres-Marchands reposa doucement le précieux verre sur la table des cartes et se tamponna délicatement les lèvres de son mouchoir de dentelle.

— Oh oui, Grand Seigneur ! C'est la plus merveilleuse eau de source que j'aie jamais bue au cours de toute ma vie !

Rhodan sourit.

Il se demanda s'il allait dire à son fils ce qu'il pensait, mais finit par décider que de telles remarques seyaient plutôt mal à un homme de son calibre.

— Vous m'en voyez ravi, Monsieur, se contenta-t-il d'énoncer. Je vais rejoindre le docteur Artur. Si vous avez envie de faire plus ample connaissance avec notre médecin-chef… ?

Roi s'inclina.

— Vous êtes bien aimable, Grand Seigneur. Votre offre me fait honneur. Il va de soi que je serai très heureux de vous accompagner.

Il agita l'index en direction de son garde du corps.

— Qu'Oro me suive avec mon vaporisateur ! Ou plutôt non, qu'il me précède afin de me préserver des mauvaises odeurs !

L'Etrusien géant s'inclina dévotement et prit son flacon de parfum en main. De sa démarche pesante, il précéda son maître tout en agitant sans interruption la fiole dans tous les sens.

Le Stellarque le suivit en hochant la tête.

Le comportement de Roi Danton incita également quelques officiers présents dans le poste central à imiter Rhodan. Mais pas tous. Rares étaient ceux qui avaient encore le cœur à faire preuve de compréhension pour les manières précieuses du Libre-Marchand depuis qu'ils devaient vivre de rations d'aliments déshydratés durs comme de la pierre et d'eau réduite au minimum.

Les regards pleins de réprobation lancés par quelques-uns de ses officiers n'échappèrent pas à Perry Rhodan. Aussi se secoua-t-il afin de garder la face. Le sourire aux lèvres, il passa devant les pupitres et les consoles. Il avait compris ce qui importait en premier lieu : imperturbablement, les têtes dirigeantes devaient arborer un optimisme qu'en leur for intérieur elles ne ressentaient pas forcément.

Le docteur Artur les attendait devant le panneau d'accès à l'hôpital de bord. Sans dire un mot, il les conduisit au service de sérologie et ouvrit la porte donnant sur l'une des salles réservées aux malades.

Puis il s'arrêta auprès d'un lit.

Tournée vers les nouveaux venus, la figure jaune comme un coing d'un jeune astronaute émergeait du drap.

— Regardez-moi cette face de misère ! hurla le médecin hors de lui.

— Un instant, s'il vous plaît, protesta Rhodan sans élever la voix. Cet homme a une hépatite, pour autant que je m'y connaisse… ?

— Parfaitement, gronda encore le toubib. La jaunisse, tout simplement. Ce n'est pas une maladie au sens médical du terme, mais la conséquence de réactions allergiques et d'une autosuggestion démentielle !

Le Stellarque examina le patient avec beaucoup d'attention.

L'astronaute s'assit dans son lit.

— Caporal Honnetök, Monsieur !

— Taisez-vous, je vous prie, tant qu'on ne vous adresse pas la parole ! le tança vertement Artur.

Puis il se tourna de nouveau vers Rhodan.

— Savez-vous ce dont il a besoin en réalité, Monsieur ? D'un traitement de choc au cinquième degré. Voilà ce qu'ils deviennent, ces petits jeunes que leurs parents dorlotent et gâtent outrageusement pour éviter de charger leurs subconscients de complexes plus chimériques les uns que les autres. Je veux bien parier qu'aucun d'entre eux n'a reçu une bonne volée de coups de toute sa vie !

Roi Danton grimaça d'indignation.

— Mon Dieu, ce ne sont pas les coups qui forgent les hommes, Monsieur le docteur !

— Ah ! fit Ralf Artur. Vous aussi vous êtes du nombre de ces gommeux efféminés ! Si au moins j'avais la chance d'avoir une fois votre père sous la main, je lui décrirais l'espèce de torchon minable qu'est devenu son fils grâce à l'éducation qu'il lui a donnée !

Cette fois-ci, le roi des Libres-Marchands dut se faire violence pour ne pas éclater de rire.

Quant à Oro Masut, lui, il ne s'obligea à aucun effort pour se retenir. Dans un fou rire tonitruant, il vaporisa un véritable nuage parfumé à la figure du médecin-chef, et se tournant vers son maître, il lui demanda :

— Majesté, permettez-moi, je vous en prie, de balancer une bonne volée de coups à cet ours mal lêché qui vient d'injurier une illustrissime personnalité !

— Qu'il vienne y voir ! le réprimanda Roi.

Le docteur Artur considéra l'Etrusien d'un air complètement effaré.

— Qu'est-ce que vous radotez là avec votre illustrissime personnalité ? Est-ce que par hasard vous parlez de votre roi d'opérette ?

— Non, Monsieur Artur, riposta Oro sans le moindre respect. Je parlais de Monsieur le père de Sa Majesté…

Perry Rhodan fronça les soucils.

— Bon, nous discuterons de cela plus tard ! déclara-t-il à l'adresse de Danton sur un ton sans réplique. Espérons que d'ici là, vous n'aurez pas oublié le nom de votre « illustrissime père », Monsieur !

Roi Danton écarta les bras d'un air désolé.

— Je suis inconsolable, Grand Seigneur. Ma mémoire défaillante fait obstacle à l'accomplissement de votre souhait.

Il leva son face-à-main devant ses yeux et contempla le malade.

— Une allergie… murmura-t-il d'un air pensif. Par quoi a-t-elle été provoquée, Monsieur ?

— Je vais vous le montrer ! promit le docteur Artur avec le cynisme que, sauf parmi les soldats, l'on ne rencontrait que chez les médecins, une sorte de réaction défensive face à toutes les souffrances auxquelles ils étaient sans cesse confrontés.

Le médecin-chef ouvrit une armoire et revint vers les autres avec une carafe pleine d'eau glacée en main. Il en versa un peu dans un gobelet qu'il tendit au patient.

La couleur du visage du caporal passa instantanément du jaune au vert. Le docteur eut juste le temps de glisser une cuvette sous le menton de Honnetök avant que l'homme vomisse le contenu de son estomac.

— Arrêtez donc ! cria Rhodan. Ecartez cette eau, docteur ! Je commence à me douter de ce qu'il s'est passé d'affreux ici !

— Ah oui ? Vous commencez à vous en douter ? riposta le médecin. Dans ce cas, révélez-moi comment des natures psychiquement aussi instables ont pu réussir les tests d'admission dans l'Astromarine Solaire ! Près de deux cents hommes occupent les lits des salles de la section de sérologie ! Ils souffrent tous des réactions allergiques les plus terribles parce qu'ils ont appris que les installations de régénération réutilisent tous les résidus liquides du navire pour les transformer en eau potable. Ils se sont même mis dans la tête qu'on finirait par leur donner à boire leur propre urine…

— Mais c'est de la bêtise pure ! hurla Oro Masut sans la moindre réserve. Les installations de régénération ne font rien d'autre que ce que la nature accomplit sur chaque planète qui porte la vie sous quelque forme que ce soit. Avec tout simplement une efficacité beaucoup plus grande. Il ne peut y avoir nulle part d'eau plus propre que celle qui vient de ces systèmes de recyclage !

— Allez donc faire comprendre cela à ces enfants gâtés ! hurla à son tour le médecin-chef. Ils savent que tous les excréments et les produits d'élimination passent dans les circuits de régénération, et ils sont dégoûtés à la pensée de consommer l'eau qui en sort. Bien entendu, ils oublient tout à fait qu'un même phénomène agit sans cesse dans la nature, par exemple sur la Terre, et que leurs corps se composent en grande partie d'éléments qui ont subi des milliards de fois le cycle éternel de l'apparition et de la disparition.

— C'est vrai, Monsieur ? murmura le caporal.

— Bien sûr, répondit Rhodan.

Il prit en main le gobelet que le médecin avait posé sur la table de chevet et le vida d'un trait.

Le caporal Honnetök rougit jusqu'aux oreilles.

— J'ai honte ! Ne me renvoyez pas de l'Astromarine pour cela, je vous en prie, Monsieur. A l'avenir, je boirai de cette eau, et je la supporterai !

La physionomie du docteur Ralf Artur rayonna soudain. Il donna une petite tape toute paternelle sur le dos du malade en disant :

— Bravo, mon gaillard ! Je crois que tu deviendras vraiment un homme.

— Est-ce que je peux me lever maintenant ? demanda timidement le caporal.

Aussitôt la figure du médecin s'assombrit de nouveau.

— Attendez d'être bien portant, je vous prie ! cria-t-il

à l'imprudent. Une jaunisse, c'est une jaunisse, même si elle n'est due qu'à un effet de l'imagination.

Le Stellarque approuva d'un signe de tête rassurant à l'adresse de Honnetök. Puis il prit le médecin par le bras et l'emmena à l'écart.

— Qu'en est-il des autres patients ? Est-ce qu'ils sont atteints de la jaunisse, eux aussi ?

Le docteur Artur exhala un long soupir en hochant la tête.

— Ils présentent presque tous des symptômes différents. Il a même fallu que j'en ligote trois parce qu'ils souffraient d'une crise d'urticaire telle qu'ils voulaient se suicider.

— Malgré cela, docteur, reprit Rhodan, n'en tenez pas trop rigueur à ces pauvres types. Il s'agit manifestement d'un effet secondaire de notre super-civilisation. L'homme est habitué à respirer un air aseptisé, à manger dans des assiettes stérilisées et à consommer des aliments tellement raffinés que leur origine est devenue pratiquement sans importance. Et voilà qu'ils apprennent que leurs excrétions corporelles sont régénérées dans les délais les plus brefs.

— Je ne leur en tiens pas du tout rigueur, affirma le médecin-chef d'un air convaincu, ce qui arracha à Perry Rhodan et à Roi Danton un léger sourire.

— Voilà qui me rassure, Doc, conclut le Stellarque. D'ici quelques minutes, je vais fournir des explications sur cette affaire à l'équipage tout entier par le circuit intercom général. Cela portera peut-être ses fruits.

— Ce n'est pas nécessaire, protesta le docteur Artur. J'ai déjà fait rédiger le texte d'une conférence scientifique sur ce sujet, qui sera donnée sur le circuit intercom par le docteur Josefina Spiridowa.

— C'est parfait ! s'exclama Rhodan.

« En tout cas, c'est certainement mieux que si ce vieux malotru la prononçait lui-même ! » ajouta-t-il en pensée. L'équipage accueillerait avec beaucoup plus d'intérêt les explications données par une doctoresse aussi jolie que par le docteur Ralf Artur. Tout bien pesé, il semblait en avoir lui-même pleinement conscience.

Sans ajouter un mot, il tendit la main au médecin-chef pour prendre congé.

Le docteur Artur la secoua avec force, tout en s'inclinant légèrement vers le Stellarque afin de lui raconter la manière dont il avait réussi à se procurer douze cents kilos de viande fraîche grâce à l'intervention astucieuse de Melbar Kasom.

— Et pourtant, c'est un personnage drôlement rébarbatif, cet Etrusien, dit-il en guise de conclusion.

Perry Rhodan eut un petit sourire ironique en toisant le médecin comme s'il le voyait pour la première fois.

Le docteur se mit à rire tout bas.

— Je sais exactement ce que vous pensez, Monsieur. En ce qui me concerne, n'oubliez jamais le dicton bien connu : « Sous une écorce grossière… »

— … « se cache un cœur sensible », compléta Roi Danton.

Le médecin-chef jeta au Libre-Marchand un regard inquisiteur.

— Comment se fait-il que vous connaissiez ce dicton, Monsieur Danton ? Vous avez déjà eu recours à mes services professionnels ?

— Heureusement… euh… hélas non, Monsieur le docteur, répliqua Roi en posant sa main droite sur son cœur d'un geste solennel.

Puis il s'inclina et s'éloigna de son pas sautillant.

— C'est curieux, dit le médecin au Stellarque. J'ai l'impression de connaître ce Libre-Marchand. Je suis prêt à parier que je l'ai déjà rencontré quelque part – avant qu'il ne se fasse passer pour Roi Danton.

Rhodan approuva d'un signe de tête.

— Cela se pourrait bien, répondit-il avec un sourire énigmatique. Mais vous serez peut-être amené à le soigner plus tard, Doc…

Le médecin-chef arbora un large sourire.

— Je commencerai par le dépecer en mille morceaux pour l'examiner pièce par pièce avant de le reconstituer, Monsieur !

*
* *

Lorsque Perry Rhodan revint au poste central, on se préparait à la prochaine manœuvre de changement de cap.

Les astrophysiciens s'étaient rassemblés devant le pupitre de contrôle commandant la positronique de bord. Ils attendaient les tout derniers résultats de la détection pour pouvoir les analyser aussitôt.

Icho Tolot était assis à la table des cartes. Le géant halutien avait fermé les yeux. Manifestement il interprétait en esprit des évaluations. Mais les conclusions ne lui semblaient pas satisfaisantes car lorsqu'il releva la tête, son regard était empreint d'une expression de tristesse.

Personne d'autre que Perry Rhodan n'était capable de déchiffrer les émotions et les sentiments du Halutien. Pour la majorité des hommes, cela restait totalement hermétique.

Le Stellarque vint s'asseoir à côté du siège spécial réservé au géant. Il lui fit ensuite part de tout ce que le médecin-chef lui avait appris et de tout ce qu'il avait vu de ses propres yeux.

— C'est mauvais pour mes enfants, commenta Tolot dans un intergalacte impeccable.

L'expression « mes enfants » arracha à Perry Rhodan un sourire. Le Halutien était un être étrange, du moins si on le jugeait à l'aune des normes humaines : à la fois masculin et féminin de par ses dispositions biologiques naturelles, et pourtant, vu sous l'angle habituel, ni l'un ni l'autre. Conséquence de cette spécificité : il éprouvait des sentiments maternels purement instinctifs à l'égard de tous les Terraniens – ce qui effrayait toujours les non-initiés qui se trouvaient en présence de ce colosse.

— Allons donc, nous avons réussi jusqu'à présent à vaincre toutes les difficultés qui se sont accumulées devant nous ! protesta Rhodan. Et nous finirons bien par surmonter aussi celle-ci !

Icho Tolot se pencha en avant et, sans y prendre garde, il s'appuya sur le bord de la table des cartes. Certes, il s'empressa de reculer aussitôt, mais une bande de la longueur du bras et de trente centimètres de largeur environ avait déjà sauté en éclats. La force physique de cette créature hors du commun était encore supérieure à ce que laissait présager son apparence extérieure, car, notons-le au passage, le plateau de la table des cartes était constitué d'un plasto-blindage de qualité supérieure et de vingt millimètres d'épaisseur.

— Excusez-moi, murmura le géant.

Rhodan leva la main pour couper court à l'embarras du Halutien.

— J'espère qu'après notre réémersion, nous découvrirons un système solaire approprié.

Le buste de Tolot se balança de droite à gauche jusqu'à ce que son fauteuil spécialement agencé pour lui se mît à se rebeller bruyamment.

— Ce n'est pas cela qui m'inquiète, riposta-t-il. Si nous devions encore être poursuivis par la malchance cette fois-ci, eh bien, ce sera pour la prochaine étape linéaire. Je me fais du souci pour le retour dans la Voie Lactée. Même mon peuple n'a jamais franchi plus de trente millions d'années-lumière dans l'espace – or, nous nous trouvons au moins à trente-deux millions d'années-lumière de notre Galaxie. Nos moyens techniques ne suffisent même pas à vaincre le quart de cette distance.

— Nous y arriverons, affirma Perry Rhodan d'une voix pleine de conviction, parce qu'il faut que nous y arrivions !

Il se cala contre le dossier de son fauteuil en poussant un soupir et se passa la main dans les cheveux d'un geste distrait.

— Ce qui m'inquiète, moi, c'est uniquement le laps de

temps que cela nous prendra, Tolot. Lorsque nous nous sommes échappés du Grand Nuage de Magellan, *Old Man* avait mis le cap sur la Voie Lactée. Je crains fort que le Système Solaire ne se prépare des temps terriblement difficiles. A bord du robot géant se trouvent six Gardiens Fréquentiels. Ils veulent châtier l'humanité pour une « transgression chronoclaste » qu'elle n'a jamais commise.

— Si l'on prend les choses au pied de la lettre, elle l'a pourtant bien perpétrée, dit une voix en provenance de l'autre extrémité de la table des cartes.

Le Lord-Amiral Atlan s'approcha et s'assit du côté opposé à celui de Rhodan et de Tolot.

— Contre sa volonté ! protesta Perry Rhodan. Ce sont les Maîtres Insulaires qui ont expédié le *Krest* dans le passé !

— En effet, approuva Atlan. Mais les Maîtres Insulaires appartenaient à l'humanité. Ils avaient la même origine que nous. Les Gardiens Fréquentiels ne doivent attacher aucune importance à des différences à peine perceptibles pour eux, Perry.

Rhodan se prit les tempes à deux mains en gémissant.

— Tu as peut-être raison, mon ami. Il n'empêche que je m'oppose de toutes mes forces à ce que d'autres êtres cherchent à décréter si nous sommes autorisés ou non à effectuer des voyages temporels. Le reproche que font les Gardiens Fréquentiels à l'humanité est absolument sans fondement et ne nécessite pas qu'elle s'en défende. Se laisser coincer dans ce piège signifie pour elle renoncer à sa liberté d'action et s'assujettir à une puissance étrangère !

L'Arkonide afficha un sourire dans lequel se lisait une certaine compréhension.

— Je connais tes idées, Perry, et je les partage. Si je le pouvais, je prouverais à ces étrangers que l'humanité a atteint sa majorité. Malheureusement, je ne le peux pas, pas plus que toi. Telle est la situation, et nous n'avons pas le droit de la voir sous un autre angle, car ce serait suicidaire de notre part.

Perry Rhodan éclata d'un rire amer.

— Ce que nous pensons et faisons est malheureusement tout à fait sans aucune importance, mon ami. Je n'ai plus qu'une chose à espérer, c'est que Bully, Tifflor et Mercant gardent les rênes envers et contre tout.

Un toussotement se fit entendre.

C'était Roi Danton qui se rappelait au bon souvenir du trio.

Le roi des Libres-Navigants vint s'installer à son tour à la table des cartes, à côté d'Atlan, et remarqua d'un air désobligeant :

— Grand Seigneur, vous attachez un poids excessif à votre propre personne. N'oubliez pas, je vous prie, que votre digne épouse est une femme dotée d'un cœur de lionne. Et il y a encore d'autres membres de l'humanité qui sont capables d'intervenir énergiquement…

— Ah ah ! fit Rhodan d'une langue acérée. Par ces derniers, vous voulez parler sans doute des Libres-Marchands de Sa Majesté Impériale Boscyk, le champion de la mégalomanie !

Roi inclina la tête en souriant d'un air mystérieux.

— Vous vous trompez, Grand Seigneur. L'Empereur Lovely Boscyk n'est que l'enseigne de notre entreprise. Il n'y a personne qui puisse me remplacer plus dignement – et il y a une multitude de gens intelligents qui soutiendront efficacement Monsieur Bull à l'heure du danger.

Le Stellarque s'empourpra de fureur.

— Ah ! Vous pensez évidemment à votre fameux savant qui n'a pas son pareil, si je ne m'abuse ?

— J'admire votre perspicacité, Grand Seigneur, riposta Roi non sans ironie, mais seulement dans l'espoir que son père ne se formaliserait pas du ton insolent qui après tout faisait partie de son personnage.

— Attention ! cria une voix dans les haut-parleurs du

circuit intercom général. Dans trente minutes aura lieu la réémersion dans le continuum einsteinien !

Sans un mot de commentaire, les hommes présents dans le poste central attachèrent leurs harnais.

Dans tous les coins et recoins de l'ultracroiseur, on appliquait à présent les mesures de sécurité prescrites afin d'être prêt à réagir à n'importe quel incident inattendu. L'épisode des sarcophages volants et du dangereux gnome avait prouvé aux Terraniens qu'une galaxie inconnue pouvait cacher des dangers imprévisibles.

Les quatre hommes assis autour de la table des cartes s'attachèrent eux aussi et se turent.

Les dernières secondes précédant la manœuvre de réémersion s'écoulèrent avec une lenteur qui mettait les nerfs à rude épreuve.

Soudain, l'image bizarre et ondulante de l'entr'espace disparut des écrans panoramiques, remplacée par un océan stellaire infini qui donna l'impression de prendre possession sans bruit du poste central.

Le *Krest IV* se retrouvait dans le continuum spatio-temporel normal à quatre dimensions.

Le premier coup d'œil jeté sur le nouvel environnement du navire ne pouvait naturellement qu'étouffer tout optimisme naissant. Bien que le *Krest IV* ait franchi approximativement dix mille années-lumière en direction du secteur périphérique de la galaxie étrangère, la densité des étoiles était encore beaucoup trop forte pour qu'on lui trouve un point de comparaison avec des zones de position similaires dans la Voie Lactée.

Au bout de dix minutes, Fancan Teik, le Halutien, apparut à son tour dans le poste central du *Krest IV*. Il avait passé toute la durée de cette dernière étape linéaire seul dans son vaisseau noir de cent trente mètres de diamètre, qui était ancré magnétiquement au pôle supérieur de l'ultra-croiseur.

Il ne venait pas par hasard. Perry Rhodan l'avait convoqué pour un entretien.

Outre les deux Halutiens, le Stellarque et l'Arkonide, arrivèrent également John Marshall, L'Emir, Ras Tschubaï, Ivan Ivanovitch Goratchine, Ralf Marten, le mutant doué de psychoprojection et l'hypno-suggesteur Kitaï Ishibashi, ainsi que les deux Etrusiens Melbar Kasom et Oro Masut. La présence de Roi Danton parmi eux était déjà devenue quelque chose de naturel.

Il s'avança comme de coutume en sautillant dans le poste central et examina les personnes présentes à travers son face-à-main.

Puis son visage grimaça de dégoût et il montra du doigt les grilles métalliques des bouches de la climatisation.

— Il règne ici une atmosphère épouvantable, Messieurs ! Un cocktail d'odeurs impossibles sans rapport avec un mélange gazeux respirable ! Tout n'est que désinfectants, émanations de carburant, produits chimiques ! Mes poumons se refusent à inhaler ce poison !

Et il se mit à toussoter avec affectation.

— En outre, la sécheresse ambiante est horrible ! Mes muqueuses protestent, Messieurs !

— Humidifiez-les donc à l'acide sulfurique ! lui conseilla Kasom sans qu'un muscle de son visage ne tressaille. Peut-être cela contribuera-t-il à normaliser également votre comportement.

— La paix ! ordonna Perry Rhodan. Encore une seule remarque de ce genre, Monsieur Danton, et je vous fais chasser d'ici.

Paralysé par l'effroi, le Libre-Marchand laissa choir la houppette avec laquelle il voulait justement se poudrer le visage.

Melbar Kasom étendit l'une de ses longues jambes et écrasa la touffe de duvet. Un nuage de poudre blanche s'éleva dans le poste central. Il ne resta plus sur le sol qu'un minable petit tas grisâtre de brins de laine.

Danton foudroya l'Etrusien d'un regard furibond, tandis que Kasom ramassait ce qui restait de la houppette avec une innocence touchante.

— Vous avez perdu votre petit chiffon, Majesté, lui dit-il sur un ton plein de dévotion.

Roi saisit sa rapière. Son regard rencontra alors celui de Perry Rhodan, et il remit aussitôt l'arme en place. L'air profondément blessé, il se pavana jusqu'à son fauteuil-contour, tendit le bras et s'installa confortablement avec l'aide d'Oro Masut.

Ses lèvres tremblèrent lorsqu'il vit Atlan dans l'attitude du penseur plongé dans de profondes réflexions, le visage enfoui dans ses mains pour cacher une envie de rire irrépressible.

Environ trois semaines auparavant, son ancien précepteur lui avait donné une leçon qu'il n'était pas près d'oublier. Roi croyait sentir encore sur ses joues les deux gifles retentissantes qu'il avait reçues au moment où Atlan l'avait démasqué.

— Le rapport des astrophysiciens est arrivé, Messieurs, annonça le Stellarque. D'après eux, la probabilité que nous rencontrions dans ce secteur spatial une planète qui nous convienne ne dépasse pas dix-sept pour cent.

Il se mit à tousser. Lui non plus, il n'échappait pas aux effets néfastes de la sécheresse de l'air. Cette situation devenait de plus en plus intolérable, mais les maigres réserves d'eau que l'on avait extraites des chaloupes et des chasseurs *Mosquito* étaient insuffisantes pour que l'on puisse se permettre d'y puiser de quoi alimenter les humidificateurs.

— La distance moyenne entre les étoiles ne se monte toujours pas à plus de 1,3 année-lumière, ce qui tend encore à confirmer l'hypothèse selon laquelle nous nous trouvons effectivement dans la galaxie M 87 de l'amas de nébuleuses de la Vierge, car la densité qui y règne en son centre ne diminue que très lentement vers les zones périphériques.

« Comme nous devrions franchir encore au moins dix mille années-lumière pour trouver des conditions notablement plus favorables, je propose que nous partions immédiatement à la recherche d'un système solaire approprié à nos conditions de vie. Il y a environ vingt étoiles autour de nous qui, d'après les calculs effectués jusqu'à présent, pourraient avoir des planètes. C'est vers celles-là que nous devrions nous diriger afin de voir si elles en possèdent effectivement. Je vous serais reconnaissant de donner votre avis sur la question.

Il porta la main à son cou et déglutit péniblement. Soudain, il fut atteint d'une véritable quinte de toux sèche qui faillit l'étouffer.

Roi Danton fit un signe à son garde du corps.

Oro Masut sortit une superbe gourde dorée et remplit d'eau un verre en cristal qu'il tendit au Stellarque.

Perry Rhodan lui lança un coup d'œil étrange et refusa la boisson.

— Je ne revendique aucun traitement de faveur ! Merci beaucoup, Monsieur Masut, mais je ne puis accepter votre offre.

— Et pourtant, votre conscience peut être tout à fait rassurée, Grand Seigneur ! insista Oro. Mon maître n'utilise pas sa ration tout entière. C'est la raison pour laquelle il m'a prié de vous en offrir une partie.

— Je n'accepte rien d'un…

Libre-Exploiteur, avait-il failli crier, mais le dernier mot se perdit dans une sorte de gargouillis.

Sur un nouveau signe de Danton, l'Etrusien pinça le nez de Rhodan et versa de force l'eau dans sa bouche…

… sous les regards gênés des mutants qui se demandaient si l'on pouvait considérer cette réaction vigoureuse comme une insulte au Stellarque ou comme un secours forcé.

Rhodan lui-même semblait osciller entre la rage et la gratitude.

Atlan saisit la main de son ami.

— Depuis le temps, tu devrais savoir que Roi Danton n'a que de bonnes intentions, dit-il.

Perry Rhodan ouvrit la bouche et pour un peu, il aurait dévoilé l'identité de son fils. Mais heureusement, il se ressaisit à temps, se rappelant qu'il n'avait pas que des personnes initiées en face de lui.

— Revenons à nos moutons, déclara Atlan. Je ne souscris pas inconditionnellement à ton projet. Nous voulions continuer à foncer directement et rapidement vers la périphérie de cette galaxie et commencer seulement là-bas nos recherches. Ici, nous perdons inutilement un temps précieux.

Roi Danton jeta discrètement un coup d'œil à l'Arkonide pour lui exprimer sa reconnaissance. Il devinait que s'il s'opposait à Perry, ce n'était que pour le détourner d'une situation embarrassante.

Au cours de la discussion, l'Arkonide céda progressivement du terrain de sorte que, pour finir, le plan élaboré par Rhodan fut approuvé à l'unanimité.

Le Stellarque proclama sans tarder par intercom le début de l'opération de recherches, et aussitôt l'ambiance s'améliora parmi l'équipage.

Enfin, on avait un but précis !

CHAPITRE 3

L'incandescence bleuâtre qui émanait du centre galactique emplissait tous les écrans panoramiques. Sur celui de poupe se dessinait nettement la gigantesque sphère flamboyante qui mesurait vingt mille années-lumière. Ses bords étaient marqués par un scintillement azuré. La regarder trop longtemps était nocif pour les yeux. Pour autant qu'on le sache, ce phénomène caractéristique était produit par les « Irradiants » sphériques qui fonçaient en nombre incalculable de tous côtés vers le cœur brûlant de la galaxie et qui étaient sans doute responsables de ce flux gigantesque de gaz radiatif que l'on pouvait même distinguer de la Terre à l'aide des télescopes adéquats les plus puissants.

En revanche, rares étaient les « Irradiants » qui fréquentaient le secteur spatial traversé par le *Krest IV*, et les quelques-uns qui s'y hasardaient ne se souciaient plus des propulseurs à impulsion de l'ultracroiseur – vraisemblablement parce qu'il était désormais trop éloigné du centre pour que les rayonnements énergétiques de celui-ci puissent être confondus avec ceux des réacteurs nucléaires du navire.

Roi Danton se détourna de l'écran frontal lorsque le *Krest IV* replongea dans l'espace linéaire. Sur l'écran tridimensionnel apparut l'image d'un soleil rouge orangé. Ce fut le premier objectif des Terraniens.

Le Libre-Marchand ne cessait d'observer attentivement les hommes placés devant les pupitres de navigation.

Leurs visages contractés lui prouvèrent qu'il n'était pas

le seul à souffrir de la soif et de l'affreuse sécheresse de l'air ambiant.

De temps à autre résonnaient une toux rauque et une respiration sifflante. Des jurons éclataient çà et là.

Soudain Danton entendit un choc qu'il prit pour celui d'un homme s'effondrant sans connaissance sur le sol. Mais peu après il découvrit Melbar Kasom qui tapait de toutes ses forces avec une arme, et surtout avec une persévérance mêlée de rage, sur un morceau d'aliment sec, gros comme un ballon de foot.

De sa démarche sautillante, il rejoignit l'Etrusien. Son face-à-main devant les yeux, il l'examina d'un regard morose.

Melbar Kasom ne cessait de lever sa main droite armée de son radiant à impulsions qu'il tenait par le canon et dont il laissait retomber la lourde crosse de terkonite sur un gros cube dur comme une pierre. De minuscules éclats s'échappaient de temps à autre de la masse. L'Etrusien les portait immédiatement à la bouche et les mâchait avec obstination.

— Eh bien, nasilla Roi, mon cher Kasom a-t-il des difficultés à broyer son pemmikan ? Pourrions-nous lui venir en aide ?

Le teint du géant passa au rouge écarlate. Il lança une injure grossière au Libre-Marchand et continua à casser son cube alimentaire.

Comme la voix de l'Etrusien aurait pu réveiller des personnes plongées dans une profonde léthargie, elle attira l'attention des officiers qui occupaient le poste central. Ceux qui n'étaient pas absorbés par des travaux urgents s'approchèrent aussitôt des deux protagonistes.

Roi fit comme s'il n'avait pas saisi l'insulte. Il s'amusa à sautiller autour du spécialiste de l'O.M.U., puis sortit sa tabatière ornée de pierres précieuses et se servit une prise.

— Savez-vous... recommença-t-il son petit jeu. Savez-vous combien de portions contient votre cube ?

— Fous le camp, Mike ! grinça l'Etrusien entre ses dents, de sorte que l'intéressé fut le seul à l'entendre.

Roi exhiba un sourire ironique.

Il ne prit pas au sérieux cette menace indirecte. Jamais Melbar ne se permettrait de dévoiler sa véritable identité – ou du moins pas sans une raison bien fondée.

— C'est la ration quotidienne pour tout l'équipage d'une corvette, poursuivit-il. Faites attention, sinon vous allez vous donner une indigestion.

Kasom lâcha un grognement sonore. Puis il saisit le cube à deux mains et le lança à la tête de Roi Danton.

Mais le coquin s'attendait à une réaction de ce genre. D'un geste à peine perceptible, il tira sa rapière de l'étui et la leva en l'air tout en effectuant un entrechat vers la gauche.

Une lueur bleuâtre déforma brusquement les contours de la lame. Le cube la frappa violemment… et se cassa en deux morceaux de grosseur presqua similaire.

— Voilà ! s'exclama Roi Danton d'une voix stridente. Approchez donc, Mesdames et Messieurs ! Vous allez voir le plus grand miracle de la galaxie M 87 ! Un demi-sauvage borné, originaire de la planète Etrus, qui attend son repas la bouche grande ouverte !

Il donna quatre rapides coups de rapière sur une des moitiés du cube, saisit un morceau de la taille d'un énorme poing et le lança dans la bouche de l'Etrusien.

Ce fut seulement à ce moment-là que Kasom reprit contenance.

Mais lorsqu'il se rendit compte qu'il ne pouvait tempêter avec la bouche pleine, il se résigna à son sort et essaya de tirer le meilleur parti de la situation. Evidemment il ne pouvait ni croquer ni mâcher le gros morceau que lui avait jeté le Libre-Marchand. Aussi le tourna-t-il et le retourna-t-il entre la langue et le palais, certain que s'il le suçait comme un bonbon, il réussirait à le ramollir au bout d'un certain temps.

Les hommes riaient de bon cœur. Ils avaient formé un

cercle autour de Kasom et de Danton, dans l'espoir de nouvelles plaisanteries du même genre.

Avec la lame vibrante de sa rapière, Roi concassa le reste du cube en morceaux de la grosseur d'une noix pour les distribuer aux spectateurs et acteurs de la farce.

— Et qu'on ne vienne pas dire... gronda-t-il tout en cassant de nouvelles rations, qu'on ne vienne pas dire... que le cœur d'un roi reste insensible à son peuple ! Au contraire, il s'occupe de lui comme un père, sans même penser à lui-même. (Il distribua les derniers morceaux.) Bon appétit ! cria-t-il. Et n'oubliez pas que nous possédons encore à bord une multitude de superbes cubes alimentaires, aussi compacts et secs que celui-ci ! Suffisamment en tout cas pour organiser de véritables fêtes orgiaques !

De nouveau, les hommes éclatèrent de rire.

Mais il n'échappa pas à Roi Danton que le rire sonnait faux chez certains d'entre eux. Il vit les lèvres crevassées et les yeux rougis, et il sentit bien que même ses farces tellement appréciées en temps normal avaient perdu de leur impact.

Il soupira et tourna les talons pour rejoindre la table des cartes en sautillant.

Lorsqu'il se retrouva dans son fauteuil-contour, son exubérance et ses manières précieuses tombèrent comme un masque de mauvaise qualité. Il se mit lui aussi à tousser et ferma les yeux. Ses doigts se cramponnèrent aux bras du fauteuil.

— Oro, j'ai un étourdissement, murmura-t-il.

Son garde du corps étrusien s'empressa d'aller chercher une part de sa propre ration d'eau, mais Danton refusa.

— Tu en as plus besoin que moi, Oro. Je me demande vraiment comment vous, les Etrusiens, vous tenez le coup avec cette nourriture compacte à peine digérable et ces rations d'eau minimes.

Un grognement sonore lui fit tourner la tête vers la droite.

L'Emir se glissa devant lui, les oreilles tombantes.

— Hello, Monsieur L'Emir ! dit Roi à voix basse. Depuis quand grognez-vous comme un fauve ? Vous nous avez fait peur, mon cher !

L'Emir s'arrêta et regarda l'incorrigible bavard.

— Moi, grogner comme un fauve ? s'insurgea-t-il d'une voix stridente. C'était mon estomac, Libre-Exploiteur. (Il retint un soupir.) Pas de carottes ni de pointes d'asperges à se mettre sous la dent, pas même d'artichauts... ! Comment un mulot-castor pourrait-il vivre uniquement de confiture sèche faite de poudre de chlorella et de sucre synthétique ?

— Pauvre petit ! le consola Roi d'un air compatissant, et il gratta le mulot-castor derrière les oreilles. Si au moins je pouvais faire quelque chose pour toi !

— Tu n'aurais pas par hasard quelques conserves dans tes bagages ? susurra L'Emir plein d'espoir.

— Si. Mais elles sont tout aussi empoisonnées que toutes celles que nous avons à bord. La seule chose que je puisse faire, c'est te refiler une partie de ma ration de concentré. J'espère que tu supportes ce régime ?

— Je déteste ce truc, riposta L'Emir. Je préfère mourir de faim plutôt que d'avaler ces saletés.

Et il s'éloigna cahin-caha d'un air las.

Roi hocha la tête.

— Ça ne pourra plus durer longtemps comme ça, Oro.

L'Etrusien se laissa tomber dans son siège, le visage marqué par la douleur.

— Le mulot-castor au moins n'aura pas trop à souffrir du manque de boisson. Sur Perdita, sa planète d'origine, il n'y avait pas la moindre goutte d'eau de source.

— Par contre, ils avaient de la nourriture hydratée, corrigea Roi. Chez nous, au fil du temps, nos concentrés finiront par pomper toute l'eau de nos corps.

Oro Masut ouvrit la bouche pour répondre. Mais avant qu'il ait pu prononcer un mot, une secousse violente ébranla le navire. La gravitation artificielle s'était interrompue pour quelques secondes, et Roi Danton eut l'impression que sa tête pendait en arrière par-dessus le dossier de son fauteuil sans qu'il pût la retenir.

La situation se normalisa alors que les sirènes d'alarme hurlaient encore à travers le *Krest IV*.

Le commandant Akran s'annonça par le circuit intercom général.

— Nous venons de frôler les protubérances éruptives d'un soleil variable. Il n'y a aucune raison de s'inquiéter, car nous nous trouvons toujours dans l'espace linéaire. Ce que nous avons ressenti, c'étaient les incidences de phénomènes hyper-physiques. Tout danger est écarté à présent. Terminé.

— Heureusement que nous n'avons pas traversé le soleil lui-même, remarqua Oro Masut.

— Normalement, cela ne devrait avoir aucune conséquence sur un ultracroiseur comme le *Krest*, riposta Danton.

L'Etrusien hocha la tête.

— Pas directement, certes. Mais cela pourrait provoquer des effets secondaires sur les blocs-propulsion et surtout sur les kalups. Pour autant que je sache, ce phénomène s'est produit il y a quelques siècles. Le navire a été perdu corps et biens.

Roi approuva d'un signe de tête.

— Je sais, dit-il à mi-voix. Mon père naviguait sur ce vaisseau. Il a réussi à s'en sortir avec quelques rares hommes et ils ont été recueillis plus tard par un contrebandier.

Ce souvenir lui arracha un éclat de rire.

— Cette histoire a eu aussi son côté amusant... pour les survivants.

— Le *Krest* effectue actuellement sa réémersion dans le continuum einsteinien, annonça la voix du Stellarque dans les haut-parleurs. Face à nous apparaît le système d'un soleil rouge orangé. Brûlons des cierges pour que nous y découvrions une planète qui nous convienne ! Terminé.

— Dommage que je n'aie pas un cent de bougies sous la main ! commenta Danton sur un ton laconique.

*
* *

— Encore un tour pour rien ! déclara Perry Rhodan en revenant de la centrale de détection. Entre-temps, les astrophysiciens ont conclu qu'il n'existe pas un seul soleil possédant des planètes dans ce secteur de la galaxie M 87.

Roi Danton serra les dents.

— Nous n'en avons examiné qu'une vingtaine de près, Grand Seigneur. Allons-nous abandonner si vite la partie ?

Rhodan haussa les épaules et fixa d'un œil furieux le secteur de bâbord de l'écran panoramique sur lequel on pouvait voir l'image d'un soleil bleuâtre.

— Je propose que nous mettions immédiatement le cap sur la zone périphérique de la galaxie, jeta le colonel Merlin Akran.

Roi tourna la tête discrètement.

— Regardez vos hommes, Monsieur. Un tiers de l'équipage va défaillir dans les heures qui viennent. La sécheresse de l'air est une véritable torture. Il n'y a personne à bord qui puisse se flatter d'avoir encore les muqueuses intactes.

Il se massa le cou.

— D'ici peu, nous ne serons plus capables de prononcer un mot correctement, ajouta-t-il sur le ton de l'ironie.

— J'ai… commença le Stellarque, mais il s'interrompit lorsque Melbar Kasom émergea du puits antigrav.

L'Etrusien poussait deux astronautes devant lui.

— Monsieur ! lança-t-il de sa voix tonitruante. Je suis arrivé au moment où ces hommes essayaient de puiser de l'eau dans les réserves de quelques spatiandres stockés au dépôt des équipements.

Perry Rhodan toisa les coupables d'un air glacial.

— Vous rendez-vous compte que ce qui vous attend,

c'est l'expulsion de l'Astromarine Solaire, assortie d'un blâme qui plus est ? demanda-t-il à voix basse.

Les deux hommes rougirent jusqu'au bout des oreilles.

— Oui, Monsieur ! répondirent-ils en baissant les yeux.

— Colonel Kasom ! appela Rhodan. Ces deux hommes sont consignés à partir de maintenant et dispensés de service à bord. Ils auront à défendre leur cause plus tard devant un tribunal militaire.

Kasom salua.

Il saisit les deux soldats au collet et les repoussa dans le puits antigrav.

— Pauvres types ! murmura Roi.

Le Stellarque lui lança un regard étrange.

— Moi aussi, je suis désolé pour eux, Monsieur Danton. Mais dans l'intérêt de la discipline à bord, je suis obligé de châtier à titre d'exemple tous ceux qui essaient de se procurer des avantages sur le dos de la communauté.

Il fut obligé de toussoter pour venir à bout de la sécheresse de sa gorge.

— Colonel Akran, prenez immédiatement des mesures, je vous prie, pour que les dépôts d'équipements soient interdits d'accès à toute personne étrangère au service. En outre, je vais m'adresser à l'équipage par l'intercom général pour que de tels incidents ne se reproduisent plus.

— A vos ordres, Monsieur ! confirma Merlin Akran avec une impassibilité étonnante. Pouvez-vous me donner les instructions relatives au cap ?

Rhodan approuva d'un signe de tête.

— Nous allons interrompre les recherches entreprises dans ce secteur et mettre le cap le plus droit possible sur la zone périphérique de la galaxie. Ne prenez aucun risque, je vous prie. Evitez absolument toutes les concentrations stellaires, les novae en gestation et les nuages de gaz. Il vaut mieux réémerger une fois de plus qu'une fois de moins dans l'espace normal.

— Parfaitement, Monsieur ! répondit Akran d'une voix rauque. Je vous présenterai les coordonnées de l'étoile que nous choisirons comme objectif dès que nous aurons localisé un soleil qui corresponde à nos attentes.

— Dommage que je ne puisse pas faire quelque chose pour améliorer le sort de mes enfants, soupira Icho Tolot.

Etant donné sa constitution particulière, le Halutien n'avait encore rien perdu de ses forces. Lui et son collègue arrivaient sans peine à broyer la nourriture déshydratée et à la digérer, et ils étaient capables de supporter longtemps le manque de liquide.

— Peut-être devrions-nous l'abattre pour nous en repaître, remarqua Oro Masut d'un air pensif.

Rhodan et Roi Danton éclatèrent de rire.

Ils s'efforçaient de garder un optimisme inébranlable face à l'équipage, en faisant semblant de dominer toutes les difficultés avec un sourire. C'était sans doute en partie grâce à ce comportement que les autres n'avaient pas encore perdu tout courage.

Alors qu'au début, près de cinquante pour cent de l'effectif avaient souffert d'allergies diverses pour avoir bu de l'eau régénérée, à présent il ne restait plus dans les salles de l'hôpital de bord que huit soldats parmi les plus jeunes ainsi que deux femmes astronautes, qui étaient atteints de symptômes d'allergie. La campagne de mise au point avait eu un impact étonnamment positif.

Le rire tonitruant de Tolot se fit entendre.

— En ce qui me concerne, Messieurs, vous risqueriez fort d'attraper des complications gastriques !

— Hélas ! soupira Oro en guise de commentaire. Je préfère encore sucer des rations déshydratées.

Il sortit de sa poche un objet ovoïde dur comme une pierre et le porta à sa bouche.

— La sucette moderne de marque M 87, annonça-t-il avec une pointe d'humour noir. Durée garantie cent ans.

Cette fois-ci, Perry Rhodan ne réussit pas à rire.

— Je crois qu'il serait préférable que vous retourniez à bord de votre navire, Tolot. Sinon Fancan Teik risque de se trouver bien solitaire pendant la prochaine étape linéaire.

Le Halutien prit congé sans s'attarder et pénétra dans le puits antigrav pour se laisser porter jusqu'au pôle supérieur du *Krest IV* où se trouvait l'accès à son vaisseau.

Quant au Stellarque, il s'assit devant le microphone à rainures du circuit intercom général et, le cœur lourd, il annonça que tous ceux qui toucheraient aux réserves d'eau et de nourriture contenues dans les spatiandres seraient immédiatement traduits en conseil de guerre.

Pendant ce temps, l'ultracroiseur vibrait de toute sa membrure sous le rugissement déchaîné de ses blocs-propulsion. Le *Krest IV* démarra en trombe, puis fonça à l'accélération maximale vers un objectif éloigné de dix mille années-lumière.

CHAPITRE 4

Le 25 janvier 2436, en temps standard terranien, le *Krest IV* était encore à six cent quatre-vingt-dix années-lumière de l'étoile qu'il s'était fixée comme objectif.

Il naviguait de nouveau dans le continuum einsteinien. Face à lui scintillait un amas stellaire, ou plus précisément la zone périphérique « supérieure » de cette nébuleuse qui mesurait environ deux cent soixante-dix années-lumière. L'ultracroiseur avait de nouveau changé de cap et volait par le « haut » à soixante pour cent de la vitesse luminique, prêt à contourner l'obstacle.

Ce fut également ce jour-là, dans la matinée, que l'équipage apprit l'épuisement des dernières réserves d'eau potable.

Les stocks des quelques chaloupes et chasseurs *Mosquito* oubliés par le gnome n'avaient permis de tenir qu'un laps de temps très bref. Aux profanes, ceci aurait pu paraître paradoxal, car les réservoirs d'eau d'une chaloupe avaient à eux seuls une capacité supérieure à ce que tout l'équipage d'un ultracroiseur aurait pu consommer dans ce laps de temps.

Mais ce paradoxe n'était qu'apparent ; il obéissait à un principe raisonnable. Tout commandant de chaloupe expérimenté évitait, pendant les périodes d'inactivité de son navire, de faire remplir les réservoirs qui n'étaient pas équipés de systèmes automatiques de refroidissement. Un stockage de plusieurs semaines, à plus forte raison de plusieurs mois, aurait sinon transformé l'eau potable la plus pure en liquide saumâtre. Aussi ne faisait-on le plein que juste avant le départ en mission.

L'eau qui avait été consommée durant ces jours de disette était le produit régénéré des liquides d'excrétions.

Perry Rhodan leva le regard inquiet de ses yeux couleur anthracite vers le lieutenant-colonel Ische Moghu.

L'Afro-Terranien, âgé de cinquante-deux ans et commandant en second du *Krest IV*, transmit ses directives comme d'habitude à la salle des machines : clairement, brièvement et sur un ton enjoué. Seule différence cette fois-ci, il ne riait pas, comme il le faisait généralement de bon cœur. Ses lèvres formaient une crevasse béante et ses yeux brillaient de fièvre dans son visage défait. De temps à autre, le corps du géant de deux mètres tressaillait comme s'il était secoué de convulsions. Manifestement, il souffrait lui aussi de crampes d'estomac et de douleurs intestinales, tout comme Rhodan.

Machinalement, le Stellarque voulut se passer la langue sur les lèvres. Comme il n'y arrivait pas, il se rendit compte une fois de plus qu'elle gisait dans sa bouche, telle une grosse limace desséchée et durcie. Il lutta pendant plusieurs secondes pour retenir une quinte de toux atroce.

Quelqu'un lui glissa une éponge humide entre les lèvres.

Il lutta pour repousser les cercles de feu qui tournaient devant ses yeux et regarda Tar Szator.

— Restez bien calme, Monsieur, murmura l'Auroranien. Evitez de remuer inutilement et de parler sans raison !

Au premier réflexe, Rhodan fut tenté de suivre ce conseil car il était judicieux. Mais aussitôt, le sang lui monta au visage, symptôme de honte et de colère.

— Je ne veux pas avoir une goutte d'eau de plus que mes hommes ! prononça-t-il avec difficulté. En outre, vous avez aussi besoin… vous-même… de votre ration.

Les yeux de Tar Szator brillèrent d'ironie. Il repoussa la main de Rhodan et pour la seconde fois, pressa l'éponge humide sur ses lèvres. Puis il appuya son long index osseux contre les pommettes du Stellarque pour le forcer à desserrer les dents et lui glissa de nouveau l'éponge trempée dans la bouche. Contre sa volonté, Rhodan fut bien obligé d'avaler le liquide revitalisant.

Szator reprit son éponge et la plongea dans une gourde remplie d'eau qu'il portait autour du cou, attachée par un lacet de cuir.

— Vous n'êtes pas du tout une exception, Monsieur, lui expliqua-t-il sérieusement. Je suis toujours venu au secours de ceux qui en avaient le besoin le plus urgent. Et vous ne m'empêcherez pas de continuer à agir de la même façon.

Perry Rhodan se redressa. Il se sentait dominé par des sentiments contradictoires.

— Où… D'où vient cette eau ? demanda-t-il avec une méfiance à peine dissimulée. La dernière distribution date de hier matin.

Sur le visage couleur bronze de Szator, les rides se multiplièrent soudain.

— Vous me soupçonnez à tort, Monsieur. J'ai économisé toutes mes rations parce que je me suis dit qu'un jour viendrait où elles pourraient me servir à secourir les autres.

— Mais vous… ?

L'Auroranien haussa ses maigres épaules.

— Vous vous rappelez peut-être encore qu'après avoir mangé inconsciemment des algues dans les jardins hydroponiques, je me suis rendu compte que j'étais immunisé contre le poison innervant ? Aussi, jusqu'à présent, j'ai survécu grâce à l'eau et aux aliments contaminés – et je continue à le faire. Pourquoi aurais-je gaspillé de la précieuse eau potable ?

Rhodan comprit que le petit colon terranien avait agi en héros. Car il fallait une bonne dose de courage pour risquer jour après jour un empoisonnement mortel. Le fait qu'il ait survécu une fois ne garantissait pas qu'il s'en sortirait indemne par la suite.

— Je vous remercie, dit-il. Vous voulez bien me parler de votre planète d'origine ? J'aimerais beaucoup savoir comment on vit là-bas.

Tar secoua la tête, une tête étonnamment grosse en proportion de son corps malingre.

— Les Auroraniens ne parlent que quand c'est absolument indispensable, Monsieur. Lisez plutôt les détails dans le Manuel, je vous en prie.

A pas lents, il se rendit auprès de Moghu afin de poursuivre la thérapie qu'il avait utilisée pour le Stellarque.

Perry Rhodan le suivit des yeux en hochant la tête.

Il était décidé à se faire apporter le *Manuel des Mondes Colonisés de l'Empire Solaire* dès qu'il aurait un peu de temps pour lire.

Mais aussitôt il fronça les sourcils.

Du temps pour lire… ?

Non, il ne le lirait jamais s'il ne le faisait pas sur-le-champ.

Aussi se mit-il en communication intercom avec la bibliothèque de bord.

— Envoyez-moi s'il vous plaît la bande Auroran du Manuel des Mondes Coloniaux, ordonna-t-il au bibliothécaire de service.

Une minute plus tard, le tube pneumatique d'acheminement expulsa un cylindre aux reflets d'argent. Rhodan l'ouvrit et y trouva le nécessaire de lecture habituel ainsi qu'un micro-enregistrement sur la colonie appelée Auroran.

Lorsqu'un quart d'heure plus tard, Atlan s'approcha de la table des cartes et vit à quoi s'occupait son ami, il fronça les sourcils, au comble de l'étonnement. Mais il était lui-même trop épuisé pour faire la moindre remarque.

*
* *

— Quarante mille années-lumière d'ici au centre, Monsieur, annonça le colonel Merlin Akran.

Perry Rhodan concentra toute son attention sur l'écran de l'intercom. Il s'attendait à voir apparaître le visage de son commandant, mais n'aperçut qu'une grosse nuée scintillante. Son crâne menaçait d'éclater.

— Ça… devrait… suffire, non ? demanda-t-il péniblement

— Distance de ce soleil 1,5 année-lumière, poursuivit Akran. Les détecteurs de masse sont au travail. J'espère…

Le reste se perdit dans une quinte de toux.

— Terminé ! croassa le Stellarque avant de débrancher l'intercom.

A côté de lui, Roi Danton se laissa tomber dans un fauteuil-contour. Mais Rhodan ne s'en rendit compte que lorsque le Libre-Marchand lui adressa la parole.

— Bonjour, Grand Seigneur ! Comment allez-vous ?

— Que signifie… cette mauvaise plaisanterie ? chuchota l'interpellé.

Ses cordes vocales étaient douloureuses et il n'arrivait pas à imaginer qu'il n'en était pas de même pour son voisin.

— Oh ! Pardon ! s'excusa Roi. Je ne savais pas que vous étiez de mauvaise humeur. Je voulais seulement savoir comment vous alliez.

— Il m'est déjà arrivé de me sentir mieux qu'en ce moment, riposta Rhodan sur un ton ironique. Et vous, Monsieur Danton, comment allez-vous ?

— Mise à part une constipation opiniâtre, je me sens parfaitement bien.

— Une consti…

Le Libre-Marchand toussota.

— Eh oui, Grand Seigneur. Sans doute due à une diète prolongée.

Malgré lui, le Stellarque ne put s'empêcher de rire. Mais pas pour longtemps, car il lui sembla que des lames de couteau chauffées à blanc lui tailladaient la gorge.

— Votre humeur est d'une nature plutôt macabre, murmura-t-il.

— Comme vous le dites, Grand Seigneur.

Roi se remit à toussoter à son tour.

— L'équipage se trouve dans un état… euh… un état d'indisposition progressive, Grand Seigneur. Ou, pour être plus clair en employant le langage du menu peuple : il est au bout du rouleau. Dans ces conditions…

Perry Rhodan réussit enfin à chasser les scintillements qui lui embrumaient les yeux, et il se leva de son siège.

— Qu'est-ce que vous voulez au juste ? Dites-le d'une façon claire et précise, sinon je vous arrache votre costume de fou de mes propres mains ! Alors… ?

Un bref coup d'œil sur le visage de Danton lui coupa la parole.

Le buste du Libre-Marchand assis à côté de lui oscillait. Ses joues étaient blêmes, son nez et ses lèvres enflés et couverts de crevasses, ses yeux couleur de fraise mûre. Et malgré tout, il réussit à se poudrer les joues avec son éternelle houppette.

Perry Rhodan n'était pas loin d'admirer son fils. Mike n'était pas seulement le jeune ambitieux qui ne voulait rien devoir à son père – ce que celui-ci avait immédiatement compris lorsque le roi des Libres-Marchands avait laissé tomber son masque devant lui. Il était aussi devenu un homme doué d'une grande maturité, capable de conserver sa dignité même dans les situations les plus désespérées.

— Alors… ? répéta-t-il, mais cette fois, sans l'ombre d'une menace.

Roi sourit et tamponna sa houppette sur les traînées sanguinolentes qui coulaient de sa lèvre inférieure crevassée.

— Dans cette vaste cage ancrée au pôle supérieur de notre vaisseau sont assises deux super-créatures, Grand Seigneur, pour ainsi dire les deux seules qui n'ont rien perdu de leurs facultés et sont encore parfaitement opérationnelles. Je propose que nous envoyions les Halutiens à la recherche de cette planète, dès que nous aurons détecté un soleil qui remplira nos espoirs.

De nouveau, il essaya d'enrayer une quinte de toux avec ses minauderies habituelles. Mais cette fois, il n'y parvint pas. Pris de crampes insupportables, il se mit à râler et son visage vira au bleu.

A ce moment précis apparut l'Auroranien avec son éponge.

Dès que le Libre-Marchand épuisé se fut un peu calmé et qu'il put respirer normalement, Tar Szator chuchota à l'oreille du Stellarque :

— C'étaient les dernières gouttes d'eau qu'il me restait, Monsieur. Je vous en prie, dépêchez-vous. Si nous ne trouvons pas dans les plus brefs délais une planète dotée d'eau fraîche, alors…

Rhodan n'avait pas besoin d'en entendre davantage.

Il se mit en communication radio avec les Halutiens et leur fit part de la proposition de Danton. Icho Tolot et Fancan Teik donnèrent spontanément leur accord.

— Enfin, je vais pouvoir faire quelque chose pour mes enfants ! brama Tolot. Prévenez-nous immédiatement dès que vos gens auront découvert quelque chose. Il va de soi que nos détecteurs de masse fonctionnent aussi depuis notre réémersion dans le continuum einsteinien.

Le Stellarque les remercia d'un sourire.

Quel soulagement de penser qu'en cas de détresse, on pouvait se fier à quelqu'un de sûr !

Une demi-heure plus tard, les appareils localisèrent à bâbord un gigantesque soleil rouge, situé à une distance de huit mois-lumière seulement. Les détecteurs de masse révélèrent qu'il possédait au moins quatre planètes de grande taille, et vraisemblablement aussi plusieurs satellites moyens et petits.

Les astrophysiciens confirmèrent les analyses en s'appuyant sur les tracés.

Au même moment, les Halutiens annoncèrent un résultat identique.

Icho Tolot demanda la désactivation du champ magnétique qui maintenait leur petit vaisseau ancré au pôle supérieur de l'ultracroiseur.

Le Stellarque donna des instructions en ce sens. Puis il déclara d'une voix lasse dans le micro :

— Bonne chance, Tolot !

Le géant halutien s'approcha de la caméra d'enregistrement.

— Nous allons faire au plus vite, Monsieur ! Tenez encore le coup un moment. Ça ne pourra plus durer longtemps maintenant !

— Je me sens mal, chuchota Roi Danton.

Rhodan jeta sur le Libre-Marchand un regard inquiet.

— Faut-il que j'appelle un médi-robot ?

Roi refusa d'un geste.

— Seulement s'il m'apporte un grand verre de bière bien fraîche, Grand Seigneur. Mais, c'est vrai… on a « régénéré » la bière, elle aussi, pour éviter que l'équipage n'en abuse.

Nouvelle quinte de toux.

— Ne parlez pas tant ! le gronda Atlan.

Le Lord-Amiral s'assit dans un fauteuil-contour. Lui aussi, il avait de la peine à respirer.

— Je reviens… de l'hôpital de bord, Perry… Ça va mal… J'y ai trouvé… L'Emir… Il délire…

— Ça lui arrive souvent, remarqua Danton d'un air désobligeant.

Atlan leva le bras, puis le laissa retomber.

— Mon énergie est trop précieuse pour que je…

Sa voix se perdit dans un râle.

— Faites-vous une compresse froide en guise de cache-nez autour du cou ! lança encore Danton, mi-compatissant mi-ironique.

L'Arkonide grogna un juron en français.

Rhodan tendit l'oreille vers la voix du commandant qui résonnait, étouffée, dans le haut-parleur de l'intercom. En fait, contrairement à son habitude, Merlin Akran se contentait de murmurer au lieu de donner libre cours à la puissance étonnante de son organe epsalien.

Lui aussi paraissait souffrir beaucoup du manque d'eau.

Soudain, le Stellarque se rendit compte qu'il n'avait plus vu les deux Etrusiens depuis quelques heures. Il demanda à Atlan si lui, de son côté, en avait entendu parler.

— Kasom et Masut sont couchés dans des lits de l'hôpital de bord, répondit Atlan d'une voix grave. Ils souffrent beaucoup plus encore que nous. Le médecin leur accorde au maximum dix heures de survie.

Perry Rhodan ne put retenir un gémissement étouffé.

Aussitôt, le Libre-Marchand se pencha vers lui.

— Qu'est-ce qui ne va pas, mon ami ?

Le Stellarque leva la main dans un geste de dénégation.

— Vous n'avez pas respecté le titre qui revient au Stellarque, intervint Atlan non sans ironie. Quand vous lui adressez la parole, il faut dire « Grand Seigneur » !

— Vous avez raison, comme toujours, Sire, reconnut Danton.

— La paix ! cria Rhodan, furieux.

Il essaya d'obtenir une liaison intercom avec l'hôpital de bord. Comme ses mains ne voulaient plus lui obéir, il perdit quelques minutes.

Avec effroi, il comprit ce à quoi on pouvait s'attendre si tous les responsables avaient les mêmes problèmes au cours d'une manœuvre d'atterrissage.

— Je veux parler au médecin-chef ! croassa-t-il dès que la communication fut établie.

Le docteur Ralf Artur se présenta quelques secondes plus tard.

— Je n'ai pas le temps, Monsieur, murmura-t-il d'une voix enrouée. Inutile de poser des questions. Nous faisons ce que nous…

— Je sais, l'interrompit Rhodan. Voici une chose très importante : programmez les médi-robots pour qu'ils se tiennent prêts avec des produits stimulants. Un quart d'heure avant la manœuvre d'atterrissage, je veux que l'on injecte à tous les hommes de service les doses de stimulant les plus fortes qu'ils peuvent supporter !

Le médecin ricana d'une façon désagréable.

— Cela risque d'entraîner la mort chez quelques-uns d'entre eux, Monsieur ! Certes, on peut remonter un organisme totalement épuisé, mais la surcharge qui en résulte est susceptible de provoquer des dommages corporels irréparables ou de graves troubles circulatoires qui entraîneront la mort à brève échéance.

Le Stellarque eut à lutter contre une nouvelle quinte de toux.

— Répondez à ma question, docteur : pourriez-vous faire une opération au cerveau dans l'état où vous vous trouvez actuellement ?

— Ce serait la mort assurée pour le patient !

— Vous voyez ? conclut Rhodan d'une voix lasse. Et ce serait la mort assurée de tout l'équipage si un pilote ou un navigateur par exemple tentait un atterrisage dans son état actuel…

— Je comprends, rétorqua le docteur Ralf Artur à mi-voix. Je vais transmettre immédiatement les instructions qui conviennent aux médi-robots, Monsieur.

— Merci ! dit simplement Rhodan.

Il ne fut même plus capable de débrancher l'intercom. Sa tête tomba sur le côté. La nuit de l'inconscience s'empara de son esprit.

*
* *

Lorsqu'il reprit connaissance, il entendit le bourdonnement des générateurs et en conclut que le *Krest IV* avait accru son accélération.

Curieusement, il ne souffrait presque plus. Le monde qui l'entourait lui parut enveloppé d'un nuage cotonneux. Il se redressa à grand-peine.

Roi Danton était effondré dans le fauteuil voisin du sien. Profondément endormi ou inconscient.

Perry Rhodan se dirigea à pas lents vers le pupitre de commandes.

Lorsque la silhouette immobile du colonel Akran étendue sur une civière antigrav fut poussée devant lui par deux médi-robots, il accéléra sa démarche.

La peur s'empara de lui.

Qui allait piloter le navire si le commandant venait à être indisponible ?

Mais le siège du pilote était occupé.

Atlan tourna la tête vers lui. Il avait entendu son ami approcher.

— Tout va bien, Perry… murmura-t-il.

Rhodan leva les yeux vers l'écran frontal et le fixa jusqu'à ce que sa vue soit redevenue presque normale.

Une sphère incandescente de la taille d'une balle de tennis planait en frémissant dans l'obscurité du cosmos, accompagnée de points scintillants de couleur argentée à l'arrière-plan.

Il fallut plusieurs minutes au Stellarque pour prendre conscience de ce que le tremblement du disque solaire et les autres phénomènes provenaient des perturbations qui entachaient sa propre faculté de perception.

Quelques minutes encore s'écoulèrent avant qu'il ne comprît enfin que le *Krest IV* se trouvait déjà dans la zone périphérique du système de cette géante rouge.

Cela lui donna un choc salutaire.

Il secoua l'épaule d'Ische Moghu.

— Avons-nous des nouvelles des Halutiens, colonel ?

Ische Moghu agita la tête en guise de réponse affirmative et montra son cou de l'index.

Il ne pouvait plus parler !

— Attention ! Un nouveau message ! entendit-on soudain.

La voix retentissait dans le haut-parleur de l'appareil qui recevait les hypermessages relayés directement par le centralcom vers le poste de commandement.

— Nous sommes en train de passer au crible le système planétaire !

— Hello, Tolot ? lança Rhodan.

— Ici Teik, répondit la voix. Une bonne nouvelle, Monsieur. Le soleil rouge possède, comme nous l'avons déjà dit, trois planètes intérieures. La première n'est qu'un brasier en fusion ; la seconde totalement sèche ; la troisième paraît sensiblement de même nature que la Terre. Tolot vient de me donner les derniers résultats d'analyse, Monsieur. C'est un monde oxygéné possédant de vastes océans, des lacs et des fleuves !

— Merci ! bredouilla Perry Rhodan. Merci, Teik ! Nous arrivons !

— Nous venons à votre rencontre, répliqua Fancan Teik. J'espère que nous réussirons à vous diriger. Nous recherchons encore une aire d'atterrissage adéquate. Terminé !

— Merci ! Terminé ! s'écria Rhodan.

Il gratifia le Lord-Amiral d'une bonne tape sur l'épaule.

— Ça y est, ami. Nous avons réussi !

Il écarquilla les yeux en voyant Atlan s'effondrer sans dire un mot. Ses doigts n'avaient pas lâché la commande d'accélération, mais ils tiraient lentement le levier vers la position d'arrêt.

Tout d'abord paralysé par la vue de son ami inanimé, Perry Rhodan finit par recouvrer ses esprits. Il essaya d'extirper l'Arkonide de son siège pour prendre sa place, mais il n'en avait plus la force.

— Moghu, venez m'aider, s'il vous plaît ! cria-t-il au commandant en second.

Ische Moghu se dressa à demi, puis s'écroula de nouveau sur son fauteuil, à bout de forces.

A ce moment-là, deux médi-robots vinrent au secours du Stellarque. Ils n'eurent aucun mal à soulever Atlan et à le déposer sur une civière antigrav.

Après ces efforts qui étaient restés vains, Rhodan se sentait tellement lessivé qu'il ne put même pas s'occuper de son ami. Il grimpa dans le siège du colonel Merlin Akran, qui était beaucoup trop grand pour lui, et vérifia les contrôles. Puis il repoussa lentement le levier d'accélération jusqu'à la butée.

Le grondement des blocs-propulsion s'enfla pour résonner jusque dans le poste central. Avec de légères secousses, le *Krest IV* pénétra plus avant dans l'inconnu de ce système solaire.

Une heure plus tard, une ombre noire apparut sur l'écran frontal. Aussitôt après, Icho Tolot s'annonça par télécom.

— Suivez-nous, Monsieur, dit-il. Nous allons vous précéder jusqu'à la troisième planète.

Le Stellarque vit le petit navire noir s'incliner sur tribord pour aborder un virage. Il changea aussitôt le cap et suivit à vue les Halutiens.

— Donnez-moi d'autres détails concernant cette planète ! demanda-t-il.

Ce que fit Icho Tolot.

Le diamètre équatorial de la troisième planète mesurait, selon les calculs des Halutiens, 12 916 kilomètres, ce qui était légèrement supérieur à celui de la Terre. La durée de rotation de ce monde se montait à 29,6 heures. Sa température moyenne s'élevait à trente-huit degrés C à cause du rayonnement puissant du soleil.

Il possédait deux lunes de taille et de durée de révolution égales. L'une et l'autre étaient constituées de blocs de rochers sans vie couverts d'une épaisse couche de poussière. Elles étaient situées exactement en face l'une de l'autre, autrement dit elles formaient un angle de cent quatre-vingts degrés.

En outre, Tolot les informa que son collègue et lui avaient localisé sur la planète une vaste savane qui s'étendait sur un haut-plateau et ferait une excellente aire d'atterrissage. Autre détail qui ne manquait pas d'intérêt pour les Terraniens assoiffés : il y avait suffisamment d'eau fraîche pour assurer la consommation de toute une flotte d'ultracroiseurs.

— Merci infiniment, dit Rhodan. Vous ne pouvez pas savoir à quel point je vous suis reconnaissant de tout ce que vous venez de m'apprendre, Tolot !

— Je vous en prie, répondit le Halutien d'un air gêné.

Vous savez bien que je suis toujours prêt à tout faire pour le bien-être de mes enfants !

Le Stellarque sourit – mais personne ne s'en rendit compte. Ses traits étaient figés.

— Clearwater ! murmura Ische Moghu d'une voix sans timbre. Sus à l'eau fraîche !

Perry Rhodan jeta un regard sidéré sur le commandant en second, puis, se reprenant, il acquiesça d'un signe de tête.

— C'est une idée géniale que vous venez d'avoir, Moghu. Notre nouvelle planète s'appellera Clearwater !

Et elle garda effectivement ce nom.

Nom qui fut d'ailleurs étendu à tout le système solaire.

De toute la puissance de ses blocs-propulsion, le *Krest IV* poursuivit son vol – avec une équipe d'hommes épuisés et fiévreux aux contrôles et aux leviers de commande.

Dans de telles conditions, personne n'aurait été en mesure de s'intéresser à autre chose qu'au vaisseau noir qui les conduisait vers Clearwater. Ils aperçurent en passant les quatre mondes extérieurs qui ressemblaient à Jupiter, mais sans leur accorder la moindre attention.

Lorsque la troisième planète apparut enfin sur les écrans panoramiques, tout le navire fut secoué d'un énorme soupir de soulagement.

Les hommes fixèrent d'un regard fasciné le plastoverre dépoli. Chaque fois que les nuages libéraient la vue sur les reflets mouvants des océans, des cris rauques éclataient, exprimant l'enthousiasme général.

Un quart d'heure très précisément avant l'instant prévu pour l'atterrissage, une multitude de médi-robots se répandit dans le poste de commandement, la centrale de détection, la salle des machines et toutes les autres sections dont les équipes participaient plus ou moins directement aux manœuvres imminentes.

Quelques secondes seulement après avoir reçu l'injection stimulante, Rhodan sentit ses forces revenir.

Aussitôt, il se rendit compte avec épouvante que les

manipulations faites jusqu'alors menaient tout droit à un atterrissage de fortune. Aussi s'empressa-t-il de corriger le cap et la vitesse. Une fois de plus, la coque gigantesque de l'ultracroiseur frémit sous la puissance des blocs-propulsion. Puis le *Krest IV* pénétra sans encombres dans les couches périphériques de l'atmosphère.

Perry Rhodan aperçut sur l'écran d'observation inférieur la surface scintillante d'un immense lac, sensiblement analogue à la mer Caspienne terrestre et dans lequel tombait en cascade un filet d'écume blanche en provenance d'un fleuve qui serpentait sur un haut-plateau d'apparence minuscule, vu de si loin.

Des ordres et des confirmations résonnaient dans les haut-parleurs. Les tuyères de correction de trajectoire ne cessaient de gronder. Un scintillement bleuâtre enveloppait le *Krest IV* et se fondait derrière lui en une traînée d'air brûlant et ionisé. L'écran énergétique protégeait le navire et son équipage des effets de l'enfer qui se déchaînait à l'extérieur. Le haut-plateau s'agrandit progressivement sur l'écran inférieur.

Perry Rhodan manipulait les contrôles avec l'assurance que donnait la routine. Néanmoins, il sentait à quel point ses forces le quittaient rapidement.

Des signaux d'avertissement annoncèrent la défaillance du personnel de la salle des machines. Peu après, ce fut le tour des servants de la centrale de détection. Ische Moghu restait suspendu, paupières baissées, à son harnais.

Sous les yeux de Rhodan, l'image du plateau se métamorphosa en une spirale lumineuse.

Il serra les dents et maintint le *Krest IV* en plein centre de la spirale.

Les projecteurs antigrav assumèrent les derniers kilomètres précédant l'atterrissage proprement dit. Le bourdonnement des machines se tut. On n'entendit plus que de temps à autre le rugissement d'un impulseur de correction de trajectoire qui obéissait à une manipulation effectuée par le Stellarque.

Même après qu'une voix métallique eut annoncé que l'ultracroiseur s'était posé, Perry Rhodan continua à se cramponner de toutes ses forces pour ne pas perdre des yeux l'écran d'observation.

Des médi-robots s'approchèrent de lui et le soulevèrent de son siège pour l'étendre sur une civière.

Au même instant, il réunit tout ce qui lui restait d'énergie pour sauter à bas du brancard et se diriger d'une démarche étonnamment raide vers le puits antigrav.

Il voulait voir Clearwater de ses propres yeux, et pas seulement par l'intermédiaire de l'optique de visualisation à distance.

Clearwater, le monde salvateur !

CHAPITRE 5

Perry Rhodan se redressa sur les genoux. Il avait dû perdre connaissance mais n'en gardait aucun souvenir.

Un vent frais soufflait de la mer intérieure et balayait le plateau. Grâce à son action bienfaisante, les embruns de la cascade toute proche rafraîchissaient les lèvres du Stellarque meurtries par la sécheresse, sa peau crevassée et ses yeux enflammés.

Il aspirait à plein poumon l'air vivifiant, savourant cette fraîcheur régénératrice. Là, à plus de trois mille mètres d'altitude, la température ambiante ne dépassait pas quinze degrés. Les Halutiens avaient sélectionné un terrain d'atterrissage littéralement idéal pour l'état dans lequel se trouvaient les cinq mille hommes à bout de résistance formant l'équipage du *Krest IV*.

Son regard ne se clarifia que lentement et progressivement. Il commença à distinguer l'herbe courte et drue de la savane, les arbres rabougris et les buissons maigres, et à cinq cents mètres de distance tout au plus, le ruban argenté du fleuve…

Soudain, il sursauta.

Quelque chose remuait là-bas, sur la berge.

Il concentra toutes ses forces pour y voir davantage et plissa les paupières pour ne pas être ébloui par le soleil qui se trouvait presque au zénith.

Des hommes !

L'un d'eux passa dans son champ de vision en chancelant, trébucha, tomba, se releva avec peine et continua à avancer en vacillant sur ses jambes entre les étançons gigantesques du vaisseau, en direction du fleuve.

Le Stellarque comprit d'emblée qu'il s'agissait effectivement d'hommes ; ils s'approchaient de la rive – c'étaient des Terraniens ! Quelques membres de l'équipage qui avaient dû mieux supporter les privations et possédaient encore suffisamment d'énergie pour répondre à l'attraction magique de l'eau scintillante.

Suffisamment pour aller droit vers la mort… !

Il se redressa de toute sa hauteur…

… et se résigna à violer l'un de ses principes dictés par le souci de ne pas intervenir dans le domaine de compétence d'un spécialiste : il activa son microcom de poignet sur la fréquence de communication avec les robots.

— Ici Sphinx aux Gladiateurs ! hurla-t-il d'une voix enrouée. (C'était le mot de passe qui prouvait aux androïdes que la personne qui les appelait y était autorisée.) Que tous les robots de la classe Oméga se rendent immédiatement sur la rive du fleuve. Ordre est donné de défendre à tous les membres de l'équipage de s'approcher de l'eau, d'empêcher de boire ceux qui s'y trouvent déjà, par la force s'il le faut, et de ramener à l'hôpital de bord ceux qui ont déjà succombé à la tentation. Sphinx aux Gladiateurs, terminé !

La positronique de relais répondit et accusa réception des consignes.

Peu après, les sas de débarquement s'ouvrirent tout grands. Des centaines de robots de combat et de service sortirent en trombe et coururent à toute allure vers la berge.

Perry Rhodan s'assit par terre et attendit.

Très vite, les premières machines revinrent, portant sur leurs épaules des hommes hurlant ou protestant, ou encore complètement inertes.

Un éclair éblouissant jaillit soudain au bord du fleuve. Une explosion secoua le sol.

Rhodan se passa la main sur les yeux.

Il se doutait de ce qui venait d'arriver.

Un homme rendu à moitié fou par une soif dévorante avait tiré son radiant à impulsions et abattu un robot.

Naturellement, les autres ferrailles n'allaient pas le tuer pour autant, mais au pire, le neutraliser avec un paralysateur – au cas où il n'avait pas été lui-même victime de son acte absurde.

Le pressentiment de l'observateur se confirma lorsqu'il vit un androïde revenir en portant la dépouille mortelle du désespéré.

Le Stellarque appela de nouveau sur la fréquence des robots pour ordonner à tous ceux qui étaient disponibles de se tenir prêts à faire un transport d'eau. Aux médirobots, il demanda d'analyser le liquide pour savoir s'il ne contenait pas d'éléments toxiques pour l'organisme humain et de lui transmettre le plus rapidement possible les résultats.

Pendant que les ferrailles exécutaient les ordres reçus, Atlan et Roi Danton vinrent le rejoindre. C'était à peine si les deux hommes pouvaient se tenir sur leurs jambes, mais la simple pensée que le pire était passé apportait de nouvelles forces à leurs carcasses épuisées.

Et pourtant, le pire était encore à venir…

Le robot maintenait le gobelet contre les lèvres de Rhodan.

Perry sentit la fraîcheur du liquide sur son palais desséché. La tentation d'en boire la plus grande quantité possible était quasi insurmontable, mais il connaissait les conséquences inéluctables, pour une créature à demi morte de soif, de donner libre cours à sa gourmandise.

Du reste, le robot ne lui laissa pas absorber plus de quelques petites gorgées et versa judicieusement le reste du gobelet sur le visage du Stellarque.

Aussitôt, celui-ci éprouva le besoin irrépressible de s'étendre sur l'herbe et de dormir. Ses paupières se fermaient malgré lui comme si elles étaient de plomb.

Avant même de s'en rendre compte, il s'était assoupi.

Mais l'inquiétude qui le rongeait l'empêcha de sommeiller plus de quelques minutes. Il se redressa brusquement, chancela sur ses jambes et se cramponna à son gardien qui ne l'avait pas quitté.

Il eût été fort aisé de prier la machine de le porter à bord du navire ou de le soutenir pour qu'il ne tombe pas.

Mais sa fierté l'en empêcha.

Il fit volte-face et se dirigea cahin-caha vers les sas de débarquement où il rencontra Atlan qui se préparait lui aussi à remonter à bord.

L'Arkonide afficha un sourire ironique.

Ils avaient dû se diriger tous les deux de concert vers les accès sans que ni l'un ni l'autre n'ait pris conscience de la présence de son ami.

Le crâne puissant d'Oro Masut apparut inopinément sous leurs yeux.

Le visage constellé de cicatrices de l'Etrusien s'éclaira d'une grimace.

— Hello, Messieurs ! croassa-t-il. Auriez-vous par hasard aperçu Sa Majesté, le roi des Libres-Marchands ?

— Sa Majesté est couchée dans l'herbe et occupée à ronfler, répondit Perry Rhodan d'un air moqueur.

— Oh ! s'exclama simplement Masut.

La seconde suivante, il avait fait demi-tour et repartait en courant sur ses jambes chancelantes.

A sa place surgit Melbar Kasom.

Le spécialiste de l'O.M.U. portait dans sa main droite une immense bouteille isotherme et dans la gauche deux gobelets plastifiés. Il serrait entre ses dents l'os d'une cuisse de dinde et mâchonnait péniblement la viande qui n'était pas encore suffisamment ramollie.

En voyant les deux hommes, il s'accroupit sur le sol et versa un liquide brûlant dans les deux verres.

— Du bouillon de viande ! annonça-t-il sur un ton laconique.

Atlan et Rhodan se saisirent chacun d'un gobelet. Après la diète totale des derniers jours, le bouillon leur parut un délice, et il était heureusement si chaud que les deux hommes furent obligés de le boire lentement et avec prudence.

Avant qu'ils aient avalé leur ration, Kasom avait vidé le reste du thermos de cinq litres.

Il essuya ses lèvres sanguinolantes, cracha un petit os égaré dans le bouillon et soupira de bien-aise.

— Voici venu le temps des vaches grasses, déclara-t-il comme pour s'excuser. J'ai l'impression que j'ai mérité un dédommagement pour une année complète d'abstinence totale.

Perry Rhodan examina d'un air soucieux le visage de l'Etrusien.

Une vision hallucinante.

Il évoquait le masque mortuaire d'un géant. La peau éclatée pendait de la chair jaunâtre en fragments parcheminés. Ses mains ressemblaient presque à celles d'un squelette.

— Prenez garde, Kasom, de ne pas manger trop d'un seul coup, lui dit-il. Je crains que vous et Masut ne soyez ceux qui aient souffert le plus de la faim et de la soif.

— Mon estomac supporte tout, Monsieur, riposta Kasom dans un ricanement.

Une silhouette étrange s'encadra soudain à la sortie du sas.

C'était Oro Masut, le dos courbé par le poids d'une curieuse pièce de mobilier.

Perry Rhodan ouvrit la bouche, mais ne parvint pas à prononcer le moindre mot.

Il connaissait ce châssis, car depuis que Roi Danton logeait très souvent et pour d'assez longues périodes à bord du vaisseau amiral du Stellarque, il l'avait fait apporter dans la cabine qu'on lui avait attribuée.

C'était un lit à baldaquin datant d'une époque révolue.

— Attention, s'il vous plaît, cria l'Etrusien d'une voix enrouée.

— Eh ! s'exclama Melbar Kasom sidéré. Que vas-tu faire avec le nid de débauche de Sa Majesté ?

Ce qui lui valut un coup de pied de la part du géant dont la fidélité était à toute épreuve.

— Fous le camp, sale ver de terre ! Sa Majesté est en danger si elle repose dans un environnement indigne de son état !

Kasom retint un hurlement de douleur.

En un éclair, il tendit une jambe en avant.

Oro Masut n'avait pas pu voir venir l'obstacle. Il trébucha. Avec un saut de carpe, il sauta à bas du sas sur le sol de Clearwater. Le lit à baldaquin vola par-dessus la rampe et tomba sur le côté, désossé. Les morceaux s'éparpillèrent dans l'herbe. Le ciel de lit s'inclina sur Oro, tel un parachute, et l'enveloppa.

Rhodan, Atlan et Kasom riaient à gorge déployée.

Jurant et pestant, Masut ne faisait que s'emberlificoter dans le tissu précieux – jusqu'à ce que l'étoffe se déchirât en faisant entendre un crissement strident.

Au comble de la rage, le garde du corps de Roi Danton tira son paralysateur.

Mais, avec une présence d'esprit louable, Kasom lui lança sa bouteille isotherme.

— Tiens ! Attrape !

Oro laissa tomber son arme et saisit la bouteille au vol. Il la contempla d'un air béat.

— Venez ! dit Kasom à Rhodan et Atlan. Sinon, ce rejeton d'Etrus mal ficelé finira par tirer sur nous avec son flingue.

Le sourire aux lèvres, ils traversèrent le sas et pénétrèrent dans le puits qui devait les mener jusqu'au poste central. Derrière eux retentissait l'écho des hurlements de rage de l'Etrusien.

Perry Rhodan retrouva très rapidement son sérieux lorsqu'il reçut les premières nouvelles de l'hôpital de bord.

Quarante-deux hommes avaient été admis avec de violentes douleurs gastriques et intestinales. Ils s'étaient gavés d'eau, ce qui ne convenait évidemment pas à leurs organismes privés de liquide depuis si longtemps.

Le docteur Artur annonça que deux autres étaient déjà morts et quatre dans le coma. En outre, les robots avaient retiré un noyé du fleuve. Celui-là avait bu avec une avidité telle qu'il avait glissé sur la rive rocheuse. L'état d'épuisement dans lequel il se trouvait ne lui avait pas permis de se sauver à la nage.

Le Stellarque se faisait de vifs reproches pour n'avoir pas veillé à ce que les panneaux des sas soient restés fermés après l'atterrissage. Il aurait suffi d'une seule et unique manipulation sur le pupitre des contrôles dans le poste central pour éviter ces accidents stupides.

Mais Atlan lui fit remarquer qu'à ce moment-là justement, il n'était plus en mesure de formuler une idée claire. Il avait utilisé ses dernières réserves d'énergie pour assurer la manœuvre d'atterrissage, ce qui les avait tous sauvés de la mort, car aucun autre n'eût été capable de le faire à sa place. En outre, ajouta-t-il, les membres de l'équipage du vaisseau amiral de l'Astromarine Solaire n'étaient pas des enfants ignorants ; ils devaient connaître les dangers que courait un homme à moitié mort de soif et de faim qui recommencerait à boire et à manger sans savoir se restreindre. Dans une situation exceptionnelle comme l'avait été l'après-atterrissage, chacun devait avoir conscience d'être responsable de soi-même.

Ainsi réussit-il progressivement à ramener la paix dans l'esprit de son ami.

Il ordonna aux robots – dans la mesure où ils n'avaient pas déjà pris des initiatives de leur propre chef – des mesures pour veiller à la bonne santé de l'équipage tout entier. Aux machines de combat, il enjoignit de monter la garde, et accorda une demi-journée de repos à tout le monde.

Avec ses dernières forces, il se traîna jusqu'à sa propre cabine, se coucha tout habillé sur son lit et s'endormit à la minute même.

*
* *

La sonnerie stridente le tira du sommeil.

Il ne lui fallut qu'un instant pour reprendre ses esprits, non sans ressentir encore une faiblesse latente. Un voile noir lui embruma les yeux lorsqu'il se dressa sur ses jambes. Mais il tint bon et tout finit par s'arranger.

Il appuya sur le système d'ouverture de la porte. Melbar Kasom entra, les mains chargées d'un plateau.

— Je me suis permis de vous préparer un petit déjeuner reconstituant, Monsieur, dit-il sur un ton allègre.

Sans un mot, Perry Rhodan le pria de poser le plateau sur la table. Puis il s'assit et invita l'Etrusien à prendre place lui aussi.

— Un petit déjeuner reconstituant ? répéta-t-il d'un air méfiant. Je ne suis pas malade, colonel Kasom. Qu'avez-vous donc apporté là ?

Melbar sourit de toutes ses dents.

— Un pot de camomille, une ration de porridge et un petit peu de viande de veau hachée, Monsieur.

Rhodan se secoua.

— De la camomille ? Du porridge ? De la mousse de veau ? Vous avez perdu la tête, ma parole ? Je ne suis pas un bébé !

Le sourire de Kasom s'accentua encore.

— Justement, Monsieur. C'est bien ce que je me disais aussi. C'est pourquoi je vous ai préparé votre petit déjeuner moi-même.

Le Stellarque cligna des yeux et examina le spécialiste de l'O.M.U. d'un air inquisiteur.

Puis il souleva le couvercle du pot.

Une délicieuse odeur de café frais lui chatouilla les narines.

Du coup, il se mit à rire.

Puis il inventoria également le contenu des deux terrines.

Le « porridge » se révéla être une énorme portion d'œufs brouillés au jambon, et le « veau haché », un croque-monsieur grillé à souhait.

— Vous êtes vraiment un satané roublard, Kasom ! lui dit Rhodan en riant.

L'Etrusien haussa les épaules d'un air confus.

— Le chef cuistot m'aurait haché moi-même tout cru s'il avait deviné ce que je vous ai apporté là, Monsieur.

Perry Rhodan hocha la tête d'un air dubitatif.

— Haché tout cru, vous… ? Mon cher colonel, il n'arriverait même pas à obtenir un bouillon léger avec votre rude carcasse !

Kasom lui versa une tasse de café et posa les couverts sur la table.

Puis il se tapa sur le ventre, un ventre qui formait une bosse impressionnante sur son corps amaigri.

— Cet inconvénient ne tardera pas à disparaître, Monsieur. Mon petit déjeuner de ce matin a consisté en un bon gigot de mouton et cinq pains frais.

Soudain, il bondit sur ses jambes, pris de panique.

— Diable ! Il faut encore que je serve le Lord-Amiral, Monsieur ! Si vous voulez bien m'excuser…

Le Stellarque acquiesça d'un signe de tête et d'un sourire.

— Mais bien sûr, colonel. Mille mercis pour l'attention dont vous m'entourez. Cela me touche beaucoup.

Après le départ de Melbar Kasom, il hocha la tête en gardant son sourire. Et mangea de bon appétit. Bien qu'il eût encore faim, il laissa le croque-monsieur par mesure de précaution. Il ne voulait prendre aucun risque, car il tenait à rester en forme.

Une fois ses agapes terminées, il annonça par intercom une réunion destinée à faire le point de la situation.

Outre les mutants et l'état-major de l'ultracroiseur arrivèrent les deux Halutiens qui avaient de nouveau ancré leur navire au pôle supérieur de la coupole du *Krest IV*, ainsi qu'Atlan, Roi Danton et les deux Etrusiens.

Quant à l'Emir, il n'était pas encore en état de quitter l'hôpital de bord. Il souffrait d'une crise violente d'entérite pour avoir fait ramollir, aussitôt après avoir bu de l'eau, un cube de trois kilos de pointes d'asperges déshydratées, et de les avoir consommées.

D'entrée de jeu, Perry Rhodan s'adressa à John Marshall, le télépathe et chef de la Milice des Mutants.

— John, voici ce qui m'intéresserait : pratiquement, nous avons effectué avec le *Krest IV* un atterrissage forcé sans nous soucier de notre environnement. Les alentours immédiats ne paraissent abriter aucune créature pensante, sinon les détecteurs d'influx mentaux auraient réagi depuis longtemps. Néanmoins, j'aimerais savoir si cette planète possède ailleurs des êtres vivants doués d'intelligence. En tant que télépathe, vous pouvez le découvrir mieux que n'importe quel instrument. C'est pourquoi je voudrais vous prier de prendre la tête d'une section de reconnaissance composée d'une vingtaine de chaloupes qui survoleront la planète à faible altitude.

« A moins que vous n'ayez déjà capté une forme quelconque d'impulsions mentales ?

John Marshall secoua la tête.

— Non, Monsieur. Mais cela ne signifie absolument rien. Juste après l'atterrissage, j'étais inconscient ; ensuite, j'ai dormi profondément jusqu'à il y a dix minutes environ. Et maintenant… ! (Il haussa les épaules.) Je crains fort d'être encore trop faible pour pouvoir accomplir une tâche convenable dans ce domaine. Cela ne m'empêche pas d'approuver votre projet de reconnaissance, puisque nous nous trouvons dans une galaxie étrangère et sur une planète inconnue.

— Dont seules l'eau et la végétation nous intéressent, ajouta Atlan. Non, Messieurs, pour ma part, je considère une telle expédition comme dénuée de sens. S'il y avait ici une civilisation, nous l'aurions remarquée depuis longtemps – ou plus précisément ses représentants nous auraient depuis longtemps détectés. De toute façon, nous n'avons rien à faire d'une vie intelligente restée au premier stade de l'évolution.

— Je me demande… intervint Roi Danton tout en nettoyant minutieusement les verres de son face-à-main. En fait, si nous avons réussi à parvenir jusqu'ici, c'est précisément parce que nous nous sommes intéressés à tout…

— Pour ma part, j'aurais préféré que nous ne soyons pas parvenus jusqu'ici ! remarqua Kasom non sans une pointe de cynisme. A moins que la galaxie M 87 ne soit pas assez éloignée pour vous, monsieur Danton ?

Roi commença par ranger son instrument et tamponna sa mouche.

— Il y a des gens, dit-il ensuite en pesant ses mots, qui se contentent de sortir en courant de leur salle de séjour pour foncer à leur garde-manger rempli jusqu'au plafond. Ces gens-là naturellement sont incapables de suivre les spéculations spirituelles d'un génie.

Il toussota d'un air méditatif.

— Oro, ma mouche est desséchée. Pourquoi n'avez-vous pas veillé à ce que je puisse faire une entrée au poste central dans un état digne de mon rang ?

Avec un empressement servile, l'Etrusien se pencha en arrière pour saisir la mallette de maquillage en marocain rouge qu'il gardait toujours à portée de la main. Il en fouilla l'intérieur, puis tendit d'un air triomphant à son maître une mouche de la taille de l'ongle du pouce.

Roi leva les bras dans un accès de rage.

— Vous avez perdu l'esprit, ma parole, espèce de bon à rien ? Cette mouche-là est faite pour mon épaule, et non pour mon menton !

Oro sursauta.

— Pardonnez-moi, Majesté, mais je n'en ai pas de plus petite. La réserve se trouve dans votre cabine à bord du *Francis Drake*.

— Eh bien, arrangez-vous pour faire venir le *Francis Drake* près d'ici ! ordonna le roi des Libres-Marchands, hors de lui.

— Voilà qui serait plutôt difficile, remarqua Kasom en ricanant.

Roi Danton le toisa longuement à travers son face-à-main.

— Rien n'est impossible à un bon serviteur, Monsieur Kasom. Vous avez encore beaucoup à apprendre avant que je ne vous admette dans mon équipe.

— Ça suffit maintenant ! s'écria Rhodan. Nous n'avons pas de temps à perdre avec toutes ces minauderies.

— Ah ! gémit Roi. Me dire ça à moi ! Oro, mes sels !

Tandis que son esclave se hâtait d'obéir à cette nouvelle injonction, Icho Tolot demanda la parole.

Le Stellarque la lui accorda d'un signe de tête.

— Mon compagnon et moi, commença-t-il, nous avons évidemment survolé la planète que vous avez baptisée Clearwater avant de vous guider jusqu'ici. Et nous n'avons pas trouvé le moindre signe de la présence d'implantation de créatures intelligentes. Nous ne considérons pas non plus comme absolument nécessaire de nous en assurer. D'un autre côté, cela ne ferait pas de mal si les équipages des chaloupes pouvaient s'entraîner un peu afin de recouvrer leur condition physique d'avant notre mésaventure.

— C'est évidemment aussi une raison valable, répliqua Rhodan avec un petit sourire. Mais certainement pas la plus importante.

— Moi, je suis pour une reconnaissance approfondie de Clearwater et de ses deux lunes ! lança Ivan Ivanovitch Goratchine. Est-ce que nous savons si l'un de ces astres ne cache pas une base appartenant à une race qui maîtrise aussi la navigation spatiale ? Rien ne l'oblige à être originaire de Clearwater !

— Je partage tout à fait votre avis, monsieur Goratchine, approuva Roi Danton d'un air affecté.

Rhodan acquiesça d'un signe de tête circonspect avant de se tourner vers Merlin Akran et Ische Moghu.

— Nous allons donc éjecter vingt chaloupes dans une heure, Messieurs. Quant à vous, vous veillerez à ce que le

Krest soit entièrement passé au peigne fin durant l'expédition de reconnaissance, et paré à appareiller. Il faut absolument que nous nous débarrassions quelque part de tout ce liquide empoisonné avant de remplir nos réservoirs d'eau fraîche.

Puis il tourna les yeux vers les chefs de flottille.

— Major Keller et major McCisom, vous prenez la direction du vol de reconnaissance avec vos corvettes. Veillez à ce que ne soient engagés dans cette mission que des hommes en bonne santé. Les majors Hohle, Runete et Kulu se tiendront pendant tout ce temps en état d'alerte.

Il se leva.

— C'est tout pour l'instant. Je communiquerai moi-même des directives plus précises à chaque officier.

***

La nuit enveloppait cette partie de la planète lorsque les vingt chaloupes prirent leur envol dans un vacarme étourdissant. Sur l'horizon sud, le croissant rouge-or d'une des deux lunes brillait encore, tandis que des masses puissantes de nuages orageux avançant dans sa direction menaçaient de l'engloutir.

Dressé de toute sa hauteur sur un surplomb rocheux au bord du fleuve, Ivan Ivanovitch Goratchine gardait les yeux fixés sur le chaudron de sorcières constitué d'écume et de tourbillons qui mugissait au pied de la cascade.

La lune et les étoiles répandaient un voile scintillant sur l'eau et les embruns. Le tonnerre incessant de la cascade qui tombait du haut du rocher couvrait tous les autres bruits – mis à part le grondement des blocs-propulsion des corvettes, qui allait en s'apaisant lentement.

La masse gigantesque de terkonite qui s'élevait à l'est paraissait étrangère, voire hostile, dans cet environnement pacifique. Les couleurs vives des feux de position et les projecteurs de surface allumés à la poupe créaient un spectacle fantomatique.

Goratchine soupira et s'assit sur le rocher, laissant pendre ses jambes dans le vide. Une véritable éruption de jets d'écume jaillissait dans la nuit, inondant sa combinaison d'une multitude de gouttelettes argentées.

Le bruit d'une pierre qui roulait ramena l'esprit du mutant bicéphale à la réalité.

Ce pouvait être évidemment une illusion des sens, car normalement, le vacarme de la cascade aurait dû couvrir tous les sons. Mais au cours de sa longue existence, Goratchine s'était déjà vu à plusieurs reprises confronté à des dangers qui s'étaient annoncés par des signaux d'apparence inoffensive.

Il se leva lentement, sortit son projecteur individuel de l'étui et prit son radiant à impulsions dans la main droite.

Mais le bruit ne se renouvela pas.

Il se préparait à se rasseoir lorsqu'il vit une ombre se glisser sur le bord du surplomb.

Il alluma son projecteur.

Sidéré, il découvrit le petit Auroranien.

Tar Szator portait une combinaison de plongée brillante d'humidité et des palmes aux pieds. Une caméra sous-marine pendait sur sa poitrine et un large couteau de poche était enfoncé dans une gaine suspendue au ceinturon.

Goratchine dirigea le faisceau lumineux de son projecteur vers le sol.

— D'où venez-vous donc ? demanda-t-il naïvement.

Tar pointa son pouce vers le bas, là où le fleuve rugissait entre les brisants avant de se précipiter dans les profondeurs.

L'autre le regarda d'un air incrédule.

— Vous voulez vraiment prétendre qu'un homme pourrait lutter contre le courant, là en bas ?

Tar Szator secoua la tête.

Le mutant poussa une sorte de gémissement ; il paraissait au bord du désespoir.

— Est-ce que cette expédition vous a ôté l'usage de la parole, ou quoi ? Ou bien un homme peut nager dans ces tourbillons, ou bien il ne peut pas. Alors, avez-vous été dans l'eau à cet endroit ?

L'Auroranien approuva d'un signe de tête.

— Et vous avez nagé ? insista Goratchine avec une impatience croissante.

— Oui, acquiesça l'autre, sans prononcer un mot.

Le mutant sentit la colère lui monter au visage. Il serra les poings et s'approcha d'un pas menaçant vers Szator.

— Si tu ne te décides pas à ouvrir enfin la bouche, je t'y aiderai, petit nabot !

Tar arbora un sourire grimaçant.

Ivan Ivanovitch passa à l'attaque. Non pas qu'il eût l'intention de frapper l'Auroranien ; il voulait seulement lui faire peur.

Mais avant qu'il ait pu le toucher, Tar Szator s'était évanoui dans la nature.

Et à un poil près, Goratchine serait tombé dans le précipice.

— Faites attention, monsieur Goratchine, cria quelqu'un derrière lui.

Lorsque l'interpellé fit volte-face, Tar se tenait debout, les bras croisés, et il riait de toutes ses dents.

— Vous gaspillez vos énergies ! hurla-t-il pour que la cascade ne couvre pas ses paroles.

Cette fois, ce fut au tour de Goratchine d'éclater de rire. Il s'assit et referma la visière de son casque. Puis il tapa dessus de ses deux index.

Le gentilhomme Szator comprit aussitôt le sens du geste.

Il referma également la visière transparente de son propre casque et activa son microcom.

— Certes, je n'ignore pas que les Auroraniens ménagent au maximum leurs énergies, commença le mutant. Mais il ne faudrait tout de même pas exagérer. Si nous bavardions un peu, gentilhomme Szator ?

— Sur quel sujet ? demanda ce dernier.

Goratchine exhala un profond soupir.

— A propos de Clearwater, par exemple. De la chance que nous avons eue de trouver au dernier moment une planète aquatique… et de votre partie de natation.

— C'est beaucoup d'un seul coup, riposta Tar Szator. Inutile de parler de Clearwater et de notre chance, puisque nous disposons des mêmes informations, vous et moi. Et sur la natation… ? Inutile également puisque vous ne me croyez pas… Aussi vais-je vous faire une démonstration, monsieur Goratchine.

Le mutant bicéphale se mit à rire.

— Vous êtes un drôle de zèbre, gentilhomme Szator. Mais après tout, pourquoi pas ? Si vous vous entêtez à vouloir nager, je vous accompagnerai. Les prouesses réalisées par un poids plume comme vous, j'étais déjà capable de les accomplir au berceau, moi !

Szator fronça l'arcade sourcilière. C'est tout ce qu'il pouvait faire car il était dépourvu de sourcils.

Puis il haussa les épaules, leva le bras pour donner le signal du départ et se laissa glisser le long de l'arête rocheuse. Non loin de là, sur la gauche, grondaient des milliers de tonnes d'eau qui se précipitaient dans l'abîme ; sur la droite bouillonnaient et tourbillonnaient les rapides en furie.

Alors qu'il n'en était encore qu'à glisser le long du roc, Ivan Ivanovitch Goratchine regrettait déjà sa décision.

En revanche, l'Auroranien se déplaçait comme un chamois. Il trouvait même des prises pour les mains et les pieds là où le mutant massif ne pouvait en découvrir aucune, même à la lumière de son projecteur.

Une fois sur la rive, ils se redressèrent tous deux.

Le croissant de lune tremblotait comme un fantôme dans les flots mugissants qui déferlaient à une vitesse époustouflante. Quant à la berge opposée, elle restait totalement invisible.

Tar Szator releva son casque et vérifia la fermeture hermétique de sa combinaison d'homme-grenouille.

— Alors… ? demanda-t-il avec une certaine impatience.

Le mutant hésitait. Mais il finit par avoir honte devant son rival.

Emporté par le courage d'un condamné à mort, il marcha péniblement en direction de l'eau. A côté de lui, l'Auroranien glissa avec souplesse dans les flots.

Goratchine ne sentit plus rien d'autre qu'une puissance effarante qui lui arrachait les jambes du corps. Il tourbillonna à travers un chaos d'écume, d'eau et de fragments rocheux jusqu'à perdre le souffle.

Lorsque Tar le tira sur un écueil, il était déjà à demi inconscient.

Il exhala un juron grossier de bûcheron sibérien, que l'Auroranien heureusement ne comprit pas.

— Vous avez oublié la technique de la natation et du contrôle de la direction, monsieur Goratchine, lui reprocha Tar Szator. Et presque aussi celle de la respiration.

Le mutant toussa et cracha quelques litres d'eau.

— Enfer et damnation ! Comment peut-on nager, respirer et s'orienter dans ce chaudron de sorcières ? Je n'ai plus rien vu du tout !

— Bien sûr, admit Tar. Vous êtes resté à la surface. Alors que vous auriez dû plonger jusqu'au fond. A cet endroit, le fleuve a près de trente mètres de profondeur – hors des écueils, j'entends.

— J'en aurais vu encore moins ! protesta Goratchine.

— Comment ? Avec quatre yeux ? murmura Tar. Bon, d'accord ! Certes, je suis très déçu de votre non-performance, mais c'est dû sans doute à ce que vous autres, les Terraniens normaux, vous gaspillez la plus grande partie de votre énergie à effectuer des travaux corporels. Aussi est-il tout à fait naturel qu'il ne vous en reste plus beaucoup pour raisonner logiquement !

— Je ne comprends pas, riposta le mutant bicéphale. La natation est avant tout une affaire de forces physiques.

Comment se fait-il que vous soyez meilleur que moi quand vous faites à peine travailler vos muscles ?

— Parce que je les fais travailler judicieusement quand j'en ai besoin, répondit Tar Szator. Bon, à présent, il faut que nous revenions à bord du *Krest*. Notre mission commence dans vingt minutes.

— *Notre* mission… ?

Tar lui sourit.

— Je vous ai entraîné à nager dans les tourbillons du torrent – et j'espère que vous allez prendre votre revanche en m'emmenant faire une visite aux deux lunes avec le lieutenant Terminov…

— Vous voilà devenu un véritable maître-chanteur ! grogna Goratchine.

— Une main lave l'autre… Allez, on y va !

— Un instant ! cria le mutant. Comment vais-je regagner la rive ?

— Vous n'avez qu'à faire comme moi, répondit Tar Szator.

Il activa son générateur antigrav et sauta d'un bond unique par-dessus les cent mètres environ de flots tourbillonnants qui séparaient l'écueil du bord du fleuve.

— Ah ben, ça alors ! murmura Ivan Ivanovitch. Dire que je n'ai même pas pensé à ce moyen-là !

Il imita à son tour l'Auroranien et n'eut aucun mal à surmonter les dificultés qui avaient failli le paniquer quelques minutes auparavant.

CHAPITRE 6

La corvette se trouvait sur le trajet du retour vers Clearwater. Comme il fallait s'y attendre, le survol des deux lunes n'avait apporté aucun signe de la présence d'êtres intelligents.

Ivan Ivanovitch Goratchine brancha le contact télécom avec le Stellarque et lui fit un rapport détaillé de leur expédition lunaire.

— Merci beaucoup ! dit Rhodan lorsque le mutant bicéphale se tut. Ne revenez pas directement vers le *Krest*, je vous prie, car nous avons mis en panne au-dessus de la mer intérieure dans laquelle nous crachons notre eau infectée. Après quoi nous irons remplir nos réservoirs en amont de la cataracte. Posez-vous s'il vous plaît sur l'autre rive du fleuve.

Goratchine fronça les sourcils et ravala la remarque qui lui brûlait le bout de la langue.

Il eût peut-être été préférable qu'il l'exprimât, bien que cela n'eût sans doute servi à rien, car en vérité, son pressentiment n'affectait pas le fond du problème.

Il donna l'ordre au pilote, le lieutenant George Terminov, d'atterrir sur la berge opposée à celle où se trouvait le *Krest IV*.

Puis il activa la fenêtre d'agrandissement optique de l'écran inférieur.

Le jour était revenu sur l'aire d'atterrissage. Le mutant put distinguer clairement le haut-plateau avec le fleuve, la mer intérieure et les montagnes environnantes. La sphère gigantesque formée par l'ultracroiseur planait au-dessus des flots. A vrai dire, comparée à l'immensité de la surface aquatique, elle ne paraissait plus aussi démesurée. Les œuvres de la nature faisaient décidément partout ombrage à celles de l'homme.

Lorsque la corvette aborda l'ultime phase de la manœuvre, Goratchine aperçut d'innombrables jets d'eau qui s'échappaient de la coque métallique du vaisseau amiral.

Là encore, il refoula son inquiétude, bien qu'elle ne fît que s'accroître.

Au point de ne plus passer inaperçue aux yeux de Tar Szator qui était recroquevillé dans un siège de secours derrière lui.

— Que craignez-vous donc, monsieur Goratchine ? demanda-t-il à voix basse.

— Moi... ? Mais, rien, rien du tout ! s'emporta le mutant.

L'Auroranien ne put s'empêcher d'arborer un sourire ironique.

— Vos sentiments se lisent sur votre physionomie. Ce n'est pas à moi que vous pouvez en faire accroire.

Goratchine haussa les épaules.

— Bon, d'accord. Il ne me plaît pas du tout que l'on inonde une mer intérieure d'eau contaminée. S'il existe ici des êtres intelligents, on continuera à maudire les Terraniens pendant des millénaires !

Tar hocha la tête.

— Vous avez pourtant entendu les rapports, Monsieur Goratchine. Ni Marshall, ni les détecteurs d'influx mentaux n'ont pu établir la présence de créatures intelligentes. La vie sur Clearwater n'a pas dépassé le stade de l'animal.

Le mutant exhala un profond soupir.

— Vous avez raison. Je sais aussi que l'on n'aurait jamais pu vider les réservoirs jusqu'à la dernière goutte dans le cosmos. Mais il ne me plaît tout de même pas que des milliers d'animaux soient condamnés à périr par notre faute.

— A moi non plus, affirma Tar Szator.

Il ferma les yeux et dormit jusqu'à ce que la corvette se soit posée sur l'aire prévue.

Pendant ce temps, Ivan Ivanovitch appela encore une fois le Stellarque pour lui demander quelle tâche il aurait à accomplir après avoir atterri.

Perry Rhodan lui proposa de former un commando de chasseurs parmi l'équipage de la chaloupe, afin de renouveler les stocks de viande fraîche. Pendant ce temps, les autres échangeraient également l'eau infectée contre de l'eau potable.

C'était une mission qui convenait parfaitement à Goratchine.

Aussitôt au sol, il choisit dix hommes pour l'expédition de chasse, fit éjecter trois triscaphes et partit avec eux, accompagné de Tar Szator.

Les trois appareils planèrent jusqu'à la rive du fleuve et pénétrèrent dans la forêt vierge qui entourait la mer intérieure.

Mais au bout de trois heures, ils n'avaient pas encore aperçu l'ombre d'une bête sauvage. Aussi les hommes commencèrent-ils à douter que Clearwater abritât du gibier, et même une vie animale quelconque…

— L'eau est impropre à la consommation, Monsieur ! annonça le biologiste d'un air soucieux par intercom.

— Comment cela, impropre à la consommation ? demanda Perry Rhodan. Vous voulez dire qu'elle est contaminée par des agents pathogènes ?

— Non, Monsieur. Il s'agit du même poison innervant dont nous avons eu à souffrir jusqu'à présent. Apparemment, il est tellement concentré que des restes, même minimes, ont contaminé tous les stocks d'eau.

Rhodan sourit au scientifique d'un air rassurant.

— Si ce n'est que cela ! Nous allons recommencer le

travail, mais nous en viendrons bien à bout cette fois encore !

Il ordonna aux commandants de survoler de nouveau la mer intérieure et de relâcher toute l'eau dont ils venaient de remplir les réservoirs.

Cependant, son optimisme baissa d'un cran à peine le second échange d'eau terminé : elle contenait toujours suffisamment de poison pour tuer tous les hommes qui en boiraient.

Lorsque après le troisième remplissage, l'eau s'avéra encore chargée d'un pourcentage très actif de toxines, il faillit sombrer dans le désespoir.

Le *Krest IV* fut obligé de recommencer onze fois l'opération d'échange pour que le résultat des analyses minutieuses soit enfin positif et le liquide déclaré bon à la consommation.

Mais à peine cette difficulté fut-elle surmontée qu'arriva une information en provenance d'un commando de chasseurs, selon laquelle d'innombrables poissons et des milliers de créatures ressemblant à des sauriens flottaient morts à la surface de la mer.

Cette nouvelle catastrophique pétrifia Perry Rhodan.

— Mon Dieu… Je n'avais pas pensé à cela ! murmura-t-il, bouleversé.

Il appuya son pouce sur la touche de l'intercom.

— Ici Rhodan ! Préparez-moi immédiatement un glisseur dans le sas n° 6 !

— Je t'accompagne, dit Atlan. C'est impardonnable de notre part d'avoir négligé ce détail !

Roi Danton regarda tour à tour son père et son précepteur arkonide. Sa physionomie avait pris une expression pensive.

— Si vous permettez, Grand Seigneur, dit-il, je me joindrai à vous, moi aussi.

Cinq minutes plus tard, un petit glisseur de surface les emporta tous trois à basse altitude en direction de la chute d'eau.

Le pilote descendit un peu plus encore et se mit à tourner en rond autour de la surface de la mer intérieure.

— Mon Dieu ! murmura Rhodan. C'est abominable !

Sur l'eau trouble grouillaient les corps brillants des poissons morts et, parmi eux, ceux de nombreux oiseaux semblables à des mouettes qui avaient sans doute cessé de vivre aussitôt après avoir consommé leurs proies.

Çà et là, des cadavres énormes de sauriens se balançaient au sommet des vagues. D'autres « mouettes » tournaient en cercle au-dessus de ce cimetière sinistre. Elles se précipitaient sur les proies mortelles qui s'offraient à leur vue, bien que leurs volées se déciment sans cesse.

Entre-temps, le soleil avait presque atteint son zénith et inondait de ses rayons cette hécatombe de poissons, d'oiseaux et de sauriens. Perry Rhodan ouvrit un des clapets d'aération du glisseur, et aussitôt une bouffée d'air brûlant et pestilentiel le frappa au visage. Les cadavres se décomposaient déjà.

— Comment est-ce possible ? dit Atlan. Quand on pense à la taille de la mer et à toute l'eau qu'elle contient, ce poison diabolique disséminé dans des milliers de tonnes d'eau devrait être tellement dilué qu'il en serait à peine perceptible.

— Apparemment, il est encore plus actif que nous ne l'avions pensé, répliqua Rhodan.

Il se tourna vers le pilote du glisseur.

— Passez sur l'autre rive. Je voudrais savoir si le spectacle est le même qu'ici.

— Je crains bien que nous n'ayons une mauvaise surprise, jeta Roi Danton. Le fleuve traverse la mer et transporte le poison partout.

Il ne se trompait pas.

Profondément bouleversé, le Stellarque ne put supporter cette vision dantesque. Il détourna le regard et donna l'ordre au pilote de rejoindre l'ultracroiseur.

Arrivé à bord, il convoqua les biologistes et les médecins dans la grande salle de conférences et leur demanda s'ils avaient des idées sur la manière dont on pourrait désinfecter l'eau de la mer, ou des propositions à faire pour la régénérer.

— Je ne vois pas pourquoi, Monsieur, répondit un toxicologue. Il peut arriver n'importe où que des causes naturelles provoquent une épizootie qui décime la population poissonneuse des mers, des fleuves et des lacs.

— Bien sûr que cela peut arriver ! s'écria Rhodan hors de lui en tapant du plat de la main sur la table. Ne vous imaginez surtout pas que je sois sentimental au point de répandre des cendres sur mon crâne pour quelques millions de poissons morts ! Bien que cela ne me laisse pas indifférent, bien sûr. Pouvez-vous me garantir à cent pour cent, Messieurs, qu'il n'y a pas de vies intelligentes dans cette mer intérieure ?

— Non, concéda le toxicologue, embarrassé.

— Sans doute, mais c'est tout de même très invraisemblable, Monsieur, renchérit John Marshall. Je n'ai capté aucune impulsion mentale de créatures vivantes dotées d'une véritable intelligence. Et L'Emir, qui entre-temps a retrouvé sa condition physique, pas plus que moi. Il n'y a dans la mer que des poissons, des sauriens et des rongeurs primitifs.

— Je n'en suis pas absolument convaincu, murmura Rhodan. Je vous permets de vous moquer de moi à votre guise, Messieurs, mais depuis que nous avons procédé à l'échange d'eau, je sens en moi une inquiétude latente qui s'est déclenchée lorsque j'ai appris l'hécatombe des poissons. Jamais encore jusqu'alors un sentiment de ce genre ne m'a trompé. Il y a ici quelque chose qui n'est pas net.

— Oui, chuchota L'Emir. Mon ventre. Il a commencé par ne plus rien conserver, et maintenant, il semblerait que toutes les ouvertures soient bouchées.

Le Stellarque vit rouge.

— Lieutenant L'Emir, nous sommes en train de traiter un problème extrêmement grave et nous n'avons que faire des mauvaises plaisanteries.

— Ce n'est pas du tout une mauvaise plaisanterie, chef ! pépia le mulot-castor furieux. C'est la pure réalité.

Ses yeux lui sortirent soudain des orbites. Il se figea, la bouche grande ouverte et demeura assis, raide et pétrifié, sur son siège spécial.

Rhodan lui jeta un regard scrutateur. Mais il connaissait trop bien son personnage pour ne pas remarquer aussitôt qu'il ne jouait pas la comédie.

— John !

Le télépathe ne répondit pas.

Il était assis, immobile dans son fauteuil, les yeux fermés. Ses doigts se crispèrent autour du stylet magnétique – jusqu'à ce que le crayon se brise avec un craquement sec.

— Des perturbations émotionnelles ! chuchota L'Emir. Quelque chose ou quelqu'un appelle !

Perry Rhodan se pencha, l'air tendu. Les autres personnes présentes se cantonnèrent également dans un silence contraint. On ne percevait plus que des respirations haletantes.

— Au début, j'ai cru que c'était un contact télépathique, expliqua John Marshall en ouvrant les yeux. Mais je me suis trompé. A mon avis, il s'agit d'émissions lancées par un moyen radio-biologique.

Il leva les mains pour endiguer immédiatement les protestations qu'il sentait venir.

— Je vous en prie, Messieurs. Je sais que cela peut vous paraître paradoxal. Mais le cerveau humain aussi fonctionne par impulsions électriques, avec du courant comme dirait le profane. Vue sous cet angle, on peut désigner la télépathie comme une forme d'émission radio non directionnelle.

— Des courants émotionnels semi-télépathiques, jeta l'Emir, qui s'était lui aussi détendu entre-temps. Tu as en partie raison, John. Plusieurs émetteurs diffusent des impulsions émotionnelles analogues à des ondes radio. Je n'ai pas pu comprendre ce dont il s'agissait, mais j'ai senti l'urgence qui se cachait derrière le ton et les paroles.

Les personnes présentes échangèrent des regards effarés. Tous les visages étaient blêmes.

Pendant près d'une minute, on aurait entendu une mouche voler.

Ce fut Perry Rhodan qui rompit le silence.

— Voici la preuve, Messieurs, déclara-t-il sur un ton plein de gravité, qu'une faute de réflexion de ma part a déclenché une catastrophe !

*
* *

— C'est inutile ! déclara Ivan Ivanovitch Goratchine d'un air résigné. L'atterrissage du *Krest IV* semble avoir chassé de ce secteur tous les animaux d'une certaine taille.

— Ce n'est pas possible, le contredit le lieutenant Terminov. Le vaisseau n'a pas dévasté le moindre mètre carré de terre puisque nous n'avons utilisé que les projecteurs antigrav pour les derniers milliers de mètres. Par conséquent, nous n'avons pas pu débusquer la faune, surtout pas ici sur une planète vierge où le monde animal n'a jamais été exposé à des poursuites systématiques.

Goratchine haussa ses larges épaules.

— Croyez-vous peut-être qu'il n'y ait pas d'animaux sauvages sur Clearwater ? Non, mon cher, jusqu'à présent, sur chaque planète possédant les conditions adéquates, il s'est développé des espèces animales petites et grandes. L'absence de fauves signifierait une lacune dans la chaîne éco-biologique !

— Vous avez raison tous les deux – tout en ayant tort aussi, remarqua Tar Szator sur le ton d'un philosophe.

George Terminov lança un regard sombre au petit Auroranien.

— Que voulez-vous dire, nabot ?

— Gentilhomme Szator ! corrigea l'interpellé calmement.

Terminov éclata d'un rire strident. Avec son crâne chauve et sa petite moustache en ligne droite qui lui sciait le visage d'une oreille à l'autre, il ressemblait à un adepte du kendo. Bien que Terminov éprouvât un profond mépris pour cette forme de lutte puisque, depuis trois ans, il était le champion absolu de karaté de l'Astromarine Solaire.

— Bon, d'accord ! Petit lutin Szator !

Et il se remit à rire.

L'équipage du triscaphe fit irruption.

Tar Szator fronça le nez et tourna la tête vers la paroi pour bien montrer qu'il n'avait rien de commun avec des individus du genre de George Terminov.

— Une chose est certaine, nous faisons demi-tour ! déclara Goratchine d'une voix décidée.

Il brancha le télécom du triscaphe et donna l'ordre en conséquence aux équipages des deux autres appareils de l'expédition.

Tous les engins pivotèrent sur leurs chenilles qui broyaient le sol, roulèrent sur la piste qu'ils avaient percée dans la forêt vierge et se rassemblèrent dans la clairière, au point où ils s'étaient séparés.

— Nous ferons le reste du trajet en vol, décida Goratchine.

Le pilote coupa les moteurs qui entraînaient les chenilles, puis activa les générateurs antigrav et le bloc-propulsion. Les faisceaux d'impulsions à peine visibles jaillirent des tuyères de poupe en sifflant.

Soudain, George Terminov poussa un cri.

Au même moment, ils les virent tous.

Une troupeau d'animaux à quatre pattes sortait de la lisière opposée de la forêt en trottinant paisiblement.

— Des moutons ! s'exclama un sergent.

— Allons donc, c'est toi le mouton ! riposta Terminov. Ce sont des bœufs.

— Vous avez raison tous les deux… et tort en même temps, murmura Tar Szator.

— C'est lui qui a raison, trancha Goratchine. Ce ne sont ni des moutons ni des bœufs, ce qui serait d'ailleurs tout à fait invraisemblable. Il s'agit d'une espèce animale qui a quelque chose de commun avec les moutons et les bœufs terraniens, mais uniquement d'après l'aspect extérieur sans doute.

— Ce qui est curieux, c'est qu'ils ne paraissent pas avoir peur de nous, entendit-on dans le récepteur du télécom.

— En effet, c'est étonnant, admit Goratchine. Une chose est certaine, il s'agit d'animaux. Or, nous avons un besoin urgent de viande fraîche. A vous, les chasseurs ! Sus au gibier ! Mais attendez-moi surtout !

Les écoutilles des triscaphes se levèrent. Les hommes qui avaient été choisis comme chasseurs s'en échappèrent avec une hâte évidente. Ils ne portaient pas d'armes radiantes mais des fusils à aiguilles chargés de minuscules projectiles à explosion.

— En ce qui me concerne, je ne tirerai jamais sur ces bêtes, décida Tar Szator.

L'Auroranien se trouvait à côté de Goratchine et le fixait d'un regard suppliant.

— Suivez mon conseil, monsieur Goratchine. Ce ne sont certainement pas des créatures intelligentes, mais pour des bêtes, leur comportement n'a rien d'instinctif.

— C'est sans doute parce qu'elles n'ont jamais eu d'ennemis naturels sur Clearwater, riposta Terminov d'un air dédaigneux. Allons-y ! qu'attendons-nous encore ? Qu'elles nous échappent une fois de plus ?

— O.K., grogna Goratchine. Déployez-vous !

Les chasseurs s'éparpillèrent dans toute la clairière.

Ivan Ivanovitch leva la main.

Les hommes pointèrent leurs armes. Les canons des fusils étincelèrent dans le soleil. Puis un léger crépitement emplit l'air.

Bien que la moitié des animaux fût tombée morte sur le sol, le reste du troupeau ne fit pas un mouvement pour prendre la fuite. Immobile, il attendait que son destin s'accomplisse.

— Enfer et damnation ! jura Terminov. Ce n'était pas une chasse mais un vrai travail d'abattoir.

— J'ai vu un des animaux se glisser entre deux cadavres, Monsieur ! s'écria un caporal d'une voix bouleversée. Comme s'il voulait vraiment se placer de manière à être frappé à son tour.

— Absurde ! le rembarra Goratchine sans ménagement. Ces bêtes n'ont tout simplement pas compris qu'elles allaient périr. Cela suffirait à conclure qu'il s'agit vraiment d'animaux dépourvus de tout soupçon d'intelligence.

— Et qui ne connaissent pas d'ennemis naturels, compléta Terminov. Malgré tout, Monsieur, cela n'avait vraiment rien à voir avec le plaisir de la chasse.

— Vous croyez peut-être que ça m'a amusé, moi ? Comprenez une fois pour toutes, lieutenant, que nous n'avons sacrifié ces animaux que parce que nous avons besoin de viande fraîche ! lui jeta le mutant au visage. Et maintenant, portez les cadavres dans les triscaphes !

A leur arrivée sur l'aire d'atterrissage du *Krest IV*, ils furent accueillis par Roi Danton.

Le Libre-Marchand écouta d'une oreille attentive le rapport de Goratchine sur cette chasse fructueuse, puis il indiqua du doigt un immense abri en forme de coupole qui avait été dressé entre les étançons de l'ultracroiseur.

— Faites porter votre butin à l'intérieur de cette tente, je vous prie, monsieur Goratchine.

Le mutant bicéphale fronça les sourcils.

— A l'intérieur de cette tente ? Pour quoi faire ?

— Le contrôle, Monsieur. Le Stellarque a eu l'amabilité de se rendre à mes scrupules concernant ce butin de chasse.

— Ah ! Je comprends. Un contrôle vétérinaire ?

— Cela aussi.

Roi balaya les alentours du regard et, une fois certain que personne ne pouvait l'entendre, il murmura pour le seul Goratchine :

— Je suppose que vous avez abattu des animaux qui

ressemblent à de petits bovins ou à de gros ovins. Or, ils se sont sans doute présentés à vous de leur plein gré, n'est-ce pas, sans la moindre velléité de s'enfuir ?

Goratchine considéra le Libre-Marchand d'un regard sidéré.

— Comment le savez-vous ?

— Ce n'est qu'un pressentiment, Monsieur. Fondé il est vrai sur le fait que tous les commandos de chasse qui sont revenus jusqu'à présent ont vécu la même expérience.

— C'est...

Le mutant ravala le juron qu'il avait sur le bout de la langue.

— Est-ce que je ne vous ai pas mis en garde, Monsieur ? zézaya une petite voix derrière eux.

— Ah ! C'est vous, gentilhomme Szator ! s'exclama Roi Danton. Contre quoi avez-vous mis monsieur Goratchine en garde ?

— Contre l'abattage de ces bovins-ovins, ou quel que soit le nom que vous voulez donner à ces animaux. J'ai tout de suite senti qu'ils ne manifestaient pas le moindre soupçon d'instinct, pas même d'inquiétude.

— Hum ! fit Roi. Je savais bien que l'on pouvait se fier à la logique des Auroraniens. Monsieur Goratchine, sans vouloir vous blesser d'aucune manière, si le gentilhomme Szator vous met une autre fois en garde contre quelque chose, vous ferez bien de l'écouter.

Tar ricana en se frottant les mains.

— Je vais aller me reposer un peu, Majesté, si vous le permettez...

— Que me reste-t-il d'autre à faire que d'accepter ? répliqua Roi Danton en haussant les épaules. De toute façon, vous n'en ferez qu'à votre tête !

— C'est cela qu'on appelle la discipline des Libres-Marchands ? s'étonna Goratchine dès que l'Auroranien se fut éloigné.

Roi Danton eut un petit sourire.

— Nous cultivons une certaine forme de discipline, Monsieur.

Le mutant toussota.

— Bon, bon ! Alors, et ce contrôle vétérinaire, en quoi consiste-t-il ?

— En tests toxicologiques, biologiques et biochimiques, déclara Roi.

— Et… ?

— Jusqu'à présent, nous n'avons eu que des résultats satisfaisants.

Goratchine exhala un profond soupir de soulagement.

— Ainsi, Tar Szator s'est tout de même montré trop pessimiste.

— Attendons la suite, mon ami, riposta Roi avec un sourire énigmatique.

*
* *

— Alors, professeur, où en êtes-vous ? demanda Melbar Kasom au chef de la section biochimique du *Krest*.

— La viande est absolument sans défaut. Nos animaux de laboratoire ne manifestent aucune réaction qui pourrait révéler la présence de toxines ou d'agents pathogènes.

La physionomie de l'Etrusien rayonna.

— C'est formidable, professeur.

Il secoua la main du maigre scientifique et s'éloigna. Mais, arrivé derrière la rangée la plus proche des bêtes suspendues et vidées de leurs entrailles, il s'arrêta, les contempla d'un regard curieux – et détacha un jeune ovin de son crochet. Il le jeta sur son épaule, s'insinua rapidement dans les allées et se glissa à quatre pattes sous la toile de tente pour se retrouver à l'air libre.

Il enregistra avec un sourire que son compatriote Oro Masut était en train de discuter avec un gardien.

Oro espérait-il contre tout espoir une « avance » sur repas ?

Melbar continua à marcher furtivement jusqu'à ce qu'il

atteignît les rochers tombant sur la rive du fleuve, puis il se glissa à l'intérieur d'une grotte qui ouvrait sur les flots. Pas un membre du personnel du *Krest IV* ne pourrait apercevoir la lueur de son radiant à impulsions.

Il enfonça dans le corps de son gibier lourd d'environ cinquante kilos une branche d'arbre qu'il avait pris la précaution de préparer à l'avance et posa la broche sur une autre en forme de fourche. Puis il régla son arme à impulsions à la puissance minimale et dirigea le faisceau incandescent sur sa proie.

Au bout d'une heure, il se prépara à détacher les meilleurs morceaux avec sa machette.

*
* *

Perry Rhodan se reposait dans sa cabine lorsque Melbar Kasom se précipita à l'intérieur comme un fou, sans même s'être annoncé.

L'Etrusien se tenait le ventre à deux mains et ne cessait de pousser des cris tellement il souffrait.

— Qu'est-ce qu'il vous arrive ? demanda Rhodan effrayé.

Du dos de la main, Kasom essuya la sueur froide qui lui inondait le front.

— Ouh… ! gémit-il. Monsieur ! La viande… est empoisonnée ! Oh ! Je vais mourir !

Il écarta brutalement le Stellarque et se précipita dans les toilettes. Au bout de quelques minutes, il en sortit, le visage blanc comme neige.

— J'ai mangé la moitié d'une de ces bêtes qu'on a rapportées de la chasse, Monsieur. Faites jeter tous ces animaux ! Ils sont toxiques !

Le Stellarque comprit aussitôt la situation.

Il courut vers l'intercom et brancha simultanément deux canaux. Sur l'un d'eux, il convoqua d'urgence un médi-robot dans sa cabine et sur l'autre, il mit en garde l'équipage tout entier contre la consommation du gibier.

Mais il était déjà trop tard.

Le docteur Artur annonça que des appels au secours lui parvenaient de toutes les sections du navire. Les premiers examens révélèrent la présence d'une maladie virale.

Rhodan sursauta.

— Dites-moi, docteur, la viande a-t-elle déjà été utilisée par la cuisine de bord ? Je n'en ai pas entendu parler.

— Moi non plus, Monsieur ! répondit le médecin-chef, bouleversé. C'eût d'ailleurs été impossible sur le simple plan technique, car pour autant que je sache, il n'y a pas plus d'une heure que la viande fraîche a été enfermée dans les salles frigorifiques.

— Faites procéder immédiatement à l'analyse de plusieurs échantillons de cette viande ! ordonna le Stellarque.

Une demi-heure plus tard, le nombre des membres de l'équipage affectés par la maladie se montait à huit cent seize.

Heureusement, le docteur Artur précisa que les premiers malades étaient hors de danger. Les antibiotiques extrêmement actifs dont était équipée la pharmacie de bord avaient eu un effet foudroyant sur le virus.

Entre-temps, il s'était avéré que ceux qui étaient tombés malades n'avaient pas consommé de viande.

Perry Rhodan ordonna à un commando de robots de débarrasser le navire de tous les produits de cette chasse et de les incinérer.

On se rendit rapidement compte de la justesse de cette décision lorsque le médecin-chef annonça que les bêtes avaient présenté des virus qui n'avaient toujours rien perdu de leur activité et qui avaient été répandus dans tout le navire par les conduits d'aération.

Le Stellarque convoqua une réunion extraordinaire, comprenant tous les chefs de sections scientifiques et les mutants.

— Nous avons commis une erreur extrêmement grave, déclara-t-il, en évacuant notre eau contaminée dans la mer. Une inadvertance qui a certainement été provoquée en partie par l'état d'épuisement dans lequel nous nous trouvions à notre arrivée sur cette planète. Bien que, de toute évidence, il n'y ait pas de créatures intelligentes sur Clearwater, la nature qui règne ici riposte avec beaucoup de précision et de méthode. Les bêtes se sont pour ainsi dire offertes à nos commandos de chasse. Certes, Monsieur Danton a tout de suite conçu des soupçons lorsqu'il a eu vent de ce comportement pour le moins étrange, mais personne ne pouvait évidemment prévoir une riposte aussi méthodique de la part de la nature.

Il fit une pause et en profita pour éponger la sueur de son front. Entre-temps, le virus avait frappé l'équipage tout entier, lui-même y compris, mais les injections d'antibiotiques l'avaient neutralisé aussitôt, et même avant l'apparition de la maladie pour certains. Néanmoins, l'organisme réclamait des forces supplémentaires pour se défendre.

— Le fait, poursuivit-il au bout d'un certain temps, que les virus contenus dans les corps de ces animaux soient restés inactifs jusqu'à ce que les cadavres aient été suspendus dans les chambres froides, et qu'on ne les ait donc pas découverts avant, prouve bien que la faune et la flore de ce monde vivent en connexion, d'une manière qui nous échappe. Sous cet angle, il est bon de signaler à l'équipage tout entier les phénomènes captés par John Marshall et L'Emir. John… !

Le chef de la Milice des Mutants pencha légèrement la tête et décrivit encore une fois les « émissions émotionnelles semi-télépathiques » que L'Emir et lui avaient captées.

— Un effet de symbiose ! déclara le biologiste. Les créatures vivantes qui peuplent Clearwater doivent être unies par une forme purement émotionnelle de symbiose biologique normale.

— Qu'est-ce qui vous permet d'en venir à cette conclusion ? demanda Atlan.

Le scientifique haussa les épaules.

— Pour en arriver à une conclusion absolument

certaine, il faudrait évidemment procéder à une centaine d'expériences, Monsieur. Mais le fait qu'il n'existe pas de dépendance biologique directe entre les différentes espèces – exception faite naturellement de la dépendance indirecte, et d'ailleurs universelle, consécutive à la chaîne alimentaire – exclut une symbiose au sens biologique du terme. Cependant, comme il est possible malgré cela de constater une action commune menée avec méthode, on peut parler tout au plus d'une forme émotionnelle de symbiose, ou si vous me permettez cette expression non scientifique, d'une symbiose de sympathie.

— Je trouve cette dénomination tout à fait juste, intervint Marshall. Elle explique effectivement le phénomène d'une façon plus complète que toutes les notions scientifiques consacrées.

— Laissons donc de côté pour l'instant les tentatives d'explications scientifiques ! protesta Atlan non sans une certaine impatience. A mon avis, cette épidémie virale n'était qu'un début. Il faut que nous organisions notre protection afin que les prochains coups lancés par l'ennemi ne nous prennent pas au dépourvu !

— J'ai rappelé tous les commandos de chasse, déclara alors Perry Rhodan. Il faudra encore attendre plusieurs heures avant que les groupes les plus éloignés reviennent à bord.

— Je conseille d'envoyer des troupes de robots à leur rencontre, dit Roi Danton.

Le Stellarque brancha son microcom de poignet et donna immmédiatement les ordres en conséquence.

Le Lord-Amiral Atlan hochait la tête.

— Les commandos de chasse seront peut-être victimes d'agressions. Mais cela devrait se limiter à des manifestations marginales. Je crains que l'attaque suivante ne soit dirigée contre le navire lui-même. Cela paraîtrait assez logique, n'est-ce pas ?

— Mais comment… attaqua Roi Danton, puis il s'arrêta en entendant un craquement assourdissant.

— Ça y est, ça démarre ! annonça froidement Atlan.

Au même moment, la voix agitée d'un technicien retentit dans les haut-parleurs du circuit intercom général dont était également équipée la salle de conférences.

— La section des réserves d'eau au Stellarque ! Des bactéries inconnues ont dissocié le liquide contenu dans les réservoirs. L'un d'eux n'a pas résisté à la pression. Les gaz dégagés sont constitués pour l'essentiel d'oxygène et d'hydrogène, en mélange détonant. Il y a danger d'explosion ! Les capteurs de pression grimpent sans interruption, Monsieur. Si tous les réservoirs dégagent leur contenu simultanément, il suffira d'une minuscule étincelle ou d'un infime catalyseur pour provoquer l'explosion du *Krest* !

Perry Rhodan se trouvait déjà devant l'appareil.

Il pressa la touche d'émission.

— Attention ! Alerte rouge ! Etat de confinement général ! Que les membres de l'équipage sortent immédiatement à l'extérieur du navire en abandonnant tous les appareils. Je répète…

Le groupe présent dans le poste central réagit avec une extrême rapidité.

Le hurlement des sirènes d'alarme se mêla aux claquements des cloisons étanches glissant sur leur rail.

— La communication entre la salle des machines et le poste de commandement reste établie pendant deux minutes encore, retentit alors la voix d'Ische Moghu dans le récepteur.

Les hommes coururent jusqu'au panneau d'accès. Une coursive conduisait directement à la centrale de l'ultracroiseur.

Le commandant en second occupait le siège de pilotage.

— Le colonel Akran était de repos, Monsieur ! annonça-t-il d'une voix haletante. Il n'a pu venir à temps.

— Ecrans d'observation extérieure ! ordonna Atlan.

Les écrans sollicités s'illuminèrent et montrèrent les abords immédiats du vaisseau.

On y voyait distinctement les hommes en train de se sauver en courant.

— Ils sont encore trop près ! murmura péniblement Roi Danton entre ses dents serrées.

— Branchez les projecteurs antigrav ! ordonna Ische Moghu, réaliste.

D'une seconde à l'autre, l'ultracroiseur perdit son poids. Mais il était encore trop tôt pour activer les champs répulsifs et les propulseurs à impulsion. Ils auraient mis en danger la vie des hommes qui s'enfuyaient à l'extérieur du *Krest IV*.

L'ingénieur en chef, le lieutenant-colonel Bert Hefrich, s'annonça à son tour à l'intercom.

— Pour l'amour du ciel, Monsieur, faites quelque chose ! Le mélange détonant se diffuse déjà à travers les cloisons des réservoirs. La pression est montée à quarante mille atmosphères. Le vaisseau peut exploser à tout moment !

— Eh bien, bouchez-vous les oreilles ! riposta Rhodan.

Le Stellarque sourit à l'image de l'ingénieur en chef sur l'écran de l'intercom. En cette heure de danger extrême, il était redevenu l'homme au sang-froid invincible, tel que l'avaient connu ses subalternes et ses supérieurs à l'époque où il était encore pilote d'essai de l'U.S. Space Force et qu'il tournait autour de la Terre dans des engins primitifs pour préparer le premier alunissage de l'humanité.

Il ne fallait pas croire que sa riposte à Hefrich fût dictée par une propension excessive au cynisme. Elle était tout simplement basée sur des fondements pratiques. L'équipage entendait les échanges de paroles par intercom, et il devait savoir que leur chef n'était pas près de perdre le contrôle de ses nerfs.

Vint enfin le moment où Atlan annonça que les hommes avaient mis une distance suffisante entre eux et le *Krest IV*.

Ische Moghu appareilla avec des valeurs d'accélération

faibles, sous l'action combinée des champs répulsifs et des propulseurs à impulsion.

Néanmoins, un ouragan hurla sur le haut-plateau lorsque le puissant navire s'éleva du sol. L'herbe de la savane se coucha et les arbres et arbustes qui poussaient à proximité de l'aire d'atterrissage perdirent leurs feuilles.

A cinq cents mètres d'altitude, le commandant en second désactiva les propulseurs à impulsion. Sustanté uniquement par ses champs répulsifs et par la puissance des projecteurs antigrav, le *Krest IV* survola la cascade et mit en panne à la verticale du centre de la mer intérieure.

Roi Danton posa la main sur le tableau de commande du système de purge atmosphérique accélérée et jeta un coup d'œil vers le Stellarque, qui acquiesça d'un signe de tête.

— Il n'y a rien d'autre à faire, nous sommes obligés de courir le risque, sinon ça durera trop longtemps.

Le Libre-Marchand pressa une touche. Son front se couvrit d'une multitude de perles de transpiration.

Comme les blocs-propulsion s'étaient tus, tout le monde put entendre par les microphones extérieurs le sifflement strident avec lequel le mélange détonant jaillit des réservoirs d'eau. De temps à autre, le gaz soumis à une pression trop forte s'échappait avec un bruit d'explosion.

— Il était plus que temps, Monsieur ! déclara l'ingénieur en chef. A présent, la pression dans les réservoirs baisse rapidement. Nous devrions…

Rhodan n'entendit plus ce que Bert Hefrich voulait lui proposer. Des éclairs bleuâtres sillonnaient les écrans d'observation de la galerie panoramique. Un craquement épouvantable secoua le navire géant.

Lorsque les hommes présents dans le poste central eurent surmonté leur effroi, ils aperçurent au-dessous d'eux de vastes étendues de nuages.

— Tonnerre de Zeus ! ne put s'empêcher de crier Ische Moghu. Voilà notre *Krest* qui se met à jouer les missiles à propulsion liquide. L'explosion du mélange détonant nous a expédiés à huit kilomètres d'altitude.

— Une performance respectable, remarqua Atlan dont la physionomie était blême. Calculez donc un peu à quelle hauteur les débris de l'ultracroiseur se seraient envolés si nous n'avions pas réagi à temps…

— Tu ferais mieux de calculer ce que nous pouvons faire à présent, mon ami, riposta Rhodan sur un ton sarcastique. Toute la belle eau potable de Clearwater ne nous sert plus à rien. Quant à partir en quête d'un autre système planétaire…

— Ce serait un véritable jeu de hasard, murmura Moghu. Nous n'avons plus qu'une solution : résoudre le problème de Clearwater.

CHAPITRE 7

Résoudre le problème de Clearwater… ou mourir…

Mais personne ne voyait le moyen d'empêcher les créatures de toute une planète, dépourvues d'intelligence mais émotionnellement liées par une « symbiose de sympathie », de déclencher leurs attaques.

— Quelle pitié ! soupira John Marshall. Un ultracroiseur géant avec un équipage de cinq mille hommes et un armement capable de balayer tout un système planétaire de la quatrième dimension… Et nous sommes là désarmés, incapables de nous tirer d'affaire, plaqués au sol d'un monde paradisiaque avec des vivres et de l'eau en abondance, mais condamnés néanmoins à mourir de faim et de soif et à croupir misérablement !

Atlan approuva d'un signe de tête.

— A présent, l'eau du fleuve est également devenue impropre à la consommation. Tant qu'elle ne se trouve pas confinée dans des récipients clos ou à l'intérieur d'un organisme, elle est inoffensive. Les animaux de laboratoire à qui on en a donné à boire ont explosé par suite d'une surpression monstrueuse à l'intérieur de leur corps. Cette fois-ci, il s'est agi de gaz de fermentation. Qu'est-ce qui nous attend encore ?

— En fait, il n'est pas nécessaire qu'il nous vienne d'autres misères, jeta Roi Danton. Ces créatures vivantes, avec leur « symbiose de sympathie », n'ont plus qu'à prendre patience jusqu'à ce que nous soyons tous morts.

George Terminov fit irruption dans le poste central en donnant tous les signes de l'agitation la plus extrême. Du coup, toutes les têtes se tournèrent vers lui.

Il s'approcha de Rhodan et le salua.

— Alors… ? demanda le Stellarque.

— Monsieur ! s'exclama le lieutenant hors d'haleine. Un groupe de douze botanistes est encerclé par des monstres au nord de la mer. Je voulais aller les délivrer avec un triscaphe, mais le réservoir d'eau potable a explosé. J'ai réussi à me tirer d'affaire grâce au générateur antigrav de mon spatiandre spécial et suis revenu aussitôt pour chercher du secours.

Rhodan se pétrifia.

— Est-ce qu'on ne vous a pas ordonné de vider l'eau du réservoir ?

— J'ai en effet entendu cet ordre, répliqua Terminov. Mais comme l'appareil m'a été confié par un groupe en mission une heure après qu'il eut été lancé, j'ai cru que les autres l'avaient déjà exécuté.

— J'en demanderai compte au chef de ce groupe de mission, dit le Stellarque d'un air furieux. Mais le plus urgent, c'est d'aller chercher les botanistes. Venez, lieutenant ! John, Danton, Atlan, si vous vouliez aussi…

— Bien sûr ! s'écrièrent les trois appelés d'une seule voix.

Cinq minutes plus tard, six blindés aériens s'éjectèrent du sas et mirent le cap sur la forêt vierge située au nord de la mer. Rhodan, Atlan, Danton et Terminov se trouvaient dans l'un d'eux ; les cinq autres étaient occupés par des robots de combat.

Dès qu'ils survolèrent la lisière de la forêt, ils se rendirent compte que l'ancien paysage si paisible s'était métamorphosé en un sinistre décor de mort. Des sauriens gigantesques dressaient leurs crânes par-dessus le plafond de feuillage des arbres et, de leurs yeux cernés de rouge, foudroyaient les triscaphes d'un air mauvais. Des rassemblements d'oiseaux et de sauriens volants tournaient autour des intrus et les attaquaient même de temps à autre avec une violence suicidaire. Des plantes grimpantes fouettaient l'air, cherchant en vain à s'agripper aux blindés. D'énormes essaims d'insectes dansaient au-dessus de la cime des arbres en quête de victimes.

C'est alors que Perry Rhodan découvrit le rempart colossal de corps puissants couverts d'écailles qui avançaient sur un large front en direction du volcan dont le sommet en forme de cône se dressait à trois kilomètres environ de distance.

Ce qui ne l'empêcha pas de pousser un soupir de soulagement.

Au moins, ils n'étaient pas arrivés trop tard !

Il porta le microphone du télécom à ses lèvres.

— Sphinx aux Gladiateurs ! Adoptez la position de défense en hérisson à basse altitude autour du volcan et avancez en cercle vers les animaux ou les plantes !

Les robots-pilotes des cinq autres triscaphes confirmèrent l'ordre. En un éclair, les blindés, célèbres pour leur maniabilité et leur souplesse, se déployèrent tandis que le lieutenant Terminov se préparait à atterrir sur le bord du cratère.

Quatre hommes vêtus de combinaisons en lambeaux les accueillirent.

C'était tout ce qu'il restait de l'équipe des botanistes. Les six autres hommes et deux femmes avaient été tués par des plantes cannibales et d'énormes insectes venimeux alors qu'ils essayaient de s'enfuir de la forêt vierge.

— Apparemment, ces fauves ont besoin d'un certain temps pour coordonner leurs actions, déclara le chef du groupe, un professeur à la toison blanche.

En voyant une troupe d'insectes semblables à des frelons foncer sur les malheureux affolés, il tira en l'air avec son radiant à impulsions réglé sur la dispersion maximale.

— Montez vite ! leur ordonna Rhodan. Il est insensé de s'exposer inutilement à des dangers, surtout à l'air libre.

Les botanistes obéirent sans mot dire. L'un d'eux avait été mordu à la cuisse par un jeune saurien. Roi Danton se chargea de panser la blessure.

Pendant ce temps, avec leurs triscaphes, les robots de combat repoussèrent les bêtes qui cherchaient à passer à l'attaque. Mais en voyant que les radiants à impulsions et les désintégrateurs décimaient les animaux, le Stellarque ordonna la cessation de ces hostilités disproportionnées.

Les triscaphes blindés se rassemblèrent dans les airs au-dessus du champ de bataille et reprirent le chemin du retour. D'un avis unanime, on jugea inutile pour l'instant de partir à la recherche des cadavres. On ne pouvait plus rien pour eux et, pour fouiller consciencieusement la forêt, on aurait fatalement provoqué un nouveau bain de sang parmi la population animale. Et cela, Perry Rhodan voulait à tout prix l'éviter. Il continuait à espérer découvrir une solution pacifique à ce conflit qui s'était déclaré à cause d'une agression non intentionnée.

Brusquement, John Marshall se raidit sur son siège.

Le télépathe ferma les yeux et se concentra.

Rhodan l'observa un instant, puis attendit patiemment.

Lorsque Marshall releva les paupières, sa physionomie reflétait une expression d'incrédulité totale.

— Une intelligence… ! bredouilla-t-il. J'ai capté les impulsions mentales d'un être pensant !

— Ah ! Tout de même ! lâcha Rhodan. Où, John ?

— Un instant, murmura le télépathe. Je n'ai pas encore réussi à le localiser. Les pensées sont très confuses. Manifestement, c'est un cri de détresse.

Au bout de quelques secondes qui parurent aux autres hommes durer une demi-éternité, il poussa un soupir de soulagement.

— Ça y est, j'ai trouvé la position. Passez-moi le levier de commande, lieutenant.

George Terminov se leva et lui céda sa place.

Le télépathe mit le cap vers l'ouest, parallèlement à la mer intérieure. Entre-temps, Perry Rhodan avait ordonné aux autres triscaphes de les suivre.

Dix minutes plus tard, ils se posèrent dans une vaste

clairière qui avait sans doute été créée par un incendie de forêt.

Sidérés, les hommes écarquillèrent les yeux en contemplant la curieuse créature qui leur faisait face. Elle était couchée sur un tronc d'arbre calciné, abattu sur le sol…

*
* *

Cet être étrange avait sensiblement la taille d'un homme. Il possédait deux bras et deux jambes et une tête en forme de boule avec deux yeux immenses, remplis d'effroi.

— C'est un habitant des eaux, déclara aussitôt Atlan. Regardez sa peau squameuse, les palmures de ses doigts et de ses orteils et les nageoires sur son dos ! Il respire sans doute aussi bien avec ses poumons qu'avec des branchies, sinon il serait mort hors de l'eau.

En entendant le son de cette voix, la créature aquatique eut un violent sursaut et poussa des cris sourds qui ressemblaient au bruit produit par la soupape d'une machine à vapeur d'où sortait le trop-plein de pression.

— J'ai déjà entendu cela, dit Roi Danton. On pouvait capter le même genre de bruits lorsqu'on longeait la cascade à une certaine distance.

— Examinez-le ! lui ordonna Rhodan, pris d'une grande émotion. Vous êtes presque médecin, après tout, n'est-ce pas ? C'est un habitant de la mer intérieure, l'un des nombreux que nous avons empoisonnés. A présent, je commence à comprendre les mystères de cette planète.

— C'est un être qui nous est totalement étranger, Grand Seigneur, déclara Roi Danton au bout d'un certain temps afin de calmer les ardeurs du Stellarque. En outre, il souffre sans doute lui aussi des méfaits des toxines de ce gnome maudit.

— Dépêchez-vous, insista John Marshall. J'ai un très faible contact télépathique avec le « Souffleur ». Il n'a avalé qu'une quantité minime de poison, et tout laisse à croire que ces créatures peuvent en supporter plus que les hommes. Mais si vous ne lui portez pas secours, il mourra, Danton !

— C'est bien ce que je suis en train de faire ! murmura le Libre-Marchand.

Il sortit une petite boîte rectangulaire de sa trousse de secours et l'ouvrit. Toute une théorie de seringues à injection et d'ampoules datant apparemment de l'Antiquité apparut.

— Qu'est-ce que vous venez de dire, Marshall ? demanda soudain le Stellarque au télépathe. Un « Souffleur » ? C'est ainsi que se nomment ces êtres aquatiques ? Mais ce serait là…

— Pas du tout ! l'interrompit le mutant en affichant un sourire douloureux. (Il semblait souffrir avec la créature en question, sans doute parce qu'il partageait ses sentiments.) Je me suis permis de le baptiser ainsi uniquement d'après les bruits de soupape qu'il faisait.

— Regardez ce que je viens de trouver ici ! s'écria Atlan.

Après s'être éloigné de quelques mètres de ses compagnons, l'Arkonide revenait vers eux, portant dans les mains une longue lance de bois avec une pointe en forme de harpon taillé dans une arête de poisson, ainsi qu'un morceau de bois plat et légèrement incurvé, terminé à son extrémité la plus épaisse par une mince plaque de pierre aux tranchants aigus.

— Ce sont certainement des armes primitives, comme s'en servaient les habitants de la Terre à la fin de l'âge de la pierre, expliqua-t-il.

— Et comme ils vivent dans l'eau, ajouta Rhodan, ils ne pourront découvrir le métal et ses usages qu'à un stade beaucoup plus lointain de leur évolution. D'où je conclus que leur niveau d'intelligence est plus élevé. Celui de l'âge du bronze, serais-je tenté d'estimer.

— Ce en quoi tu dois avoir raison…

L'Arkonide laissa tomber les armes et saisit son radiant à impulsions.

Au même moment, les robots de combat commencèrent à faire feu de leurs armes et des canons de bord de leurs triscaphes sur la lisière de la forêt.

Des cris stridents et assourdissants leur répondirent.

— Là-bas ! s'exclama Marshall. Des plantes cannibales ! Elles essaient de nous encercler !

Des lianes fouettaient l'air en tout sens. L'un des robots fut saisi par trois tentacules et emporté dans les hauteurs. Ses compagnons réussirent à le libérer en tirant sur l'adversaire avant qu'il ne disparût dans la forêt. La machine retomba sur le sol avec un bruit de ferraille.

Le Stellarque s'approcha du malheureux Souffleur.

Malgré le vacarme assourdissant du combat, Roi Danton s'efforçait de le soigner avec une impassibilité louable. Il releva sa tête inondée de transpiration en voyant Rhodan se pencher vers lui.

— Je lui ai injecté du XT-331, Grand Seigneur. C'est un antibiotique que les scientifiques du *Krest* ont mis au point pour lutter contre le poison innervant. Malheureusement, chez les hommes, il ne pouvait que prolonger la vie, mais peut-être que son effet sera plus complet ici. Les Souffleurs doivent être moins sensibles que les hommes, d'après ce que dit Marshall.

Roi semblait avoir de l'espoir de sauver son patient.

— Priez pour qu'il en soit ainsi ! chuchota Perry Rhodan à son oreille.

Le médecin amateur emplit une seconde seringue à injection.

— Cette fois, je vais lui administrer un stimulant nouveau, à effet prolongé, expliqua-t-il. Mis au point par une équipe de nos scientifiques, Monsieur.

— Si votre remède est efficace, je ferai cadeau à vos gens d'une installation bio-médicale flambant neuve d'une valeur de trois milliards de solars, déclara Rhodan.

— Ce n'est pas nécessaire, Grand Seigneur, riposta

Danton avec un sourire, tout en enfonçant l'aiguille entre deux écailles, près de l'attache d'une nageoire. L'Empire a plus besoin de son argent que nous.

Il retira la seringue et s'accroupit au chevet de son malade.

Au bout de quelque temps, le Souffleur commença à s'agiter.

Roi Danton l'aida à se relever.

De ses grands yeux écarquillés, la créature aquatique considéra l'homme. Mais toute crainte paraissait avoir disparu de son regard.

Au même moment, les robots de combat cessèrent le feu.

Perry Rhodan fit volte-face. Les yeux écarquillés par la surprise, il vit les plantes cannibales, les sauriens et les essaims d'insectes reculer lentement vers la forêt.

Atlan sortit d'un des triscaphes et revint avec un lourd appareil de la forme d'une petite caisse.

— Je vous en prie, annonça-t-il à son entourage en présentant l'engin. Je pense que c'est ce dont nous avons le plus besoin pour l'instant !

— Un psycho-visualisateur ! s'écria Marshall, ravi. D'où vient-il ?

— Je savais que le triscaphe *KT-44* en possédait un à son bord – déjà à l'époque de notre intervention commune avec les Gurrads. C'est pourquoi je suis allé le fouiller. En effet, on avait oublié de rapporter cet appareil au dépôt des équipements.

Roi se leva et posa sur son protégé une série de contacts. Il prit lui-même l'autre série.

— Vous permettez que je me charge de l'opération, au titre d'homme doué d'une imagination fertile ? demanda-t-il en souriant de toutes ses dents.

Il n'attendit pas la réponse pour commencer aussitôt à se concentrer sur les questions qu'il voulait poser – et sur les réponses qu'il recevait.

Au bout d'un quart d'heure, il débrancha l'appareil.

— Je crois qu'il a compris que nous n'étions pas venus pour détruire sa race, expliqua-t-il d'un air grave. Malheureusement, cela ne sauvera plus ses compatriotes de la mer intérieure. Ils sont tous morts.

— Mais dans d'autres mers où d'autres lacs de la planète… commença le Stellarque, que cette nouvelle mettait au désespoir.

Roi balaya l'air d'un geste du bras.

— Dchoufar essaie justement d'obtenir une liaison mentale avec eux. Ils vivent encore, bien entendu. Mais ils sont fermement décidés à nous anéantir pour protéger leur monde de ce qu'ils croient être leur perte.

Il soupira et se passa la main sur les yeux.

— Les Souffleurs – ils se prétendent d'ailleurs des êtres humains, du moins dans la traduction du psycho-visualisateur – vivent dans des villes sous-marines, construites par des créatures de petite taille semblables à des coraux, qu'ils protègent.

— Ce qui revient à une symbiose directe, conclut John Marshall.

— Oui, mais uniquement dans ce cas particuler, répondit le Libre-Marchand. La relation émotionnelle avec les autres formes de vie de Clearwater est en effet uniquement une sorte de « symbiose de sympathie ». Certes les Souffleurs chassent le gibier et mangent les fruits des plantes, mais dans les moments de crise, tout ce qui vit ici s'unit contre l'ennemi.

— C'est fantastique ! s'écria Atlan. Une telle planète est vraiment invincible !

Perry Rhodan se préparait à répondre quelque chose, mais finalement il se tut en entendant Dchoufar pousser de nouveau des cris sourds.

Roi Danton s'empressa de rétablir le contact. Au bout d'un certain temps, il tourna son regard vers le Stellarque. Sa physionomie était empreinte de gravité.

— Grand Seigneur, les « êtres humains » qui peuplent

cette planète nous posent un ultimatum – et je crains fort que nous n'ayons pas d'autre solution que de l'accepter.

— Qu'exigent-ils de nous ? demanda le Stellarque d'une voix nerveuse. Un dédommagement ? Je suis bien décidé à le leur accorder, dans la mesure où il ne dépasse pas nos moyens !

Roi secoua la tête.

— Ils ne veulent rien recevoir de notre part. Ils réclament seulement notre départ immédiat de Clearwater !

*
* *

Rhodan, Atlan et Roi Danton regardaient d'un air pensif les écrans panoramiques qui leur montraient une dernière fois l'image de ce monde étrange avec son large fleuve, sa cascade et sa mer intérieure. Un monde habité par une population à laquelle les Terraniens avaient apporté un malheur irréparable et une affreuse catastrophe – sans l'avoir voulu.

Durant les dernières heures de leur séjour sur Clearwater, ils en étaient même arrivés à établir avec les autres Souffleurs une sorte de contact radio par l'intermédiaire du translateur. Perry Rhodan avait essayé d'obtenir des autochtones l'autorisation de chasser du gibier et de ramasser des plantes utiles.

Mais il avait reçu un refus catégorique.

Ils permirent uniquement aux Terraniens de remplir leurs réservoirs d'eau. Et cette fois-ci, elle s'avéra parfaitement propre à la consommation.

Le récepteur intercom se mit à bourdonner.

Rhodan brancha l'appareil.

— Monsieur ! annonça l'ingénieur en chef, Bert Hefrich. Les réservoirs sont pleins.

— Merci, colonel ! répondit simplement le Stellarque d'une voix lasse.

Il débrancha l'intercom et se tourna vers Atlan et Danton.

— Eh bien, maintenant, nous pouvons poursuivre notre odyssée, n'est-ce pas ?

— Je conseille vivement que nous appareillions immédiatement, Grand Seigneur, déclara le Libre-Marchand d'une voix énergique. La nouvelle eau potable contient certainement d'innombrables bactéries inoffensives – qui ne le resteront sans doute que si nous remplissons les conditions de l'ultimatum.

Rhodan approuva d'un signe de tête.

— Tout est paré ? s'enquit-il auprès du colonel Merlin Akran.

— Tout est paré à appareiller, Monsieur ! répondit le commandant.

— Eh bien, allons-y !

Le colonel Akran déplaça un levier. Les générateurs des blocs-propulsion enfouis au plus profond des entrailles du vaisseau montèrent en puissance et annoncèrent leur regain d'activité par un grondement sonore.

D'une seconde à l'autre, le *Krest IV* allait s'élever de l'aire d'atterrissage et quitter Clearwater pour toujours, parce que les indigènes primitifs de cette planète en avaient décidé ainsi.

Soudain, le chef de la centrale de détection s'annonça sur le circuit intercom général.

— Retardez l'appareillage ! Quelqu'un cherche à nous rejoindre en courant à toute allure !

— Annulation de l'ordre précédent ! intervint aussitôt le Stellarque. Puis il ajouta : Que l'officier en second règle la fenêtre d'agrandissement optique sur le gars en question !

L'un des écrans se mit à vibrer pendant quelques secondes, puis on put y distinguer une silhouette humaine qui traversait le haut-plateau en faisant des bonds de géant. Elle portait une combinaison d'homme-grenouille d'un noir brillant et une caméra sous-marine.

Tar Szator !

Puis il disparut des écrans panoramiques au moment où il arrivait en dessous du *Krest IV*.

Quelques minutes plus tard, il entra dans la centrale de commande.

— Je vous prie de m'excuser ! s'exclama-t-il avant que quiconque lui ait adressé des reproches. Les Souffleurs m'avaient invité à visiter leur cité sur le cours supérieur du fleuve.

— Invité… répéta Roi Danton non sans sarcasme.

L'Auroranien baissa les yeux d'un air embarrassé.

— Euh… non, pas directement. Je suis allé à leur rencontre à la nage, tout simplement. Toujours est-il qu'ils n'ont rien fait pour m'en empêcher, et lorsqu'ils se sont rendu compte que j'étais un demi-habitant des eaux, ils m'ont même prié de venir visiter leur ville. Je vous le dis… Le monde n'a jamais rien vu de semblable, Messieurs !

Atlan exhala un soupir de résignation.

— Vous avez sans doute pris des clichés par la même occasion, n'est-ce pas ? Cela pourrait m'inciter à retenir une certaine remarque qui me chatouille le bout de la langue.

— Bien sûr que j'ai pris des clichés ! confirma Tar Szator avec véhémence.

— Votre visite n'a tout de même pas incité les Souffleurs à retirer leur ultimatum, hein ? s'enquit Perry Rhodan.

— Malheureusement non, avoua le gentilhomme d'un air désolé. Mais ils se montreront peut-être plus conciliants la prochaine fois que nous reviendrons.

Rhodan fit demi-tour pour, d'un simple regard, donner au commandant l'ordre d'appareiller. Puis il s'adressa de nouveau à l'Auroranien.

— Je crains que nous ne revenions jamais sur Clearwater, Szator. Tout ce que nous pouvons espérer pour l'instant, c'est de revoir un jour la Terre…

La Terre... La Voie Lactée...

A trente millions d'années-lumière de M 87 où Perry Rhodan et ses compagnons évoluent dans un environnement qui n'a rien d'amical, la menace de Old Man *et des six Gardiens Fréquentiels qui l'occupent ne tardera plus à peser sur l'humanité.*

Lourde tâche pour Reginald Bull, revenu entre-temps dans le système solaire, que d'anticiper l'inévitable offensive ! Mais aussi de tout mettre en œuvre pour éviter ce qu'il a sombrement prophétisé en constatant avec effroi la disparition du Krest IV *: « Vous imaginerez sans peine ce qui surviendrait sur Terre et dans l'Empire tout entier si l'on apprenait que non seulement Perry Rhodan, mais aussi le Lord-Amiral Atlan manquent à l'appel. »*

En prévision du pire, une stratégie d'urgence s'impose : celle qui motive l'entrée en scène du SOSIE DU STELLARQUE...

Achevé d'imprimer sur les presses de

BUSSIÈRE

GROUPE CPI

à Saint-Amand-Montrond (Cher)
en février 2001

FLEUVE NOIR
12, avenue d'Italie
75627 Paris Cedex 13
Tél. : 01-44-16-05-00

— N° d'imp. 10540. —
Dépôt légal : février 2001.

Imprimé en France